AMÉNOPHIS

La saga égyptienne de Violaine VANOYEKE se déroule sous la XVIIIe dynastie.

Dans le cadre de cette saga, Violaine VANOYEKE a consacré :

– une trilogie à « La Pharaonne » Hatchepsout :

LA PHARAONNE

* *La Princesse de Thèbes* (déjà paru)
** *Le Pschent royal* (déjà paru)
*** *Le Voyage d'éternité* (déjà paru)

– une trilogie au pharaon « Thoutmosis » :

THOUTMOSIS

* *Le Rival d'Hatchepsout* (déjà paru)
** *L'Ibis indomptable* (déjà paru)
*** *Au royaume du Sublime* (déjà paru)

– une trilogie au pharaon « Aménophis » :

AMÉNOPHIS

* *Le prince de lumière* (déjà paru)
** *Le breuvage d'amertume*
*** *Vénérable Tiyi* (à paraître)

7-13, boulevard Paul-Émile-Victor – Île de la Jatte
92521 Neuilly-sur-Seine Cedex

VIOLAINE VANOYEKE

AMÉNOPHIS

**

Le breuvage d'amertume

ROMAN

Michel LAFON

DU MÊME AUTEUR

L'Art aux yeux pers, Le Cherche-Midi, 1980, *poésie*. Prix Jean Christophe.

Torrent, R.E.M., Lyon, 1983, *poésie*. Album avec interprétation au piano de Violaine Vanoyeke.

L'Harmonie et les arts en poésie, Monaco, 1985, *anthologie.*

Le Mythe en poésie, Monaco, 1986, *anthologie.*

Cœur Chromatique, R.E.M., Lyon, 1986, *poésie*. Album avec accompagnement musical interprété au piano par Violaine Vanoyeke. Interprétations des textes avec Dominique Paturel.

Clair de Symphonie, J. Picollec, 1987, *roman.*

Messaline, Robert Laffont, 1988, *roman*. Traduit en espagnol, portugais, grec, coréen, bulgare, polonais...

Le Druide, Sand, 1989, *roman.*

Au bord du Douro, Lizier, Luxembourg, 1989, *poésie.*

Les Louves du Capitole, Robert Laffont, 1990, *roman*. Prix littéraire de l'été 1990. Traduit en espagnol, portugais...

La Prostitution en Grèce et à Rome, Belles Lettres, 1990, *histoire*. Traduit en espagnol, en grec, en japonais, en tchèque...

Le Crottin du diable, Denoël, 1991, *roman*. Prix de l'Association de l'assurance et des banques, 1992.

Les Bonaparte, Critérion, 1991, *histoire.*

La Naissance des jeux Olympiques et le sport dans l'Antiquité, Belles Lettres, 1992, *histoire.*

Les Grandes Heures de la Grèce antique, Perrin, 1992, *histoire*. Repris au Grand Livre du Mois.

Les Sévères, Critérion, 1993, *histoire.*

DU MÊME AUTEUR (suite)

Les Schuller, Presses de la Cité, 1994-1995, *romans* :
* *Les Schuller*, Presses de la Cité, 1994.
** *Le Serment des Quatre Rivières*, Presses de la Cité, 1995.

Hannibal, France-Empire, 1995, *histoire/biographie*.
Paul Éluard, le poète de la liberté, Julliard, 1995, *histoire/biographie*.

Le Secret du pharaon (série), L'Archipel, *romans* :
* *Le Secret du Pharaon*, L'Archipel, 1996. Traduit en espagnol, portugais, catalan, tchèque, slovaque, hongrois... Repris au Grand Livre du Mois (1996), par Succès du Livre (1997), à Presses Pocket (1997), Le Chardon bleu (1997).
** *Une mystérieuse Égyptienne*, L'Archipel, 1997, *roman*. Traduit en espagnol, tchèque, portugais, hongrois, slovaque... Repris par Succès du Livre (1998), à Presses Pocket (1999), Le Chardon bleu (1999).
*** *Le Trésor de la reine-cobra*, L'Archipel, 1999. Traduit en slovaque, tchèque, hongrois... Repris par Succès du Livre, Presses Pocket (1999).

Quand les athlètes étaient des dieux, Les jeux Olympiques de l'Antiquité, Fleurus, Collection « Encyclopédie Fleurus », 1996, *ouvrage pour la jeunesse*.
Périclès, Tallandier, 1997, *histoire/biographie*. Traduit en portugais, espagnol... Repris au Grand Livre du Mois (1997).

Les Histoires d'amour des pharaons (série), Michel Lafon :
* *Les Histoires d'amour des pharaons : Néfertiti et Akhenaton ; Ramsès II et Néfertari ; Tyi et Ramsès III ; César et Cléopâtre ; Antoine et Cléopâtre*, Michel Lafon, 1997. Traduit en italien, espagnol, turc, portugais, hongrois... Repris au Grand Livre du Mois (1997), par Succès du Livre (1999), au Livre de Poche (1999).
** *Les Histoires d'amour des pharaons II : Ahmosis et Ahmès-Néfertari ; Tiâa et Aménophis II ; Tout-Ankh-Amon et Ankhsepaton ; Séthi II et Taousert*, Michel Lafon, 1999. Traduit en espagnol, portugais... Repris au Livre de Poche (2000).

La Passionnée, Michel Lafon, 1997, *roman*. Traduit en espagnol...

DU MÊME AUTEUR (suite)

De la prostitution en Alsace (collectif), Le Verger, 1997, *histoire.*

La Pharaonne Hatchepsout (trilogie), Michel Lafon, *romans* :

* *La Princesse de Thèbes*, Michel Lafon, 1998. Nouvelle édition, 1999. Traduit en portugais. Repris au Livre de Poche.

** *Le Pschent royal*, Michel Lafon, 1998. Nouvelle édition, 1999. Traduit en portugais. Repris au Livre de Poche.

*** *Le Voyage d'éternité*, Michel Lafon, 1999. Traduit en portugais, espagnol... Repris au Livre de Poche (2000).

Les Dynasties pharaoniques (série), Tallandier, *histoire* :

* *Les Ptolémées, derniers pharaons d'Égypte*, Tallandier, 1998. Traduit en espagnol, portugais...

Thoutmosis (trilogie), Michel Lafon, *romans* :

* *Le Rival d'Hatchepsout*, Michel Lafon, 2000. Repris au Grand Livre du Mois, au Livre de Poche (2001).

** *L'Ibis indomptable*, Michel Lafon, 2000. Repris au Grand Livre du Mois, au Livre de Poche (2001).

*** *Au royaume du Sublime*, Michel Lafon, 2000. Repris au Grand Livre du Mois, au Livre de Poche (2001).

Les Pharaons mènent à la vie éternelle, autobiographie, Michel Lafon, 2001. Repris au Livre de Poche.

Aménophis (trilogie), Michel Lafon, *romans* :

* *Le Prince de lumière*, Michel Lafon, 2001. Repris au Grand Livre du Mois.

** *Le Breuvage d'amertume*, Michel Lafon, 2001. Repris au Grand Livre du Mois.

*** *Vénérable Tiyi*, Michel Lafon (à paraître).

Discographie

Bach, Beethoven, Debussy, Chopin, R.E.M., Lyon, Violaine Vanoyeke, piano.

Chopin, Debussy, Schumann, R.E.M., Lyon, Violaine Vanoyeke, piano.

Violaine Vanoyeke est l'auteur de nombreuses préfaces et articles parus dans *Historia, Chroniques de l'Histoire, Le Spectacle du monde, Le Quotidien de Paris, L'Histoire, Science et Vie, France-Soir, Géo, Voyager, Version Femme, Vous et votre avenir...*

Pour Philippe.

« Lorsque Amon eut pris les traits du pharaon Thoutmosis IV, il retrouva Moutemuia au palais. Elle s'éveilla en sentant son parfum divin. Il s'approcha d'elle et lui montra combien il la désirait... Tremblante d'envie et d'amour, elle s'émerveilla de son charme parfait... Le palais fut alors inondé des senteurs d'encens venant du pays des Échelles et le dieu fit d'elle tout ce qu'il voulait. »

(Extrait de la théogamie représentée dans le temple de Louxor racontant la conception d'Aménophis III par le dieu Amon et Moutemuia.)

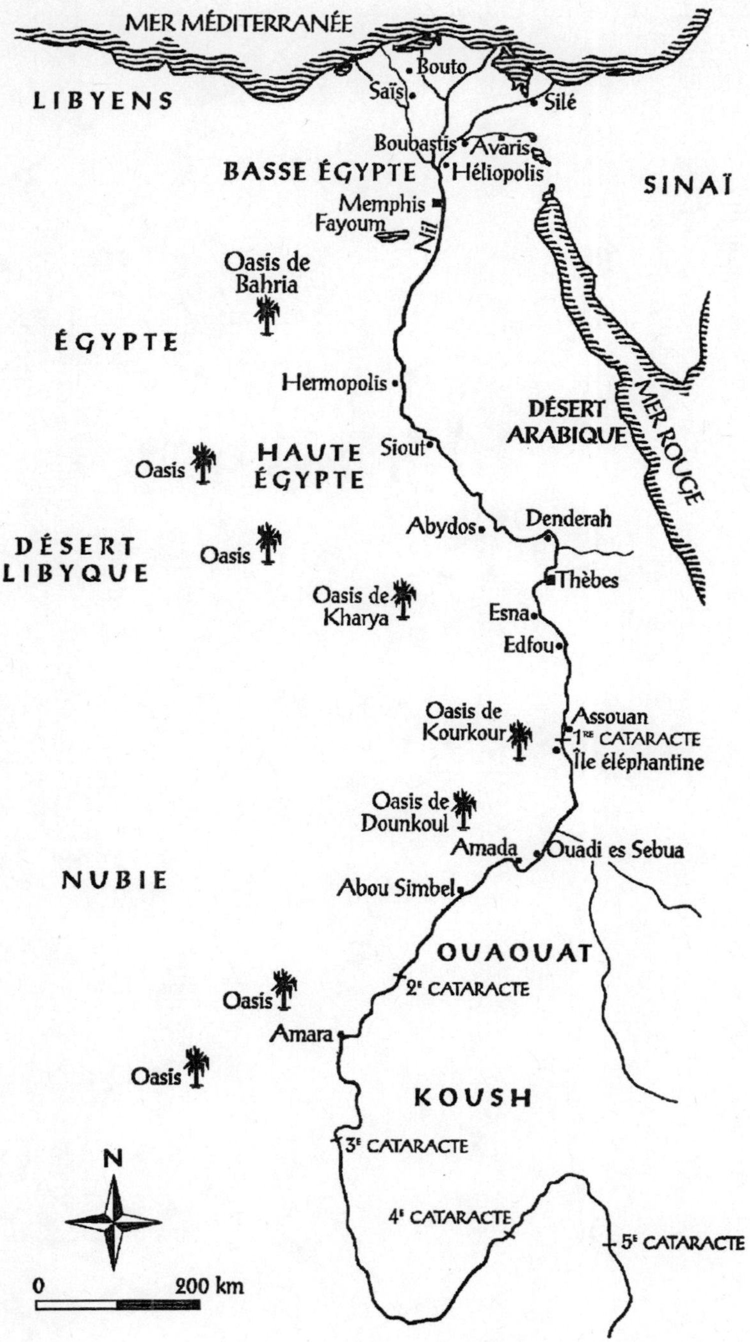

L'Égypte et la Nubie

La Grèce antique et l'Asie

THRACE
Byzance
Thasos
Samothrace
Imbros
TROIE
PHRYGIE
Lemnos
MER
Lesbos
Scyros
Hermos
ÉGÉE
Chio
LYDIE
Andros
Samos
Méandre
Tinos
Ikaros
CARIE
CYCLADES
Mykonos
SPORADES
Paros
Naxos
Siphnos
Amorgos
Théra
Rhodes
Malia
Knossos
Palaokastro
Gortyne
Zakro
Phaïstos
CRÈTE

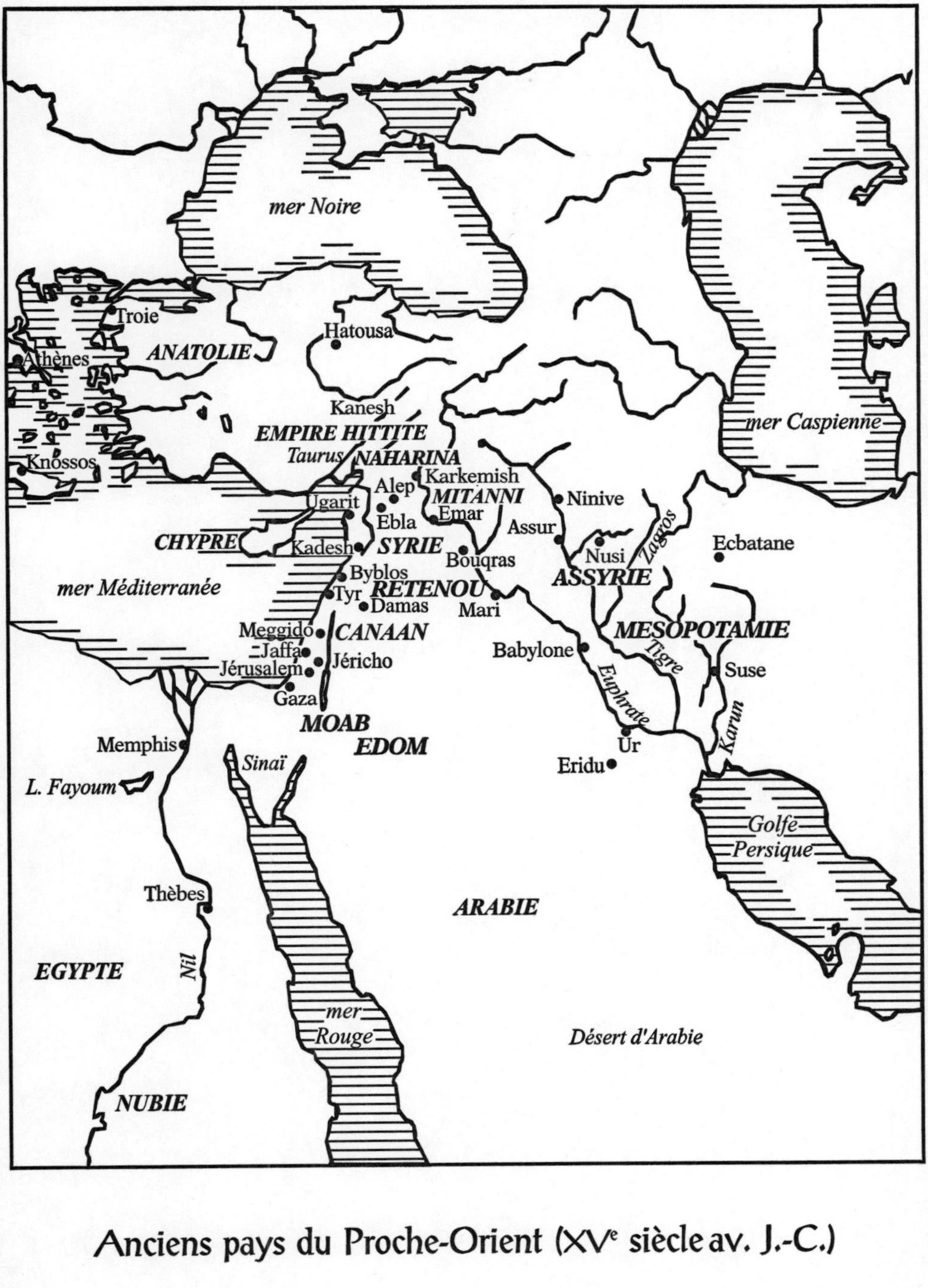

Anciens pays du Proche-Orient (XVe siècle av. J.-C.)

Avant-propos

La XVIIIe dynastie commence avec le pharaon Ahmosis. Ce roi s'illustra en repoussant des envahisseurs venus du Nord appelés « Hyksos » et qui régnèrent en Égypte. Les Indo-Européens s'installaient alors en Asie Mineure.

Aménophis Ier, fils d'Ahmosis et d'Ahmès-Néfertari, et son gendre Thoutmosis Ier surent protéger le territoire de leur ancêtre.

Thoutmosis Ier fut un général exceptionnel. Il eut avec sa première épouse un fils qui fut appelé Thoutmosis II. Marié à sa demi-sœur Hatchepsout, seule héritière de sang royal, Thoutmosis II n'exerça le pouvoir que peu de temps. Il eut une fille avec Hatchepsout : Néférou-Rê. Celle-ci semble être morte très jeune bien qu'une inscription fasse peut-être allusion à elle à une époque où Thoutmosis III régnait seul et où Hatchepsout avait disparu. Sans doute Thoutmosis II et Hatchepsout eurent-ils une seconde fille appelée Méryrêt-Hatchepsout II.

Cette dernière se maria avec Thoutmosis, troisième du nom, fils de Thoutmosis II et d'une fille du harem, Iset.

Thoutmosis III devint pharaon à la mort de son père

Thoutmosis II. Hatchepsout, qui devait assurer la régence, s'imposa comme pharaon à part entière dans la septième année du règne. Elle régna pendant vingt-deux ans, laissant son neveu Thoutmosis III à l'écart. S'entourant de fonctionnaires et de prêtres dévoués à sa personne, organisant des expéditions dans les pays les plus lointains, combattant elle-même les Nubiens, restaurant les temples en ruines, elle sut s'affirmer dans une Égypte prospère [1].

Mais les peuples d'Asie devenant menaçants, Thoutmosis III allait devenir le sauveur de l'Égypte, le plus grand pharaon de tous les temps, celui qui passerait l'Euphrate pour imposer la puissance de l'Égypte en Asie [2]. Son épopée demeure exceptionnelle. Après avoir vécu dans l'ombre d'Hatchepsout, la pharaonne fille d'Amon, Thoutmosis III devait briller au firmament de l'Histoire.

Aménophis II, le fils qu'il eut avec la reine Tiâa, prit, à sa mort, la tête d'un pays gigantesque. Parce qu'ils avaient favorisé les échanges entre l'Égypte et les autres pays, Hatchepsout et Thoutmosis III avaient ouvert la porte de l'Égypte à de nouvelles coutumes et à de nouvelles religions. Les héritiers de la dynastie allaient changer la face du monde dans un tournant fondamental de l'Histoire.

Violaine VANOYEKE

---

1. Voir *La Pharaonne*, Violaine Vanoyeke, Éditions Michel Lafon, 1999.
2. Voir *Thoutmosis*, Violaine Vanoyeke, Éditions Michel Lafon, 2000.

Résumé du livre précédent
AMÉNOPHIS
tome 1

À peine initié au métier de pharaon, le prince Thoutmosis IV doit prendre la succession de son père Aménophis II qui avait hérité de son propre père un immense royaume. Dans le même temps, les peuples asiatiques menacent le roi égyptien. Plutôt que de déclarer la guerre au Mitanni, Thoutmosis IV propose un marché au roi asiatique : il désire que sa fille Hinutimpet, au charme de laquelle il fut immédiatement sensible lors d'une de ses visites à Memphis, rejoigne son harem. Peut-être même en fera-t-il l'une de ses épouses, cas sans précédent dans l'histoire égyptienne ! N'est-ce pas une excellente manière de créer des liens d'amitié entre l'Égypte et l'Asie ?

Mais son confident et ami Pashed, qui quitte précipitamment l'Égypte avec sa mère, convoite, lui aussi, la princesse mitannienne que le roi Artatama lui a promise. Conquis par la beauté de Néfertary, la fille d'un vigneron, Thoutmosis IV annonce son mariage à sa mère Tiâa. Mais Néfertary est enlevée par les Nubiens, ennemis de l'Égypte.

Troisième partie

I

Hinutimpet, la fille du roi mitannien, avait accepté la nouvelle de son futur mariage avec le pharaon Thoutmosis IV sans révolte. Bien que le roi égyptien imposât là ses volontés au détriment de son ancien ami Pashed, fiancé à Hinutimpet, la jeune femme se laissait guider vers son destin avec résignation.

Elle avait embarqué à Byblos sous d'heureux auspices. Son navire, construit sur le modèle des bateaux égyptiens, en bois de cèdre, fendait de sa proue recourbée en forme d'oiseau la surface plane des flots. La confidente Irinet l'accompagnait. Chaque jour, celle-ci s'inquiétait de l'humeur et de la santé de la princesse.

– Ton existence va changer, maîtresse.

Hinutimpet regardait l'écume de la mer en songeant à son enfance passée auprès de son père Artatama. Elle n'en éprouvait pourtant aucune nostalgie.

– Tu t'inquiètes pour ma santé, chère Irinet. Tu as tort de te tourmenter. Je me réjouissais de vivre aux côtés de Pashed et ma destinée paraissait toute tracée. Depuis que Thoutmosis IV est venu à la cour de mon père et qu'il m'a demandée en mariage, je songe souvent à ce roi égyptien.

– Veux-tu dire que tu te réjouis de la tournure que prend ta vie ?

Hinutimpet passait de la proue du bateau d'où elle cherchait à apercevoir les côtes les plus proches à la poupe où elle guettait le rivage égyptien. Irinet la suivait en répétant ses questions.

– Bien que je ne sache pas ce qui m'attend, reconnut la princesse, mon cœur s'en réjouit. La vie au palais égyptien est, paraît-il, exaltante. Pendant un court séjour à Memphis, j'ai déjà pu apprécier le luxe qui entourait Pharaon et dont bénéficiaient toutes ses femmes.

– Et Pashed ?

– Mon père lui donnera probablement l'une de mes sœurs en mariage.

Irinet semblait soulagée de cet état d'esprit.

– Thoutmosis IV doit tenir à ma présence, ajouta la fille d'Artatama. Sinon, je doute qu'il ait refusé les caisses d'or que lui proposait mon père.

– Il t'a réclamée de très nombreuses fois.

– Est-ce vraiment un signe d'affection ? Je le connais à peine. Parce que j'ai été élevée auprès d'un roi, je redoute l'orgueil des hommes de pouvoir. Thoutmosis IV a insisté parce qu'il est pharaon et qu'il règne sur un large territoire. Céder était inconcevable pour lui. Dans cet échange de correspondance, Pashed n'avait aucune chance de gagner.

Après leur rencontre, Hinutimpet espérait, cependant, bien davantage de Thoutmosis IV.

En approchant de l'Égypte, le ciel devint totalement pur. Seule une légère brume de chaleur couvrait l'horizon marin. La lumière devint plus vive. Quelques rayons illuminèrent le dieu Soleil dessiné à la proue du bateau. « Mon dieu me confirme que j'ai fait le bon choix. Je ne dois plus regarder en arrière », se dit Hinutimpet en interprétant favorablement les reflets dorés qui semblaient animer le visage divin. Comme si les dieux l'entendaient, le port égyptien apparut soudain à l'horizon.

– Matelots ! dit-elle à deux membres d'équipage qui guidaient le bateau à l'aide d'un gouvernail. N'est-ce pas le rivage égyptien ?

– Assurément ! répondit le pilote. Nous arrivons, grâce aux dieux ! La traversée a été paisible. Aucun ennemi, aucun pirate ne l'a troublée. Bien que je ne sois ni prêtre ni voyant, je crois pouvoir affirmer que ce présage est favorable.

Le port égyptien devenait de plus en plus net. L'équipage manœuvrait habilement en annonçant les pièges à éviter. Les marins redoutaient, en effet, les côtes égyptiennes où avaient sombré de nombreux bateaux avec leurs chargements. « Comment Thoutmosis IV se comportera-t-il avec moi ? Me considérera-t-il comme une femme parmi d'autres ? Me traitera-t-il comme une servante alors que j'ai reçu l'éducation d'une princesse ? Se montrera-t-il aussi agréable qu'au Mitanni ? » se demandait Hinutimpet.

La lumière était si forte qu'Hinutimpet se retira sous le dais qui protégeait le *naos* central où elle prenait ses repas et où elle se faisait éventer avec des plumes d'autruche.

– Le dieu Soleil n'a jamais été aussi éblouissant, dit-elle à sa confidente. Dois-je en conclure que Pharaon a pris la bonne décision ?

– Tu devras t'habituer à honorer les dieux égyptiens, belle Hinutimpet. Il te faudra aussi parler égyptien.

– Mon père m'a donné un maître compétent. Quant aux dieux, je les connais et je les vénère. Ils ne peuvent, cependant, pas concurrencer notre grand dieu Soleil, le plus resplendissant de tous, l'Unique éternel. Thoutmosis IV sera certainement sensible à sa puissance. Peut-être même m'autorisera-t-il à l'honorer et à développer son culte en Égypte.

– Pharaon est tolérant et curieux. Il sera probablement attentif aux bienfaits du divin Soleil. Il ne t'interdira pas de le vénérer.

– Qu'Aton le guide !

Hinutimpet se sentit envahie d'une chaleur intense. Sa gorge devint extrêmement sèche.

– Sers-moi une coupe d'eau, ordonna-t-elle à l'une des douze servantes qui l'accompagnaient.

Mais le liquide était si tiède qu'Hinutimpet trempa à peine ses lèvres dans le breuvage.

*
**

De son côté, Thoutmosis IV était satisfait d'avoir enfin obtenu gain de cause. Pour ce faire, il avait menacé le roi mitannien d'envoyer son armée en Asie. Les mois ayant passé depuis l'envoi de son premier message au roi Artatama, la Grande Épouse Néfertary lui avait déjà donné un deuxième enfant.

Le pharaon avait fait préparer une fête exceptionnelle pour l'arrivée d'Hinutimpet à Memphis. Jamais encore un roi égyptien n'avait épousé une princesse mitannienne. Cette union servirait de symbole d'entente entre les deux pays. Aussi le vizir et le sage Ouserhat avaient-ils conseillé à Thoutmosis IV de fêter l'événement à sa mesure. Les Égyptiens étaient également invités à se réjouir pendant plusieurs jours.

Thoutmosis en profita pour faire orner les murs de deux temples nubiens construits sur l'ordre d'Aménophis II et de Thoutmosis III. Maïerperi, qui restait l'une des femmes du harem qu'il préférait, l'encouragea en ce sens en lui rappelant que ces parois étaient nues et qu'il serait bon d'y décrire le pouvoir de Thoutmosis IV.

– Sais-tu, Maïerperi, lui confia le pharaon, que tu m'as attiré parce que tu ressemblais à la fille d'Artatama ?

Maïerperi, dont le père était originaire de Nubie et qui était très fière, n'admit pas la comparaison.

– Comment pourrais-je ressembler à une Asiatique ? demanda-t-elle au roi. Nos traits doivent être totalement différents.

– Tu n'as aucune raison de te vexer. Hinutimpet est très belle. Elle arrivera prochainement à Memphis pour m'épouser.

– Depuis quand Pharaon la connaît-elle ?

– Je l'ai connue bien avant toi !

– Veux-tu me faire comprendre que tu ne m'aurais jamais regardée si tu n'avais pas été attiré par cette princesse mitannienne ?

– Je t'ai trop gâtée, Maïerperi. Tu es devenue capricieuse et désobéissante.

Comme des exclamations de voix se faisaient entendre dans le jardin, le roi allait quitter son harem quand Maïerperi le retint.

– Qu'on prévienne Pharaon ! Que Thoutmosis IV aille au bord du Nil !

– Que signifient ces cris ? demanda Thoutmosis IV.

– Accorde-moi seulement un instant, grand roi, insista Maïerperi.

– Je t'écoute, belle Nubienne.

Envoûté par l'odeur capiteuse et fruitée du parfum de Maïerperi, Thoutmosis IV qui avait bu plusieurs coupes de vin de son beau-père ne paraissait pas pressé de quitter le divan sur lequel il était étendu. Il caressait du bout des doigts les cheveux noirs de Maïerperi et prenait plaisir à sentir leur fragrance voluptueuse faite de rose, de myrrhe et d'encens.

La jeune femme totalement nue se pressa contre le corps de son roi.

– Tu as les mêmes lèvres épaisses et sensuelles qu'Hinutimpet, la même couleur de cheveux, les mêmes yeux en amande, si larges qu'ils paraissent sans cesse ouverts sur le monde.

– Pourquoi Pharaon cherche-t-il à me contrarier ?

Thoutmosis IV éclata de rire.

– Allons, parle-moi vite...

Maïerperi se rapprocha encore de lui et se mit à rire comme une enfant.

– Pharaon va être content.

– Que se passe-t-il ?

– Maïerperi attend un enfant.

Le visage de Thoutmosis IV s'éclaira comme toutes les fois où ses femmes lui annonçaient la même nouvelle. Plusieurs femmes du harem lui avaient déjà donné des fils et des filles robustes.

– Le prince Aménophis III aura bientôt un demi-frère ou une demi-sœur...

– Il en a déjà plusieurs, crut bon de lui rappeler le roi. Ton enfant recevra la même éducation que les autres.

– Mais celui-ci naîtra de Maïerperi.

– En effet. Il n'en sera pas pour autant privilégié.

Maïerperi fit une moue qui en disait long sur l'ambition qu'elle avait pour son futur enfant.

L'ancienne nourrice de Thoutmosis IV, Heqarchar, qui s'était beaucoup occupée du roi lorsqu'il était enfant et qui le chérissait comme son propre fils connaissait aussi bien que Tiâa sa personnalité. Maïerperi avait obtenu d'elle de précieuses confidences. Elle savait ainsi que le futur enfant de Thoutmosis IV s'appellerait Amenhemat si c'était un fils. La Grande Épouse Néfertary était prête à lui donner, comme il le souhaitait, de nombreux descendants des deux sexes.

– Heqerneh s'occupera d'eux puisqu'il surveille déjà l'éducation du jeune Aménophis III, avait-elle confié à Maïerperi.

Parce qu'elle connaissait l'attachement qu'éprouvait Maïerperi pour Thoutmosis IV, la jeune et dévouée nourrice, habituellement vêtue sagement d'une tunique longue qui lui arrivait aux chevilles et qui portait une perruque courte, un large collier multicolore et des bracelets aux poignets et en haut des bras, lui parlait de Thoutmosis IV avec une complicité flatteuse. Maïerperi se sentait ainsi la favorite du harem.

– Mais Heqerneh aura bientôt un travail considérable. Thoutmosis IV songe déjà à lui adjoindre le père nourricier Méryrê car il espère, après Amenhemat, un petit Aakheperourê et au moins quatre autres fils.

– Méryrê ? L'époux de Baketemané ?

– Lui-même ! Il deviendra le protecteur des fils d'Amon et de Thoutmosis IV.

– Que sais-tu encore, divine nourrice ? Connais-tu les noms de ces futurs princes ?

– Tout cela est bien prématuré ! J'ai entendu Néfertary

évoquer quelques prénoms comme Satoum ou Athmenès...

– Athmenès... Ce prénom me paraît un peu long. Je préfère Ahmès. Pourquoi n'appellerais-je pas mon enfant Ahmès ? Puisque ce nom plaît à Pharaon, je serais sûre de ne pas choisir un prénom qu'il regretterait.

La nourrice s'était tout d'abord montrée réticente.

– Néfertary comprendra que je t'ai mise dans la confidence et elle ne me le pardonnera pas.

– Chère nourrice, Ahmès est un prénom si répandu... Mon grand-père s'appelait ainsi. Je pourrai toujours prétendre que j'ai pensé à lui en cherchant un prénom...

– Soit. Mais oublie-moi.

Elle avait hésité avant d'ajouter :

– Je sais seulement que mon frère, prêtre d'Amon, a prévu pour un Ahmès à naître un avenir fabuleux. Il le voit responsable du trésor et des travaux royaux, chef du bétail, du grenier, des cultures, prêtre pur d'Atoum et directeur d'Héliopolis. Il assistera le roi de Basse Égypte et sera proche de Pharaon. Ce dernier lui donnera l'entière responsabilité du temple d'Atoum. Responsable des cultes et des offrandes à Héliopolis, il assumera les plus hautes fonctions.

– Ce sera mon fils ! s'était exclamé Maïerperi.

– Hélas, mon frère a également précisé qu'il serait prince, fils de roi, aîmé de Pharaon et de Rê.

– Eh bien ! Cette définition correspond parfaitement à mon futur enfant !

– Ne serait-il pas plus sage de l'appeler tout simplement Maïerperi comme toi puisque ce nom désigne aussi bien un homme qu'une femme ?

– Pourquoi me parles-tu d'une telle éventualité ?

– Parce que mon frère a interrogé les dieux à ton sujet.

Un certain Maïerperi devrait être enterré dans la Vallée des Rois. Quelle destinée exceptionnelle !

– Et quels titres aurait cet homme ?

– Il serait « porte-étendard » et « fils du *Kep* ».

– Ce qui est moins prestigieux...

– Songe à la vie éternelle d'un homme enterré comme les pharaons dans la Vallée des Rois ! Sans doute ce Maïerperi deviendra-t-il pharaon pendant sa vie terrestre à moins que la famille royale ne l'accepte comme l'un des siens.

Ne sachant que choisir, Maïerperi préférait y réfléchir. Elle n'avait pas osé interroger davantage la nourrice bien qu'elle souhaitât lui poser les mêmes questions au sujet des futures filles de Thoutmosis IV. Si le pharaon en voulait également, combien en espérait-il ? Quels prénoms leur donnerait-il ?

« J'aime mieux imaginer que mon premier enfant sera un garçon, se dit-elle. Maïerperi ou Ahmès ? Le fait même de lui donner un nom le rendra tel que le dieu Khnoum a prévu de le façonner. Je dois donc choisir en connaissance de cause. »

Oubliant provisoirement l'arrivée imminente de Hinutimpet, Maïerperi se mit à imaginer son fils en pharaon ou en chef d'Héliopolis.

– Quoi qu'il en soit, je ferai en sorte que son destin soit exceptionnel.

II

Hinutimpet pria le dieu Aton en abordant sur le rivage égyptien. Elle se para avec les bijoux que lui avait offerts son père et ordonna à son majordome de compter les caisses d'argent que le roi Artatama lui avait confiées.

– Si un seul objet manque après le débarquement, avertis-moi aussitôt. Qu'aucun membre d'équipage ne se disperse tant que l'inventaire n'aura pas été terminé !

Le Mitannien lui promit d'être vigilant.

Hinutimpet se fit aider de sa confidente dans le choix de ses vêtements. Puis elle goûta avec délice au décorum mis en place pour sa venue.

– Je ne pensais pas qu'une telle cérémonie serait préparée pour m'accueillir, dit-elle à sa confidente en voyant des Égyptiens l'acclamer sur le port. Nous ne sommes pourtant pas à Memphis !

– Cet accueil te donne une idée de ce qui nous attend dans la ville du roi.

Hinutimpet fut vite rassurée sur les sentiments de Thoutmosis IV à son égard. Jamais encore, si ce n'est pour le mariage de son pharaon, le peuple égyptien n'avait autant manifesté sa joie face à un événement royal.

Ignorant les réactions de ses femmes, Thoutmosis IV retrouvait ses sentiments premiers, ceux qui lui avaient fait remarquer Hinutimpet. Dès qu'il vit la princesse avancer vers son trône abrité d'un dais qui avait été disposé à l'extérieur près du débarcadère royal, Thoutmosis IV éprouva à la fois un immense bonheur et la satisfaction d'un roi auquel on a obéi.

La princesse s'inclina devant lui.

– Mon père te salue, Grand Horus. Il m'a demandé de t'offrir de magnifiques pièces...

– La plus belle de toutes est sans doute celle qui se tient devant moi aujourd'hui, l'interrompit Thoutmosis IV. Artatama s'est montré réticent...

– Pardonne à un père aimant qui refusait de se séparer de sa fille.

– Puisque tu es là, je te promets d'oublier ce retard même s'il s'est prolongé pendant des mois.

Thoutmosis IV paraissait aussi heureux que lorsqu'il avait épousé Néfertary. Il prononça un discours devant le peuple réuni, l'informant officiellement de sa volonté de faire de la princesse mitannienne une épouse royale. Ce discours, précédé par une rumeur grandissante, entraîna quelques murmures dans l'assistance. Bien qu'il ait envoyé ses espions recueillir sur les marchés les réactions des Égyptiens, Thoutmosis IV crut comprendre que cette union insolite déplaisait à certains. Aussi se montra-t-il rassuré lorsque tous les Égyptiens l'acclamèrent. Même si personne n'osait le contredire, le roi préférait contenter son peuple.

Les Égyptiens montèrent sur des caisses pour tenter d'apercevoir Hinutimpet. La plupart des femmes la trouvaient pleine de charme. Des soupirs de contentement accueillirent aussi les porteurs de présents asiatiques qui déposèrent les coffres aux pieds du pharaon avant de les ouvrir.

Hinutimpet avait encore la beauté de la jeunesse. Elle n'avait pas besoin de maquillage excessif ni de bijoux trop nombreux pour illuminer l'éclat de sa peau et de ses yeux. Cette fraîcheur naturelle, son éternel sourire, son dynamisme plurent d'emblée aux Égyptiens.

– Inutile d'attendre plus longtemps pour célébrer notre mariage, lui dit le pharaon. Je ne serai satisfait que lorsque tu m'auras épousé. Artatama est invité à ces noces. Viendra-t-il en Égypte ?

– Grand Horus d'or, mon père t'a écrit à ce sujet. Il ne peut quitter le Mitanni en ce moment. Connaissant ta volonté de m'épouser le plus vite possible, il a préféré ne pas t'irriter davantage en te demandant de retarder cette union. Mais il nous souhaite beaucoup de bonheur.

– Maât a été dérangée. Elle qui contrôle l'ordre des choses a été troublée comme moi par notre rencontre qui s'était conclue par une malheureuse séparation. Contentons la déesse en nous épousant demain. Ainsi l'équilibre reviendra-t-il dans le cœur de Pharaon.

La princesse prit la main que lui tendait Thoutmosis IV. Elle le trouvait encore plus beau coiffé de son pschent qu'en Asie où il portait le nemès. Son gorgerin rutilant de cornaline, de turquoise et de lapis-lazuli, ses bracelets assortis, son pagne, ses sandales et ses protège-doigts de pied dorés lui donnaient un air divin. « Il est au-dessus des humains », se dit Hinutimpet en oubliant totalement Pashed devant cette sublime apparition.

La reine Néfertary, qui se tenait légèrement en retrait, se leva et invita tendrement Aménophis III à se tenir à côté d'elle.

Le jeune prince observait la princesse mitannienne

avec curiosité. Il sentait qu'un événement se préparait sans en évaluer toute l'importance. Sage et réfléchi, habitué à écouter son précepteur avec attention, Aménophis ne perdait aucun des mots prononcés par son père en se promettant de ne rien oublier.

Hinutimpet s'inclina devant la Grande Épouse royale.

– Princesse, je t'accueille avec joie dans ce palais puisque tel est le souhait de Pharaon. Que les dieux se réjouissent de ta présence. Je te présente mon fils, le prince héritier Aménophis.

Hinutimpet remarqua aussitôt le ventre arrondi de Néfertary et sentit quelques regards hostiles. Mais elle fut si vite entourée et choyée par les servantes qui avaient reçu l'ordre de s'occuper d'elle qu'elle oublia cette inévitable jalousie.

Lavée, parfumée, coiffée, massée, maquillée, elle dut écouter les conseils d'un chambellan qui lui récita les règles du protocole et le programme du lendemain.

Effrayée par une journée aussi chargée, Hinutimpet tenta de se plier aux volontés du roi.

– Ne t'inquiète pas, princesse. Je serai là pour te rappeler les rites qui accompagneront ton union avec Pharaon.

Bien qu'elle parlât parfaitement l'égyptien, la jeune femme ne comprenait pas tout ce que lui disait le chambellan.

– Tu évoques devant moi certains dieux dont je ne connais même pas le nom. Pharaon devra-t-il honorer toutes ces divinités ?

– Toi aussi, princesse.

Hinutimpet se prit tout de suite d'amitié pour ce vieux fonctionnaire qui lui parlait sur un ton paternel.

– Écoute-moi bien et tout se passera le mieux possible.

– Je l'espère car j'ai plus l'habitude d'honorer Aton que Ptah.

Au bout d'un long entretien, la Mitannienne sentit qu'elle pouvait se confier au fonctionnaire égyptien.

– Quel est ton nom, chambellan ?

– Je m'appelle Menatou.

– Menatou, tu me parais bon, dévoué et compréhensif.

– La princesse m'honore, répondit le chanbellan en tombant à ses pieds.

– Relève-toi, Menatou, et réponds-moi si le roi t'y autorise.

– Le roi a confiance en moi. Je l'ai vu naître. J'ai remplacé son précepteur lorsqu'il est devenu adulte.

– Tu as l'air de l'aimer beaucoup.

– Comme mon enfant et mon prince.

– Menatou, je ne connais guère la cour égyptienne. Certaines femmes vont me jalouser et ne pas me faciliter la tâche. Qui m'apprendra ce que je dois faire ? Vos coutumes sont compliquées.

– Ne t'inquiète pas. Le roi Thoutmosis IV m'a désigné pour t'aider. Tu te sentiras bientôt ici comme chez toi.

Comme Menatou lançait un regard enflammé à sa confidente ; Hinutimpet la lui présenta.

– Elle sait tout de moi et tu sais tout du roi. Vous seriez faits pour vous entendre.

– Me permets-tu de lui faire un don à l'occasion de ton mariage ?

– Demande-le-lui. Elle sera sans doute ravie d'une telle attention.

Le chambellan continua à lui expliquer dans le moindre détail tout ce qu'elle devait savoir.

– Menatou, je ne me souviendrai jamais de tout. Je te fais confiance pour me guider. Parle-moi aussi de Néfertary et de son fils Aménophis III. Il m'a paru obéissant. Mais que pense-t-il de moi ?

– Princesse, que mes propos ne te vexent pas...

– Parle franchement.

– Pharaon possède beaucoup de femmes. Néfertary, la Grande Épouse, ne saurait ressentir la moindre haine pour une nouvelle épouse secondaire. Elle accepte les souhaits de Pharaon sans état d'âme. Quant à Aménophis III...

– Il se désintéresse des amours de son père.

– Bien que je l'aie trouvé très attentif à l'accueil que te réservait Pharaon, je crois que le prince héritier n'en a cure. Il se prépare déjà à régner.

– Thoutmosis IV est encore si jeune...

– Un prince est pris en charge dès sa naissance. Hinutimpet, n'attends pas des membres de la famille royale plus que de raison. Contente-toi de séduire Pharaon et tu seras comblée.

Hinutimpet revit les yeux sévères d'Aménophis et son fier visage d'enfant. « Il ressemble tant à son père ! » se dit-elle.

III

Maïerperi avait pris sa décision : son fils s'appellerait comme elle. Jamais elle ne perdrait l'opportunité de faire de lui le roi d'Égypte. Sans cesse pendant ses nuits lui était revenue la phrase de la nourrice de Thoutmosis. « Une voyante avait prédit qu'un certain Maïerperi fils du roi aurait sa tombe dans la Vaste Prairie. » Y avoir sa tombe signifiait sans doute devenir Pharaon.

– J'espère que mon fils aura les mêmes précepteurs qu'Aménophis. Méryrê et Heqerneh sont les meilleurs. Baketemané, l'épouse de Méryrê, me paraît facile d'accès. J'aimerais sympathiser avec elle.

Maïerperi s'était également rapprochée de Méryt, la femme de l'éducateur Sebekhophis qui suivait les progrès du prince héritier avec attention tandis que le fonctionnaire Horemheb l'initiait à la guerre.

Dans les mois qui suivirent, la complicité entre Hinutimpet et le chambellan de Thoutmosis IV se renforça. Thoutmosis IV éprouvait une affection grandissante pour la Mitannienne. Elle lui parlait souvent du dieu qu'elle vénérait.

– Aton est le dieu de la lumière et de la vie, lui disait-elle. Il reste le dieu primordial. Tous les autres dieux sont inférieurs à lui.

– Mes ancêtres l'ont vénéré. Mais ici, le dieu Ptah est la divinité la plus puissante.

– Rien ni personne ne surpasse la divinité du soleil.

Hinutimpet avait réussi à convaincre Méryt, la meilleure pour allaiter, belle du harem et décorative royale. Mais Thoutmosis IV demeurait sceptique face à ses conclusions.

Le palais fut alors endeuillé par la disparition du jeune prince Amenhemat. Aménophis III pleura lui aussi la mort de son frère. Seul l'état de Néfertary qui attendait encore un enfant consola le pharaon.

Comme les Nubiens s'agitaient de nouveau, Horemheb proposa au roi de réaliser une campagne d'initiation pour Aménophis III.

– Heqerneh et Méryrê forment le jeune prince dans l'art de gouverner. La politique n'aura bientôt plus de secret pour lui. Il sait remarquablement tirer de l'arc. Le moment est venu de le confronter à nos ennemis. Une campagne punitive en Nubie serait une occasion idéale...

Thoutmosis IV approuva cette idée.

– Après le décès d'Amenhemat, nous avons tous besoin de reprendre confiance en notre destin. Une victoire militaire rendrait le sourire aux Égyptiens. Que la famille royale se prépare à partir en Nubie pour plusieurs semaines. Toutes mes femmes nous accompagneront. Seuls mes plus jeunes fils resteront ici.

– Heqerneh est malade. Devra-t-il aussi se joindre à nous ?

– Aménophis III est très affecté par la souffrance

de son père nourricier. Qu'Heqerneh se repose. Nous emmènerons avec nous l'efficace Sebekhophis.

*
**

Aménophis III apprit de sa mère son départ pour la Nubie. Horemheb lui démontra combien cette expérience serait importante pour lui. Le jeune prince était fier d'être considéré comme un adulte. Comme son père lui donnait quelques conseils, il lui demanda si les Nubiennes étaient aussi belles que les Asiatiques.

– Pourquoi me poses-tu de telles questions ? dit Thoutmosis IV en éclatant de rire. Tu es bien jeune pour t'intéresser à ce genre de choses. Écoute plutôt mes conseils et ceux du sage Horemheb.

Aménophis avait le regard vif et coquin. Bien qu'il n'ait pas perdu son apparence un peu ronde en grandissant, on retrouvait dans ses traits la finesse et la beauté de la famille des Thoutmosides. Son visage était plus allongé encore que celui de son père. Il avait les yeux souvent cernés et le front large.

– Je t'ai écouté, père, Grand Horus. Mais j'aimerais que tu me répondes.

– Pourquoi me demandes-tu tout cela ? Tu as déjà vu de nombreuses Nubiennes à la cour, des danseuses, des filles du harem, des servantes...

Aménophis n'était pas convaincu.

– Tu pensais plutôt à Hinutimpet.

– En effet.

– On m'a dit qu'elle s'occupait de toi et qu'elle te lisait des contes de son pays.

– Elle me parle aussi du dieu Soleil qu'elle vénère.

Thoutmosis IV crut bon de mettre son fils en garde contre une telle propagande.

– Contente-toi aujourd'hui de t'intéresser à nos divinités. Je t'avais déjà dit de ne plus écouter Hinutimpet lorsqu'elle te parle d'Aton. Elle tente de convaincre nos servantes qu'il n'existe sur cette terre qu'un dieu unique. Je redoute qu'elle n'attire sur le palais la colère des autres dieux.

– Elle est très persuasive.

– Je le sais. Elle est surtout convaincue qu'Aton est le dieu tout-puissant. Aussi n'a-t-elle aucune peine à enseigner ses beaux préceptes aux autres.

– Toutes ses paroles font allusion à Aton.

– On raconte aussi qu'elle rejoint la nuit d'étranges personnes.

– Interdis-lui de quitter le palais ou envoie l'un de tes espions pour savoir ce qu'ils font.

– Je crains qu'Hinutimpet ne le reconnaisse et ne me reproche mon manque de confiance.

– Ce n'est qu'une épouse secondaire, père.

– Que penses-tu de mon mariage avec elle ?

– Tu es le roi. Je n'ai pas le droit de te juger.

– Sauf si je te le demande.

– J'aime bien la compagnie d'Hinutimpet, dit Aménophis en hochant la tête. Je la trouve très belle. Elle affirme que le Soleil est source de vie et de régénération. Elle n'a pas tort, reconnais-le.

– Nous aussi nous adorons le dieu Rê.

– Mais nous donnons également des offrandes à des dizaines d'autres dieux.

– La divinité que tu remercies chaque matin en ouvrant les yeux est pourtant le soleil Rê tout-puissant.

Tu comprendras mieux plus tard l'importance de nos cultes. Que les dieux égyptiens te guident en ce domaine !

Thoutmosis IV crut bon d'aborder un autre sujet qui allait causer un nouveau chagrin à son fils.

– Amenhemat ne viendra évidemment pas avec nous en campagne et je le regrette comme toi. J'ai décidé qu'Heqerneh resterait ici. Son état de santé ne lui permet pas de voyager. Sebekhophis le remplacera.

– Père, crois-tu qu'Heqerneh rejoindra l'Au-Delà en notre absence ?

– Je prie les dieux pour qu'il reste auprès de nous le plus longtemps possible.

Thoutmosis IV prit son fils contre lui.

– Sa vie éternelle sera joyeuse et comblée. Il passera avec succès l'épreuve du jugement d'Osiris car il a toujours été honnête et dévoué à Pharaon.

– Il m'a tant appris ! Je me souviendrai toujours de sa sagesse et de sa culture.

– Je le sais, mon fils. Pour lui faire plaisir, tu te montreras courageux.

– Je crains seulement de ne plus le revoir en ce monde si nous revenons trop tard..

– Sa disparition abrégerait ses souffrances.

– Tu as raison, répondit le prince héritier en se blottissant contre le roi. Je ne suis pas digne de mon rang en sanglotant ainsi dans tes bras. Pardonne mes faiblesses. Mais tu connais mon attachement à cet homme.

– Il est entièrement justifié. Heqerneh est plus qu'un maître pour toi. Il a été un conseiller et un confident. Tu as appris auprès de lui des règles de conduite essentielle, une éthique de vie qui dirige ton existence et qui te protégera toujours des excès. Tu sauras ainsi prendre les décisions les plus sages dans les pires moments. Que les dieux m'en soient témoins ! Un prince ou un roi traversent des périodes délicates et doivent s'en remettre à leur conscience lorsqu'ils se trouvent parfois confrontés à des raisons d'État. Tant de responsabilités sont lourdes à supporter par un seul homme !

– Je commence à être conscient de l'importance des cours d'Heqerneh dont l'enseignement complète à merveille celui d'Horemheb. Je me sens, cependant, si pitoyable.

– Par tous les dieux, tu n'es qu'un tendre faucon ! Personne ne saura que tu as pleuré dans mes bras. Même la Grande Épouse ne sera pas informée. Je te le promets. Les femmes ne comprennent pas nos faiblesses. Elles sanglotent souvent sans raison alors que nous pleurons pour de véritables drames.

– Horus d'or a toute mon admiration et mon amour, lui répondit Aménophis. Néfertary ne me comprendrait pas.

– Va rejoindre Horemheb. Il t'attend. Tu prépareras tes armes. J'ai hâte de te voir tirer de l'arc. Tes maîtres m'ont dit tout le bien qu'ils pensaient de ton adresse. Tu vas devoir te rappeler des préceptes d'Heqerneh et des leçons d'adresse d'Horemheb. Il est temps que ton apprentissage te serve sur un champ de bataille !

Aménophis lui raconta comment s'étaient déroulées ses dernières séances d'entraînement.

– Voilà qui me paraît de bon augure. N'oublie pas ton carquois et la lance que je t'ai offerte. Ah ! J'ai encore une nouvelle à t'apprendre. Un nouveau prince ou une princesse devrait naître dans six mois. Néfertary n'en fera pas moins ce voyage en Nubie avec nous. Montre-toi digne de la Grande Épouse royale !

Aménophis se réjouit de la présence de sa mère. Il était

si sûr de sa supériorité qu'il souhaitait montrer à tous combien il excellait dans le lancer des traits ou le maniement des arcs. Nul ne le rattrapait lorsqu'il lançait son cheval à la course. Il savait parler aux chevaux et les encourager sans les frapper. Ce don inné lui venait de son père qui lui avait appris à respecter les bêtes alors que la plupart des Égyptiens les traitaient avec rudesse.

– Qui va choisir ton cheval ? lui demanda Thoutmosis.

– Youya. J'ai toute confiance en lui. Je n'ai jamais vu un homme s'occuper aussi bien des bêtes qu'il le fait. Il est vraiment le maître des écuries royales. J'hésite entre plusieurs chevaux. Lui seul saura lequel sera suffisamment expérimenté pour ne pas être effrayé sur le terrain, lequel sera assez vieux pour ne pas reculer face à la mêlée tout en ayant encore assez d'énergie pour m'entraîner dans la bataille. Je ne peux m'en remettre à mon jugement car je n'ai jamais testé le comportement de mes chevaux dans un combat.

– Youya choisira l'ensemble de la cavalerie. Je lui fais entièrement confiance. Il n'a jamais failli à sa tâche.

Thoutmosis serra encore son fils contre lui et l'encouragea à ne plus penser qu'à leur campagne.

– Tu auras besoin de toute ta concentration. Que ton esprit ne se laisse ni distraire par ton chagrin ni par la beauté des femmes. Tu auras tout le temps de comparer ensuite les Nubiennes avec les Asiatiques !

IV

Deux jours plus tard, Thoutmosis IV prenait la tête de ses troupes. Perruquiers, manucures, porte-éventails, porte-sandales et sommeliers accompagnaient le cortège royal. Pour la première fois, tous les serviteurs du palais suivaient le souverain à la guerre. Ce déplacement impressionnant ressemblait plus à une partie de campagne qu'à un départ pour la Nubie rebelle.

Le prince se tenait fièrement à côté de son père. Il chevauchait sur l'une des plus belles bêtes de l'écurie royale. Son cheval marron ne demandait qu'à partir au galop. Aménophis le retenait avec peine en le calmant par de vifs coups de talons. Il n'en aimait pas moins sa monture et lui parlait comme à un être humain en lui flattant l'encolure.

Maïerperi n'avait pas laissé son jeune fils au palais sans regret. « Quel dommage qu'il ne soit pas plus âgé. Il aurait pu ridiculiser Aménophis dans bien des disciplines car je suis sûre qu'il deviendra meilleur cavalier et meilleur archer que lui ! »

Elle avait pris place dans un char occupé par Méryt et Baketemané. Seule l'épouse d'Heqerneh était restée au chevet de son mari.

– À quoi songes-tu, belle Maïerperi ? lui demanda avec douceur Baketemané. Tu parais triste. Sans doute est-ce parce que tu laisses ton fils au palais et que tu ne le verras pas pendant quelques jours. Le jeune Maïerperi est bien gardé.

– Il serait entre de meilleures mains si tu te trouvais auprès de lui en ce moment, répondit tristement Maïerperi.

– C'est impossible. Je dois m'occuper des enfants de Pharaon...

– Et des princes étrangers. En réalité, je regrette que mon fils ne fasse pas partie de ce cortège. Fort comme il est, il sera plus tard un vaillant guerrier alors qu'Aménophis est empâté et maladroit...

Baketemané baissa la voix en fronçant sévèrement les sourcils.

– Tu ne m'avais pas habituée à un tel langage, lui dit-elle sur un ton de reproche. Sinon, je n'aurais pas écouté tes confidences. Tu sais combien nous vénérons le prince qui perdra ses rondeurs en vieillissant et qui est le plus habile archer que je connaisse. Il l'emporte sur tous les jeunes de son âge. Je te trouve très injuste.

– Pardonne-moi. Que les dieux oublient mes propos !

– Tu es parfois trop impulsive. Prends garde que la Grande Épouse ne t'entende un jour ! Elle ne te pardonnerait pas de tels jugements offensants pour le roi.

Maïerperi préféra se taire. Elle ramena les larges pans de sa tunique sur ses genoux et enroula autour de son doigt une mèche de sa perruque qui frôlait à peine ses épaules. Elle admira longuement la bague que lui avait offerte le roi. Bien qu'elle n'ait rien ajouté, Méryt lui lançait un regard noir. Elle non plus ne pouvait tolérer les réflexions de Maïerperi.

Dans le char qui suivait, le chambellan de Thoutmosis IV était attentif au confort de la confidente d'Hinutimpet, heureuse de ce voyage. « Je vais enfin découvrir l'Égypte du nord au sud », se disait la jeune Mitannienne qui se réjouissait aussi de son installation à Memphis.

Le père de Néfertary avait veillé lui-même aux chargements de ses jarres sur les chariots. Il avait, lui aussi, pleuré la perte de son petit-fils Amenhemat et attendait beaucoup de la grossesse de sa fille. Celle-ci voyageait dans son char. Elle s'était étendue au milieu de coussins moelleux et refusait les soins des médecins qui accompagnaient la famille royale.

Sous prétexte de contrôler le cortège acclamé par les villageois égyptiens, Aménophis III chevaucha près du char d'Hinutimpet qui se réjouit de la compagnie du prince.

Après trois haltes en Moyenne Égypte, à Thèbes et près de la première cataracte, l'armée égyptienne pénétra en Nubie. Aménophis apprit de son père des règles stratégiques.

Deux jours après leur avancée dans la région hostile à Pharaon, Thoutmosis IV déclara à Horemheb qu'il avait l'intention d'attaquer les Nubiens le lendemain.

Aménophis se sentait fébrile et nerveux. Bien qu'il ait hâte de partir au combat, il ressentait une certaine crainte à la veille de cette nouvelle expérience.

Troublée par la disparition d'Amenhemat, Néfertary se retenait de supplier le roi de renoncer à cette campagne. Aussi préférait-elle prier les dieux de lui donner la force de résister à l'ennemi.

Le roi ne laissa rien au hasard. Il s'entretint longuement avec Horemheb juste avant le premier combat.

– Que notre camp soit confortable et suffisamment grand pour permettre à tous d'y vivre à l'aise ! Pendant que nous combattrons, je veux que les femmes qui nous accompagnent vivent comme au palais. Même si elle ne souhaite aucun soin, la Grande Épouse royale doit être choyée et entourée. Qu'on réponde à tous ses caprices. Je ne veux prendre aucun risque. Cette campagne ne doit être qu'une expérience pour le prince Aménophis. Quel jugement t'envoient les dieux à ce sujet ?

– Nos espions m'ont confirmé que seul un chef nubien refusait de payer le tribut qu'il te devait. Mais il n'a guère d'autorité. Son armée est mal organisée et peu entraînée.

– Les dieux nous préparent donc à une bataille facile ?

– Sans aucun doute. Nous sortirons vainqueurs.

– Que penses-tu du prince ? Est-il prêt à combattre ? Dois-je le protéger et lui interdire de monter dans l'un des chars que nous allons lancer en première ligne ?

Horemheb réfléchit longuement. Il comprenait que de sa réponse dépendait peut-être la vie d'Aménophis. Il revoyait aussi le regard inquiet de la reine Néfertary.

– Tu souhaiterais que ton fils monte sur le char royal à tes côtés ?

– En effet. Je conduirai moi-même l'armée égyptienne au combat. Aménophis aurait ainsi le plaisir de tirer sur nos ennemis et d'en ressentir ensuite une grande gloire.

– Roi tout-puissant, je comprends tes intentions. Mais Aménophis me paraît trop jeune pour l'exposer de la sorte. S'il était blessé, s'il perdait la vie, tu n'aurais plus de prince héritier. Quel malheur pour l'Égypte !

– Néfertary attend un nouvel héritier... Toutefois, ce n'est pas une raison pour exposer Aménophis.

– La Grande Épouse mettra peut-être au monde une fille aimée d'Amon.

– Je n'exclus pas cette éventualité. J'agirai comme tu me le conseilles. Tu resteras en retrait pour protéger notre prince. Mais je veux qu'il participe au combat. Fais-lui tirer quelques flèches. Surveille-le et modère sa fougue.

– Je protégerai Aménophis, répondit Horemheb en se courbant devant le roi. J'ai compris tes souhaits.

*
**

La campagne nubienne ne fut qu'une formalité. Si Aménophis regretta qu'elle fût si courte. Néfertary en éprouva un profond soulagement. Les autres enfants du pharaon avaient également participé au combat. Plus que jamais, cette expédition triomphale concerna toute la famille royale. Pharaon envoya immédiatement des messages de joie à Memphis et à Thèbes.

Alors que les soldats égyptiens embarquaient pour Thèbes, Aménophis III demanda à son père s'il souhaitait remercier les dieux et organiser un triomphe.

– Pourquoi me poses-tu cette question, jeune faucon ?

Aménophis rougit.

– Parce que je pensais monter avec toi sur le char triomphal.

– N'est-ce pas un peu présomptueux ? As-tu tué l'un de nos ennemis ? As-tu lutté contre un adversaire ? Étais-tu en première ligne ? Que diraient les vaillants généraux qui ont combattu en exposant leur vie alors que tu te tenais à l'arrière ?

– Tu as raison, Pharaon. Mais je ne demandais qu'à te rejoindre au plus fort de la bataille. Horemheb m'en a empêché. Crois bien que j'aurais lancé mon char à toute allure contre ces Nubiens !

– Horemheb a agi sagement. À voir ta fougue, nous avons pris les meilleures résolutions qui soient !

Comme Aménophis regrettait manifestement la réponse de son père, Thoutmosis IV décida qu'il fêterait sa victoire et qu'il en ferait bénéficier son fils. Aménophis III en garderait un souvenir inoubliable. « Il se souviendra toujours de cet instant dans les décisions critiques. Aussi refusera-t-il toujours de fuir un combat et de tourner le dos à l'ennemi. »

V

Le petit village d'Akhmim venait de s'éveiller. Les oiseaux s'envolaient des marais à l'approche de quelques pêcheurs levés depuis l'aube. Seuls des hérons de petite taille semblaient observer nonchalamment les modestes barques au bord des roseaux sans redouter les crocodiles qui nageaient à fleur d'eau.

Les oiseaux étaient si nombreux dans les herbes hautes qu'une véritable symphonie émanait de cette région humide. La verdeur des feuilles, la hauteur des palmiers aux cimes épanouies, les cris des bêtes et l'odeur du limon en train de sécher qui montait de la terre donnaient à cet endroit un aspect authentique et attachant en plein cœur de l'Égypte.

Le contour à peine net des pyramides gigantesques, d'une époque beaucoup plus ancienne, se détachait à l'horizon lorsqu'on suivait le chemin de terre qui menait au village. Les Égyptiens de la région avaient tellement l'habitude de les voir qu'elles faisaient partie de leur paysage et de leurs habitudes. La brume matinale était parfois si épaisse qu'elles étaient noyées dans les nuées et qu'elles émergeaient progressivement d'un brouillard gris et opaque qui se dispersait peu à peu pour laisser place à un ciel immense et bleu dégagé des brumes par un souffle léger mais efficace. La luminosité cristalline du ciel rivalisait alors avec les plus belles pierres du Sinaï. Ce miroir céleste était d'une pureté si parfaite, auréolé d'un faisceau de soleil blanc, qu'il transformait le paysage, le rendant plus beau, coloré, nuancé, comme peint avec mille perspectives insaisissables parce trop nombreuses.

Le spectacle était trop riche pour être décrit. La plus petite herbe, la demeure la plus pauvre en briques, l'âne le plus crotté, le plan d'eau le plus grisâtre, les enfants les plus négligés formaient les heureuses mosaïques d'un tableau aux couleurs sublimes. Sans Rê, ce paysage triste serait redevenu lugubre. Mais le dieu Soleil illuminait les sens de tout un pays.

Au centre du village, les artisans s'activaient dans leur atelier. Bruits d'outils et poussière faisaient fuir les badauds qui s'éloignaient pour discuter. Les commerçants vendaient, un peu plus loin, des légumes et des fruits sur des chariots abrités d'un pan de tissu coloré. D'autres, placés à l'écart, proposaient des bijoux sans grande valeur et des aromates. La plupart s'étaient assis à terre et continuaient leur nuit en somnolant, chassant les mouches avec des roseaux. D'autres buvaient des potions faites à base de plantes en provenance de la Basse Égypte.

Les femmes s'étaient réunies près du fleuve pour laver leur linge. Elles y apportaient de larges paniers en osier remplis de serviettes, de torchons et de vêtements. Installées les unes à côté des autres, elles chantaient ou plaisantaient entre elles tout en frottant les tuniques et les pagnes de leur mari et de leurs enfants avec énergie.

Des crocodiles de différente taille étaient cachés dans

les herbes hautes non loin de là, à l'affût d'une proie. Ce danger n'empêchait pas les enfants de se baigner dans le Nil devant leurs mères. De temps à autre passait une barque ou un bateau à voile avec un équipage important. Des Égyptiens pêchaient avec de larges filets en espérant glaner quelques poissons pour le dîner. L'endroit était si poissonneux que les enfants réussissaient même à les toucher avec leurs mains.

Toutes les femmes parlaient des nouvelles fonctions d'un des habitants du village, le noble Youya. Les langues allaient bon train.

– On dit que Pharaon souhaite le nommer conseiller ! Il va côtoyer Horus d'or !

Les femmes imaginaient alors sa vie au palais et priaient les dieux pour qu'elles aient un jour la même chance.

– Impossible d'en savoir plus ! déclara l'une d'entre elles. Son épouse Touya ne veut rien nous révéler.

– Et ses enfants ?

– Ils ne savent rien. Sans doute ne comprennent-ils pas l'importance de cette nomination.

Certaines évoquèrent alors l'efficacité de leur mari qui était également digne d'une telle distinction.

– Quelle aubaine ce serait si le mien était appelé par le roi Thoutmosis !

Comme la fille aînée de Touya venait chercher l'une de ses amies au bord du Nil, les Égyptiennes se turent en jetant de fréquents coups d'œil vers la belle enfant aux cheveux noirs et aux yeux en amande.

– Mon petit, on a appris que tu allais vivre au palais, avança une femme plus curieuse que les autres.

Tiyi la regarda sans répondre. Personne n'osant reformuler la question, elle se leva et s'éloigna rapidement. Ces regards jaloux ou envieux la gênaient. Plus son père devenait puissant, plus elle cherchait à fuir les questions et les réflexions des villageois. Il lui arrivait de se rendre seule au bord du fleuve et de contempler l'eau en songeant aux dieux. Ses amies se faisaient, elles aussi, beaucoup plus rares.

Elle entra dans le temple de Min, le dieu principal de son village d'Akhmim, et pria longuement. Elle ne souhaitait pas quitter la région qui lui était chère. Située entre Thèbes et Memphis, celle-ci s'étendait le long de canaux fertiles.

– Que fais-tu ici ? lui demanda sa mère en pénétrant dans le temple où quelques chiens errants étaient venus chercher de la fraîcheur. Ton père te cherche partout...

La jeune Tiyi ressemblait étonnamment à sa mère. Leurs yeux étaient grands et leurs arcades sourcilières très arquées. De leur nez légèrement épaté partaient deux ridules qui arrivaient à la commissure des lèvres. Ajoutée à des lèvres épaisses et charnues, cette caractéristique soulignait l'apparence boudeuse du bas de leur visage. Touya avait, cependant, la forme du visage plus arrondie. L'extrémité de sa perruque aux cheveux ondulants caressait son pectoral coloré.

– Pourquoi ne réponds-tu pas ?

– Est-il vrai que mon père va quitter notre village pour habiter à Memphis ?

Touya soupira et entraîna sa fille à l'extérieur. Elle s'assit sur une large pierre et l'attira contre elle.

– Je vois que la rumeur est plus rapide que moi ! Que t'a-t-on dit, Tiyi ?

– Que nous allions habiter au palais avec le pharaon et que mon père Youya allait recevoir un titre enviable.

– Écoute-moi attentivement, mon enfant. Je parlerai ensuite à ton frère Aânen. Tu sais que ton père est prêtre de Min et responsable du bétail du dieu. Il a choisi les chevaux qui ont constitué la cavalerie de Pharaon lors de sa récente campagne en Nubie. Le prince Aménophis montait l'un de ses chevaux favoris...

– Je sais que père est directeur des écuries royales, dit Tiyi.

– Et tu as compris que je portais moi-même les titres de Décorative royale et de directrice du harem d'Amon tout en étant chanteuse d'Amon et d'Hathor.

– Mais tu t'occupes aussi de superviser le harem de Min.

– En effet. Cependant, nos obligations envers le dieu Amon nous contraignent, ton père et moi, à nous rendre fréquemment à Thèbes.

– J'ai compris et j'accepte cette situation. Pourquoi serions-nous obligés de déménager ?

– Parce qu'un insigne honneur attend Youya. Ton père a été nommé par Pharaon confident dans tout le royaume d'Égypte, ami et prince héréditaire. Il sera la bouche et les oreilles de Pharaon. Quant à Touya, elle deviendra en même temps Mère royale de la Grande Épouse Néfertary qui vient de donner naissance à la princesse Tiâa dont la nourrice s'appelle Méryt, comme moi Décorative royale et figure essentielle du harem de Sobek. Je servirai la Grande Épouse et sa fille comme le font le fonctionnaire Tougiy, le surveillant Say et le garde Neferoueref.

– Nous ne reviendrons donc plus jamais dans notre village ? gémit Tiyi.

– Ton père reste chef des troupeaux de Min et ta mère aimée d'Hathor et d'Amon Grande du harem de Min. Nous reviendrons souvent ici. Je connais bien la Grande Épouse Néfertary. Elle est douce et attachante. Tu l'aimeras aussi. Crois-moi : notre rang social sera plus important encore qu'aujourd'hui. Nous bénéficierons d'une grande influence. Nous fréquenterons les plus hauts personnages de l'État.

Touya prit sa fille par la main.

– Viens. Je vais te montrer quelque chose.

Tiyi la suivit sans être convaincue. Elles marchèrent toutes les deux en silence en foulant le sol de leurs sandales légères.

– Monte dans le char pour ne pas te blesser les pieds, dit Touya. Tu as été trop loin avec ces chaussures qui sont tout juste bonnes pour rester à la maison. Tu es parfois imprudente.

Le cocher fit avancer son cheval au pas. Trop de marchands et de chariots remplis de victuailles encombraient les bas-côtés du chemin pour le lancer au galop. Pendant le court trajet, Tiyi n'ouvrit pas la bouche. Sa mère la sentait triste et désorientée.

VI

Dès qu'ils virent Touya entrer dans le parc du domaine, les serviteurs se précipitèrent pour l'informer qu'un messager du roi venait d'arriver.

– Faites-le patienter, par Min, répondit la maîtresse de maison. Et toi, Tiyi, viens avec moi.

Tiyi la suivit dans la chambre de son frère. En ouvrant la porte, elle poussa un cri émerveillé. Une magnifique tunique étoilée en peau de bête, une perruque courte et une ceinture de prêtre étaient étendues sur le lit.

– Que signifie ceci ? demanda Tiyi en se tournant vers sa mère.

– Ton frère sera bientôt nommé chancelier et prince héréditaire. Il côtoiera Pharaon pur et voyant. Il deviendra le prêtre pur d'Héliopolis et sera chargé de maintenir l'ordre. Il calmera les divinités en colère et sera deuxième prophète d'Amon dans le temple de Karnak.

– Il portera donc cet habit et ces sandales !

– Oui. Mais il ne le sait pas encore. Quand il reviendra de ses cours, je le lui expliquerai en détail. Promets-moi, jusque-là, de garder le secret.

Tiyi mit son doigt sur sa bouche.

– Je serai muette comme une statue de Min.

Elle n'osait demander quel serait son rôle au palais mais elle ne doutait plus qu'elle serait, elle aussi, traitée comme une princesse. Aussi retrouva-t-elle sa bonne humeur. Elle se voyait déjà entourée de dizaines de servantes, servie comme la reine, baignée, parfumée de senteurs rares et précieuses et habillée avec les étoffes les plus délicates venant de pays lointains où seuls les caravaniers allaient s'aventurer.

– Te voilà soudain bien silencieuse, lui dit sa mère en surprenant enfin un sourire sur ses lèvres.

– Tout ce que tu me dis me réjouit, répondit Tiyi. Je suis heureuse pour mon frère et pour toi. Sans doute ai-je dramatisé cette situation à tort.

– Aie confiance en moi. Les dieux nous envoient le bonheur. Ils nous aident et nous devons les remercier. Il est important de reconnaître leurs bienfaits et de se montrer reconnaissants.

– Tu as raison.

Touya rejoignit rapidement le messager de Thoutmosis IV. Celui-ci s'inclina devant elle. Connaissant les nouveaux titres de la jeune femme, il ne voulait pas déroger aux règles de bienséance.

– Lis-moi ton message, commanda Touya en s'asseyant dans un large fauteuil.

Elle se sentait subitement lasse. Était-ce le poids des responsabilités qui s'annonçaient ou la crainte que sa fille ne supportât pas ce changement ? « Le roi attend tellement de nous », se dit Touya, les yeux fixés devant elle.

Comprenant que la Décorative royale avait les pensées plus près des dieux que des humains, le messager déroula lentement le papyrus qu'il tenait entre ses mains et attendit.

– Je t'écoute, lui répéta Touya en prenant subitement conscience qu'il était debout devant elle.

Le messager lut les quelques lignes par lesquelles le pharaon disait toute sa reconnaissance à Youya et à son épouse pour le travail fourni. Puis il entra dans le vif du sujet.

– Ainsi donc Thoutmosis IV souhaite nous voir installés au palais dans les meilleurs délais, conclut Touya. Je ne compte pas le décevoir.

Elle appela son scribe et lui dicta la réponse attendue par Pharaon.

– « Horus puissant, nous obéirons avec plaisir à ta requête. Que Maât te conseille toujours. Que Rê illumine ton règne ! Qu'Amon te seconde à Thèbes et Ptah à Memphis ! Nous sommes fiers de servir notre roi, le plus grand souverain du monde. »

Elle s'interrompit.

– Inutile d'écrire un long message. Nous dirons de vive voix à Pharaon combien nous sommes honorés par sa générosité.

Le scribe demanda s'il pouvait se retirer.

– Mets ce message au propre sur un papyrus neuf et solide. Tu pourras ensuite le donner au messager du roi ici présent. Je veux que cette lettre parvienne au roi dans les meilleurs délais !

Les deux hommes se courbèrent devant Touya qui leur fit signe de se retirer.

– Je dois maintenant informer mon fils qu'il sera prêtre et premier prophète d'Amon. N'est-il pas trop jeune pour cette fonction ? Dès que Youya reviendra du temple de Min, je lui ferai part des souhaits de Pharaon.

Elle se mit à rêver, elle aussi, à la vie qui l'attendait et regarda autour d'elle avec nostalgie. Des servantes arrosaient les plantes qui croissaient dans d'énormes vasques ornées de grappes de raisins. D'autres balayaient le perron en soulevant des nuages de poussière et de sable que le vent apportait parfois en rafales du désert proche. Le porte-éventail s'approcha de Touya et se mit à l'éventer avec des plumes d'autruche. La jeune femme ne bougea pas.

– Cette vie est si plaisante, dit-elle au Nubien.

– Oui, maîtresse.

– Te plais-tu ici ?

– Je prie tous les jours les dieux de rester dans cette maison le plus longtemps possible !

Touya le regarda avec affection.

– Hélas, le pharaon en a décidé autrement.

Arrêtant subitement ses mouvements amples, le Nubien demanda des explications à Touya d'un air désabusé.

– Que veut dire la Décorative royale ? demanda-t-il, la voix tremblante.

– Le roi veut que nous habitions près du palais afin de mieux le servir.

– Vous allez donc quitter ce village ?

– Sans aucun doute. Je viens de le confirmer à Pharaon

– Mais... Qu'allons-nous devenir ?

– Je suis satisfaite de tes services. Tu resteras donc auprès de moi comme toutes ces serviteurs qui ont travaillé dans cette maison pendant des années. Mais il vous faudra vous habituer à Thèbes et à Memphis.

– Je n'aime guère aller en ville.

– Tu n'as pas le choix sauf si tu veux entrer au service d'un autre maître. Dans ce cas, je ne m'y opposerai pas. Parle à ta famille et aux autres domestiques. Dis-leur combien est grand l'honneur que nous fait Pharaon. Vous serez plus riches et mieux traités. Cependant, si l'un d'entre vous préfère continuer à vivre ici, qu'il n'hésite pas à me parler franchement. Je ne sévirai pas contre lui. Je l'aiderai, au contraire, à trouver une autre place chez un bon maître.

Le Nubien tomba à ses pieds.

– Jamais nous ne trouverons une maîtresse aussi bonne que toi ni un maître aussi généreux que Youya. Je souhaite te servir toute ma vie. Ma famille te suivra. Mon épouse prépare pour toi des onguents bénéfiques. Elle poursuivra son travail.

– Cette réponse me réjouit. J'espère que mes autres serviteurs réagiront comme toi.

– N'en doute pas ! répondit le Nubien en reprenant son travail de plus belle.

– Tiyi n'est pas seule à aimer cette maison et ce village. Nous aussi nous nous sentions bien dans ce domaine. Je l'ai tant chéri, tant arrangé !

Elle décida de réunir les servantes et ses proches confidentes pour leur faire part de leur prochain départ. La plupart se rassemblèrent timidement autour d'elle en redoutant d'être punies. Touya les rassura aussitôt. Elle leur tint le même langage qu'au porte-éventail.

– Il vous expliquera tout en détail. En attendant, vous devez tous préparer vos malles.

Inquiètes de leur avenir, plusieurs femmes pleurèrent et réclamèrent des explications à Touya qui prit, finalement, le temps de leur fournir quelques explications. Comme certaines craignaient de perdre leur emploi, Touya leur confirma qu'il n'en serait rien. Puis elles entourèrent le porte-éventail qui les encouragea à suivre la famille de Youya à Memphis.

Obéissant et fier de son roi, Youya approuva son épouse dès qu'il rentra. Plus discret et plus renfermé que sa femme, il n'avait guère l'habitude de révéler ses sentiments. Aussi se contenta-t-il de sourire lorsque Touya lui montra le nouvel habit de prêtre de son fils.

– Pharaon est si généreux, si bon...

– Ne crains-tu pas que ton fils soit un peu jeune pour une telle fonction ?

Youya ne répondit pas. Il se contenta de hocher la tête sans porter de jugement. Touya avait, depuis longtemps, cesser de le harceler de questions quand il restait silencieux.

Tiyi avait fini par accepter la situation. Elle se réfugia, cependant, le soir même, dans une cabane du jardin avec son chat et ses chiens. Elle s'y trouvait encore lorsque la nuit tomba. Bien qu'aucune étoile n'illuminât le ciel, celui-ci était plus bleu que noir. Tiyi entendait des grenouilles coasser dans les marais. Son chat, agacé par ses caresses, miaula bruyamment en dégageant sa tête de son étreinte.

– Malgré ton sale caractère, tu devras, toi aussi, t'habituer à ton nouvel univers car je ne te laisserai pas ici, lui dit Tiyi. Tu n'aimes guère les changements !

Le chat se sauva dans le jardin. Assise en chien de fusil, Tiyi méditait. Elle se trouvait encore dans la cabane lorsque le garde fit sa ronde au milieu de la nuit.

– Que fais-tu là ? demanda-t-il en croyant avoir affaire à un étranger et en pointant sa lance vers elle.

– Demain, nous serons à Memphis ou à Thèbes. Que les déesses nous protègent ! dit-elle en se levant et en allant se coucher d'un pas hésitant.

VII

La famille de Youya arriva à Thèbes où se trouvait le roi avec un cortège de serviteurs portant les coffres à vêtements, des paniers, des jarres et des meubles. Les chars en bois doré avançaient lentement sous le soleil après avoir été débarqués non loin de la ville d'Amon. Leurs roues étaient recouvertes de lanières de cuir qui évitaient ainsi les soubresauts et amortissaient les chocs.

Touya avait gardé sur ses genoux l'un de ses coffres en osier contenant ses perruques. Un domestique surveillait les fauteuils de la famille dont les dossiers étaient ornés de scènes familiales : la sœur de Tiyi, la jeune Moutemnebo, tendait des fleurs à sa mère ; la famille se promenait sur le Nil dans une barque légère se frayant un passage au milieu des nénuphars ; sur une chaise en cèdre recouvert d'or, Tiyi se paraît de colliers en or venant de Nubie.

Aânen s'était moqué pendant tout le voyage de la tristesse de Tiyi. Quant à leur sœur Moutemnebo, trop jeune pour comprendre l'importance de leur déménagement, elle riait de tout ce qu'elle voyait et avait posé mille questions aux hommes d'équipage.

– Parce que Pharaon a mis l'un de ses bateaux à notre

disposition, dit Aânen à Tiyi, n'as-tu pas constaté avec quels regards envieux on nous a observés lorsque nous avons embarqué ?

Tiyi ne lui répondit pas. Elle était incommodée par le cahotement du véhicule dans lequel elle avait pris place avec son frère.

– Nous serons bientôt aussi importants que le Grand Prêtre de Karnak ou le vizir du Sud !

– Que les dieux te punissent pour ta vanité ! lui dit Tiyi.

– N'es-tu pas ridicule avec ces yeux rouges et ces paupières aussi gonflées que celles de Thouéris, la déesse hippopotame ?

– Comment peux-tu me reprocher de regretter notre maison et notre village ? J'ai toujours vécu à Akhmim et je m'y plaisais. Tu ne me semblais pas avoir des sentiments différents des miens. Tu as laissé tous tes amis. Tu ne connais pas la ville. Ton indifférence m'étonne...

– Qu'importe tout cela ! répondit Aânen en pensant à l'habit de prêtre pur que sa mère lui avait donné. Nous allons être très puissants ! De nombreux Égyptiens vont se courber sur notre passage. Je serai vénéré et respecté. On ne me parlera plus sans avoir d'abord énuméré l'ensemble de mes titres.

– Notre famille était déjà très puissante. Je crains qu'elle ne soit désormais soumise au bon vouloir de Pharaon et que nous ne perdions peu à peu cette complicité qui nous unissait.

– Pourquoi voudrais-tu que notre famille change ?

– Les obligations et les devoirs poussent parfois des êtres à s'éloigner les uns des autres.

– Je crois, au contraire, que notre famille sera d'autant plus unie qu'elle sera riche et célèbre.

– Tu te laisses éblouir par les fastes et les honneurs.

Tiyi préféra se taire et contempler le paysage qui allait devenir le décor de sa vie.

– Je croyais que le roi nous attendait à Memphis, lui dit encore Aânen.

– Il préférait que nous habitions à Thèbes. Il a confié à notre père qu'il irait plus souvent à Thèbes pour contrôler la construction de son temple et l'aménagement de sa tombe. Mais nous aurons également une maison à Memphis où nous suivrons le roi dès qu'il le souhaitera.

– Voilà les premières maisons de Thèbes ! s'exclama son frère en tendant le bras vers trois fermes entourées de champs de blé.

Un grand silence accompagnait le cortège. Tous les serviteurs regardaient maintenant le paysage qui les entourait. Champs à perte de vue, canaux d'irrigation et palmiers annonçaient encore la proximité du Nil.

Les Égyptiens observaient avec curiosité cet étrange cortège digne d'un roi. La plupart demeuraient silencieux tandis que leurs enfants se réfugiaient contre eux, cherchant des explications devant ce long défilé d'objets rares.

Tiyi tira le petit rideau qui la dissimulait aux regards des autres. Elle ferma les yeux et pria le dieu Min de la soutenir.

– Au lieu de t'endormir, tu devrais regarder l'entrée du palais, lui dit son frère. Nous arrivons !

Tiyi souleva légèrement le rideau. Elle fut aussitôt captivée par la multitude de serviteurs qui s'affairaient autour de leurs chars. Les uns aidaient leurs propres servantes ; les autres s'emparaient du mobilier ; d'autres encore apportaient des boissons.

– Quel accueil ! renchérit Aânen. Il nous donne un avant-goût de notre vie à Thèbes !

Joyeux et enthousiaste, le jeune Égyptien sauta immédiatement en bas de son char sans attendre le porte-escabeau qui arrivait à la course et rejoignit son père.

– Es-tu heureux de venir vivre ici ? lui demanda Youya.

– N'en doute pas !

– Où est ta sœur ? demanda Touya en les rejoignant avec Moutemnebo qui était impatiente de tout visiter.

– Elle est restée dans le char. Je crois qu'elle était un peu souffrante...

Touya alla aussitôt prendre des nouvelles de sa fille.

– Maintenant, tout va bien, lui répondit Tiyi. Je suis prête à affronter notre nouvelle vie !

Ce fut Néfertary qui accueillit Touya. La Grande Épouse se réjouit de sa venue à Thèbes.

– Lumière d'Hathor, Aimée d'Amon et de Pharaon, présente-moi la princesse que tu as mise au monde, lui demanda Touya en la remerciant de son accueil. Tu connais mon fils Aânen, le nouveau prophète d'Amon et mes deux filles.

– Je te montrerai la princesse Tiâa dès que ta famille m'aura saluée, répondit Néfertary, curieuse, elle aussi, de mieux connaître le mari de Touya.

Youya s'avança et salua respectueusement la reine.

– Que la Grande parmi les grandes soit remerciée pour sa générosité, lui dit-il humblement. J'ai hâte de saluer Pharaon. Nous sommes tant honorés ! Mon fils a été ému par son nouveau titre. Il voudrait te dire toute la joie qu'il ressent en ce jour.

– Seul Thoutmosis IV, mon époux, doit être remercié, répondit Néfertary. J'approuve, cependant, son choix car je connais tes qualités et celles de ton épouse. J'éprouve pour ta femme la même affection que celle qu'on ressent pour une sœur.

Elle observa Tiyi qui était la seule à paraître triste et boudeuse.

– Ta fille est belle, dit-elle à Touya. Elle a mûri. Sans doute songes-tu déjà à son mariage.

Touya réagit aussitôt.

– Je n'y ai jamais songé. Tiyi est encore une enfant !

– Tu dois te rendre à l'évidence. Ta fille a considérablement grandi. Elle prend des formes. Elle te ressemble tant !

Tiyi se mit à rougir. Le fait qu'elle soit ainsi observée avec attention par la reine la gênait.

– Viens saluer Néfertary, lui dit fermement son père. As-tu oublié ce que je t'ai enseigné ?

– Non père, répondit Tiyi en s'exécutant sans empressement.

– Pourquoi es-tu si triste ? lui demanda Néfertary avec beaucoup de douceur.

Comme Tiyi n'osait lui répondre, la reine tenta de deviner ce qui l'affligeait ainsi.

– Tu aimes ta maison, tes amis, tes professeurs, ton village et ta région. Rien ne t'empêchera d'y retourner quand tu le souhaiteras car tu auras sous tes ordres de très nombreux cochers. Je te donnerai un bateau personnel et un équipage efficace.

Tiyi ouvrit de grands yeux.

– Un bateau et un équipage pour moi seule ? dit-elle sans y croire.

– Sa Majesté est trop bonne ! intervint Youya. Tiyi

viendra avec nous dans notre propre embarcation toutes les fois qu'elle le voudra. Le roi a été trop généreux avec nous. Je ne puis accepter de nouveaux présents.

– Youya ! J'ai décidé. Quand la reine prend une décision, personne ne la conteste ! Demain, Tiyi aura un bateau et un équipage. Ce sera un cadeau personnel de la reine !

Aânen cacha mal son dépit. Il aurait, lui aussi, souhaité le même honneur. L'expression de son visage n'échappa pas à Néfertary.

– Tu as déjà reçu des titres exceptionnels de Pharaon, lui dit-elle. Tes nouvelles fonctions te donneront droit à bien des avantages. Tu n'as pourtant nullement fait tes preuves. Imagines-tu combien le roi doit apprécier ton père pour t'accorder une telle confiance ? Jamais encore je ne l'ai vu donner de tels titres à un adolescent !

Comme ce discours ne paraissait pas satisfaire Aânen, Néfertary s'emporta.

– Ne jalouse pas ta sœur. Il est normal qu'elle ait quelque compensation au regard des dons que te fait Pharaon. Je doute qu'il ait été aussi généreux s'il avait connu ton tempérament !

Aânen se courba devant elle tout en gardant son visage fermé et ses yeux noirs.

– Reine, je suis comblée, lui dit Tiyi en bousculant son frère et en tombant à ses pieds. Que les dieux t'accordent l'éternité, la joie sur cette terre, Vie, Santé, Force pour toujours ! Mon frère est parfois taciturne. Il a été trop gâté par la vie.

Cette façon maladroite d'excuser Aânen amusa la reine.

– Il faudrait qu'il possède ta générosité. Pour devenir prophète et prêtre pur, ces qualités sont requises ! Tu ressembles davantage à Touya et à Youya qui portent la bonté sur leur visage.

À cet instant, le prince Aménophis se fit annoncer. Il voulait voir sa mère d'urgence.

– Qu'il entre ! dit Néfertary. Je pourrai ainsi présenter le jeune Faucon à ces enfants.

Aménophis parut contrarié de trouver sa mère en compagnie de Youya.

– Viens, lui dit sa mère. Je voulais t'apprendre que Youya vient d'être honoré par Pharaon et que sa famille s'installera à Thèbes. Quand nous retournerons à Memphis, Thoutmosis tient à ce que Youya nous suive.

Aménophis remarqua le sourire épanoui de Tiyi.

– Cette décision semble te plaire, lui dit le prince.

– Non, maître, répondit Tiyi en baissant les yeux. J'étais profondément triste avant que la Grande Épouse ne me fît un si beau présent que ma vie en est de nouveau illuminée !

Aménophis se tourna vers sa mère qui lui expliqua comment elle avait redonné à Tiyi sa joie de vivre.

– Ainsi donc tu aurais préféré rester dans ton village et voir ton père refuser les titres de Pharaon ?

– Jamais je ne désobéirai à Thoutmosis IV !

Aménophis était séduit par la fermeté, la sensibilité et le charme étrange de Tiyi. Néfertary remarqua avec amusement cet intérêt soudain.

– Prince, on m'a dit que tu voulais me parler de toute urgence...

Aménophis hésita.

– J'ai oublié ce que j'avais à te dire, mère adorée.

– Ce n'était donc guère important.

– Il me plairait de faire visiter le palais à Tiyi puisque ses parents le connaissent déjà.

De nouveau comblée, Tiyi n'osa approuver le prince bien que cette perspective l'enchantât.

– Pendant que nous débarrassons nos coffres, ma fille pourrait accompagner le Faucon d'Égypte, dit Touya. Aânen connaît, lui aussi, les principales pièces du palais.

– Je vais te montrer la princesse Tiâa, suggéra Néfertary en appelant la nourrice de sa fille.

VIII

Tiyi suivit Aménophis avec une grande réserve. Bien qu'elle ait appris les règles de bienséance, elle était si intimidée qu'elle en oubliait les titres du prince. Celui-ci la mit si vite à l'aise qu'elle lui parla bientôt comme à n'importe quel adolescent issu de la noblesse égyptienne.

Quand elle revenait à un langage plus choisi en reprenant des formules appropriées à la fonction du prince, Aménophis lui demandait de se montrer moins distante. Il l'entraîna dans le parc.

– Thoutmosis III était un grand botaniste, lui expliqua le prince. Mon grand-père Aménophis II avait appris, grâce à lui, l'art d'arranger les jardins. Je te montrerai dans le temple de Karnak comment il a exprimé une telle passion. Bien que mon père s'intéresse moins aux plantes, il en prend le plus grand soin.

Tiyi s'attarda près de plusieurs espèces rares.

– Ces fleurs viennent d'Asie, d'Éthiopie, de Libye, de Grèce, de Chypre, de tous les pays du monde !

Aménophis fit appeler le jardinier qui composa un bouquet.

– Prends-le en guise de bienvenue.

Tiyi sentit les fleurs en bouton et en plaça une dans ses cheveux.

– Tu es encore plus belle ainsi, lui dit Aménophis avec une spontanéité touchante.

– J'aime les fleurs et les parfums. Je ne sors jamais sans une fleur accrochée au bandeau qui orne mes cheveux.

– Pourtant, tu n'en portais pas aujourd'hui...

– Pour la première fois, les dieux m'ont fait oublier ce détail parce que j'étais morose et préoccupée.

– Parce qu'ils savaient que je te rencontrerai et que je t'offrirai ces fleurs.

– Tu as raison, Faucon d'or, et j'en suis heureuse.

Aménophis l'abandonna un instant pour donner des ordres au jardinier.

– Tu feras apporter chaque jour à cette jeune fille le plus beau des bouquets de fleurs, lui dit-il.

Le jardinier le salua.

– Attends ! ajouta Aménophis. Fais en sorte que ce bouquet soit chaque jour d'une couleur différente et qu'il sente très bon. Je te confie cette tâche parce que je sais que tu es le meilleur jardinier de la cour. Mon père t'apprécie.

– Que le jeune prince se rassure. Je ferai de mon mieux pour le satisfaire.

– Continue à tailler ces haies et à arroser ces arbustes. La saison la plus chaude approche. Je ne voudrais pas voir mourir les plantes que le pharaon Thoutmosis III a rapportées de ses campagnes. Elles restent des symboles de ses victoires et de la supériorité de l'Égypte !

– J'en ai conscience, Faucon d'or. Je donnerais ma vie pour qu'aucune de ces plantes ne meure !

– Je ne t'en demanderai pas tant, ajouta Aménophis en riant.

Tout en attendant le prince héritier, Tiyi passait d'un bosquet à un autre en tentant de reconnaître telle ou telle variété.

– Ce jardin est aussi beau que les champs d'Ialou, lui dit-elle.

– Quel vivant peut savoir à quoi ressemblent les champs de l'Au-Delà et les paysages du bonheur ?

Aménophis l'entraîna dans plusieurs couloirs qui débouchaient tantôt sur de petites salles tantôt sur des cours intérieures où courait de la vigne. Elle croisa le regard d'une jeune femme qui lui parut redoutable.

– Comment s'appelle-t-elle ? demanda Tiyi.

– Maïerperi. Elle est l'une des favorites de mon père. Elle a donné à Pharaon un fils qui porte le même nom qu'elle. Maïerperi est ambitieuse et capricieuse. Elle a eu pendant quelques mois une influence détestable sur Thoutmosis IV. Mais depuis que la Mitannienne...

Aménophis s'interrompit.

– La Mitannienne ?

– Oui. La princesse Hinutimpet, fille du roi Artatama, habite à la cour. Elle est devenue l'épouse de Pharaon. Avant sa venue, Maïerperi était la préférée de mon père. Aujourd'hui, Maïerperi est délaissée et ne l'accepte pas. Elle a des ambitions démesurées pour son fils.

– Tu ne parais guère l'apprécier.

– Certaines femmes du roi doivent être surveillées de près. La princesse Hinutimpet est tellement douce, tellement belle ! Comment Maïerperi pourrait-elle la concurrencer ? Même les filles de Menna que Thoutmosis IV aime fréquenter ne la valent pas !

Tiyi ressentit une pointe de jalousie.

– Je te présenterai Hinutimpet, ajouta Aménophis avec enthousiasme.

En poursuivant la visite, Tiyi ne songea plus qu'à ces dernières remarques du prince. Elle était de nouveau mélancolique. « Cette princesse doit être plus âgée qu'Aménophis », se dit-elle pour se rassurer.

– Thoutmosis IV aime sans doute les femmes très jeunes comme tous les pharaons, dit-elle soudain au prince.

– Pourquoi me poses-tu cette question ? s'étonna Aménophis.

– Parce que de nombreuses jeunes femmes doivent faire partie du harem.

– En effet.

– Ses épouses sont sans doute encore plus jeunes.

– C'est exact. Certaines ont même ton âge !

Cette réponse fit frémir Tiyi. Ainsi donc cette Hinutimpet pouvait séduire le prince. Avide d'informations supplémentaires, Tiyi jugea, cependant, préférable de ne pas insister sur ce point. Elle chercherait à en savoir plus dès que l'occasion se présenterait.

– Malgré notre installation à Thèbes, mon père accompagnera-t-il toujours Pharaon lors de la grande fête de Min ?

– Comment oublierait-on de célébrer le dieu de la fécondité et du désert ? Je me souviens des fêtes de l'année dernière. Le peuple était plus nombreux que pour la sortie de la déesse Bastet. Ce qui est rare car il ne se déplace guère au moment des moissons ! Les femmes tendaient les bras en faisant sonner leurs crotales tandis que les hommes jouaient de la flûte. Je chantais moi-même avec les Égyptiens, participais au sacrifice, buvais au milieu de huit cent mille fidèles du dieu Min. Nous avons tout le temps de penser aux préparatifs de cette fête. Le premier mois de Chemou est encore loin et les moissons ne commenceront pas demain !

– Ces fêtes représentent les plus beaux jours de ma vie, dit Tiyi. Pharaon se rend en litière dans le temple du dieu. Une dizaine d'Égyptiens, tous fils de rois ou grands fonctionnaires, le portent et agitent devant lui des éventails tout en protégeant sa coiffe avec une ombrelle en plume d'autruche. Lui, dans son fauteuil orné de lions et de sphinx, au dossier garni de divinités ailées, pose ses augustes pieds sur un tabouret assorti au fauteuil. Mon père a l'habitude de marcher à côté du scribe qui porte le rouleau de papyrus où sont inscrites les différentes étapes de la cérémonie. Il tient les insignes du pouvoir, le sceptre, la hache, la canne ou le fléau.

– L'an dernier, je marchais devant la litière de mon père tandis que les serviteurs et les soldats portant une massue, une lance ou un long bouclier la suivaient.

Tiyi était très troublée lorsque le roi pénétrait dans la chapelle de Min pour y faire des libations. Quand la statue du dieu, coiffé d'un mortier et de deux plumes de paon et embellie de bijoux, sortait de son sanctuaire et que tous pouvaient enfin l'admirer, Tiyi était émerveillée. Elle connaissait, pourtant, mieux que personne la hutte dans laquelle le dieu Min avait trouvé refuge après son long voyage. Lorsque la statue était posée sur une litière portée par vingt-deux prêtres, elle chantait les hymnes avec les adultes et s'emparaient parfois des parasols ou des éventails qu'agitaient, autour de la litière, quelques prêtres excités.

– Quand le cortège s'avance et que d'immenses tentures ornent la litière de Min, Néfertary paraît, plus resplendissante que Thoutmosis. Les prêtres peuvent alors faire sortir le taureau blanc dont la tête est surmontée du disque solaire et des plumes de paon. Pharaon peut se coiffer de la couronne de Basse Égypte. Un prêtre encense le taureau, figure symbolique de Min, la statue du dieu et la famille royale.

Impressionné par sa ferveur et sa mémoire, Aménophis la laissait raconter ces instants de bonheur volés au temps.

– J'aime les effigies qui suivent le cortège : chacals, faucons, ibis et bœufs, toutes rappellent le voyage de Min jusqu'en Égypte, reprit-elle. Min habite désormais la Basse Égypte et porte le fouet.

– L'instant le plus bouleversant pour moi est sans doute le défilé de mes ancêtres. Pour toi, ces images ne représentent peut-être que de simples rois. À mes yeux, ils sont essentiels : Thoutmosis IV et tous les rois de notre dynastie défilent ainsi en compagnie des premiers souverains d'Égypte. Quand la fête bat son plein, il m'arrive de danser pour Min avec l'habitant du Pount qui rappelle à tous combien le dieu protège les hommes de race noire comme lui. J'ai du mal à imaginer qu'un jour je ferai la grande offrande à Min entouré des prêtres porteurs de l'image des Génies. Qu'Horus, né d'Isis et de Min, soit également béni ! Depuis qu'Horus est devenu roi de Basse et de Haute Égypte, Pharaon porte le pschent royal, le vautour de Nekhabit et l'uraeus d'Ouadjit. Ainsi à chaque jubilé le roi envoie-t-il vers les quatre points cardinaux des flèches puissantes contre ses ennemis. Ainsi surveille-t-il au printemps le départ des quatre rolliers, enfants d'Horus, arrivés à l'automne, qui sont chargés d'informer l'univers que Pharaon est digne de ses deux couronnes de Basse et Haute Égypte. Je recevrai comme mon père la faucille d'or et la botte de céréales pleine de terre, symbole de tous les champs que nous possédons. Tu chanteras toi-même un hymne à Min qui se trouve dans le champ pendant que je couperai les gerbes de blé car seul Min a créé l'herbe qui nourrit les animaux. Tu chanteras encore un hymne en l'honneur de sa mère qui rappelle les victoires de son fils. Je saisirai la botte de blé que le prêtre me tendra en même temps qu'au dieu et j'en garderai un épi pour l'éternité.

– J'aimerais tant participer à la fête de Min lorsque tu seras Pharaon, dit Tiyi en écoutant ce récit comme une enfant à qui on raconte des fables. Tu placeras l'encensoir devant Min ; tu feras des libations ; tu lui donneras des offrandes. Min te remerciera. Tu pourras alors rentrer au palais tandis que les paysans retourneront à leurs champs.

– Je ne suis encore ni Pharaon ni privilégié pour accéder en priorité à la chapelle de Min, dit Aménophis en lui prenant la main. Tu es une fervente Égyptienne au service de tes dieux et de ton roi. Tu mérites de vivre à Thèbes !

IX

Tiyi venait de s'éveiller. Elle avait passé sa première nuit à Thèbes dans la sérénité. Elle qui avait quitté son village avec révolte n'avait fait que rêver au prince d'Égypte. « J'ai imaginé que le fils du roi s'intéressait à moi mais il paraît, en réalité, très attiré par une épouse du roi. Quel âge a-t-elle ? Est-elle aussi jeune que moi ? Pourrait-il l'aimer ? » Elle restait étendue sur sa couche tout en se posant mille questions auxquelles elle n'avait pas encore de réponse.

La nouvelle propriété de Youya était agréable. Située près du palais, entourée d'un vaste jardin où couraient de nombreux animaux, elle bénéficiait de la fraîcheur apportée par une dizaine de palmiers immenses. La chambre de Tiyi donnait du côté du palais. De sa fenêtre, il lui était possible de distinguer les hauts arbres qui dissimulaient les murs en argile de la demeure royale.

Un chat venait précisément de sauter sur le rebord de la fenêtre. Il avait le poil gris et cotonneux. Partagé entre la crainte et la curiosité, il se frotta contre le mur tout en observant Tiyi qui ne bougeait pas. Lorsqu'elle l'aperçut, la jeune fille tenta de s'approcher de lui tout en lui murmurant quelques mots agréables.

L'animal hésita. Il s'apprêtait à redescendre quand Tiyi s'arrêta.

– Il ressemble au chat que m'avait offert mon frère, dit-elle. Depuis que je l'ai enterré dans la nécropole de Miour, je n'ai eu que des chiens et des poissons. J'adopterais volontiers ce compagnon.

Elle avait été étonnée par le nombre important d'animaux qui couraient en liberté dans le parc : oies, canards, singes, chiens, girafes y vaquaient en toute tranquillité.

– Tout le monde m'avait parlé de l'attirance de Pharaon pour les animaux. Je comprends mieux à quel point il aime s'entourer de ces bêtes exotiques rapportées d'Asie ou de Nubie. Je me demande si Aménophis III est autant attiré par les bêtes. Le roi qui est si attentionné est forcément clément envers les hommes.

Tiyi avait été à peine impressionnée par les très nombreux domestiques qui servaient le roi. Elle n'avait pourtant jamais vu tant de chanteuses ni tant de danseuses réunies dans un même endroit. Elle avait retenu le nom de certaines qui paraissaient plaire à Aménophis III : Mahi, Timia. Elle les trouvait troublantes et belles sans que cette beauté lui plût réellement car elle préférait les femmes discrètes et effacées qui avaient du caractère et de la culture.

– Pourquoi le prince serait-il plus attiré par moi que par toutes ces chanteuses dont l'apparence est agréable ?

Aménophis lui avait également présenté des artisans doués comme Nebamon et Ipouki. Il lui avait même envoyé deux personnes responsables de la toilette royale qui n'étaient guère enchantées de quitter le prince.

– Je sais que vous aimiez chérir Aménophis III, leur dit-elle en les rejoignant, et qu'être responsable des couronnes, des bijoux et des sceptres du roi est gratifiant. Je ne possède ni diadème ni attibuts royaux mais je ne crois pas être déplaisante. Si vous souhaitez retourner au palais, dites-le-moi. Je parlerai à Aménophis III.

Peu habituées à un tel discours, accoutumées, au contraire, à entendre des ordres, celles qui étaient chargées de la toilette princière et, parfois, de celle de Thoutmosis IV, préférèrent se taire.

– Parlez sans crainte, insista Tiyi. J'ai emmené avec moi mes servantes. Toutes pourront témoigner de leur vie au sein de la famille de Youya. Je doute que l'une d'entre elles s'en plaigne.

– Ce ne sera pas nécessaire, répondit un échanson, également envoyé par Aménophis III auprès de Tiyi.

– Qui es-tu ? Comment oses-tu t'introduire dans cette maison sans y être invité ? Sais-tu que tu viens d'entrer dans ma chambre sans te faire annoncer ?

– Que les déesses me pardonnent, dit-il. J'ai cherché le garde qui devrait être en faction devant ta chambre. Mais il n'y avait personne... Comme la porte était entrouverte, j'ai entendu malgré moi les propos d'Henoy que je connais bien.

L'échanson la salua.

– Le prince m'envoie pour te servir, veiller sur ta table et tes cuisiniers !

– Dans ce cas, tu devrais plutôt t'adresser à mon père...

– Je suis à ton service, non à celui de Youya. Je m'appelle Setou. Je travaillais avec Neferunpet et Sennefer. Je prends soin de la cave de pharaon et des crus de son beau-père. À la demande du prince, je t'ai fait apporter des jarres du cru qui porte maintenant le nom de Néfertary. Il est doux et fruité. Sans doute te plaira-t-il.

– Je ne bois guère de vin, échanson aux mains pures. Je suis, cependant, flattée qu'Aménophis ait songé à moi. Je goûterai ton vin ce soir en compagnie de mes parents. L'une de mes servantes va te conduire aux cuisines. J'avoue mal connaître cette maison où l'on vient de s'installer.

Tiyi était, cependant, consciente qu'avoir un échanson royal à sa disposition était un insigne honneur et qu'Aménophis ne lésinait pas sur ses cadeaux.

– Mais pourquoi me fait-il tant de présents ? Mon frère en sera jaloux. Je ne puis pourtant pas refuser un tel honneur !

Elle jeta un coup d'œil machinal vers le parc royal qui s'illuminait de soleil.

– Verrai-je Aménophis aujourd'hui ?

Comme elle s'interrogeait à haute voix sans y prendre garde, une chanteuse lui répondit.

– Tiyi, je sais que le faucon d'or doit passer la journée avec l'une des épouses de Pharaon. Il s'agit d'une princesse mitannienne d'une grande beauté.

Piquée au vif, Tiyi faillit rétorquer sur un ton désagréable. Mais elle préféra se montrer discrète devant tous ces serviteurs qui l'observaient.

– Quel dommage ! Je voulais remercier le prince en personne.

Elle réfléchit. Son père avait rejoint Pharaon à l'aube. Sa mère serait occupée toute la journée dans sa nouvelle demeure. Aânen était parti au temple de Karnak consulter le Grand Prêtre. « Et si je me rendais au palais sans y être invitée ? se demanda-t-elle. Je pourrais ainsi rencontrer cette Mitannienne qui plaît tant au prince et qui a séduit le roi. »

Cette idée lui semblant judicieuse, elle ordonna à ses servantes de la laver et se prit à rêver de nouveau tout en se laissant parfumer par une pléiade de jeunes gens et de femmes volubiles. Elle avait presque oublié les désagréments de la veille. Son village lui semblait loin et sans intérêt. Ses amies ne la préoccupaient plus. Seule comptait cette obsédante attirance pour le prince qu'elle ne parvenait pas à expliquer.

– Comment me trouvez-vous ? demanda-t-elle, inquiète, aux femmes qui travaillaient habituellement au service du prince. Vous connaissez Aménophis mieux que personne puisque vous le voyez dans l'intimité. Vous savez ce qu'il apprécie, quelles sont les femmes qu'il aime. Croyez-vous que le prince me trouvera suffisamment apprêtée ?

La plupart s'amusèrent de tant d'innocence.

– Le faucon d'or n'a guère l'habitude de s'attarder sur de tels détails. Il est, pourtant, comme son père, extrêmement pointilleux. Chaque objet doit être rangé à sa place. Lorsque nous choisissons ses vêtements, il est sensible à l'harmonie des couleurs. Il apprécie également les parfums capiteux. Mais il ne supporte pas un pagne froissé ou une ceinture dont l'or serait écaillé.

– Prenez garde à ce que mes cheveux soient correctement réunis pour qu'ils ne dépassent pas de ma perruque. Ajustez bien les épingles pour qu'aucune ne glisse lorsque je marcherai. Si vous ajoutez un peigne, piquez-le avec soin au sommet de ma tête.

– Je pense que tu es très présentable, lui dit Henoy en la parfumant une dernière fois.

– Sans doute me trouvez-vous gauche. Je dois vous avouer que je me rends pour la deuxième fois au palais. Mais vous m'apprendrez ce que je dois savoir en matière de toilette et trouverez toujours l'habit et la coiffure qui conviendront. Vous comprenez mieux pourquoi Aménophis a eu la délicatesse de vous envoyer ici et combien vous pouvez m'être utiles.

Toutes lui promirent de l'aider et de rester à son service le temps nécessaire à son apprentissage.

***

Aménophis s'était levé tôt car son père avait tenu à sa présence. Dès l'aube, le pharaon avait réuni ses intendants et les fonctionnaires attachés à ces hauts serviteurs du royaume. Puis il avait écouté les deux vizirs, celui du Nord résidant à Memphis, et celui du Sud, en leur renouvelant leurs devoirs. Ils devaient rester équitables et administrer leur territoire le mieux possible tout en contrôlant le trésor, les tributs étrangers et les impôts.

– Mon père a eu raison de choisir deux vizirs plutôt qu'un pour gérer notre royaume, dit Thoutmosis IV. Leurs tâches sont si vastes !

Bien qu'Aménophis III écoutât son père avec intérêt, son esprit s'égarait parfois. Il avait hâte de rejoindre l'épouse mitannienne de son père.

– Si elle apprend que tu passes cette journée avec Hinutimpet, Néfertary sera très contrariée, lui expliqua le pharaon. Vous vous voyez souvent.

– La reine a, semble-t-il, d'autres préoccupations qui la rendent gaie.

– De quoi parles-tu ?

– De l'installation à Thèbes de la famille de Youya.

– Je l'ai vu ce matin. Ta mère a toujours apprécié les services de Touya qui est remarquable.

– Je doute qu'elle s'intéresse aujourd'hui à Hinutimpet.

– J'aimerais tant que tu aies raison ! Mon épouse mitannienne t'a-t-elle encore parlé de ce dieu qu'elle vénère ?

– Oui. Elle ne cesse d'évoquer Aton que nous honorons également mais, lorsqu'elle en parle, ses yeux s'illuminent d'un éclat étonnant. J'ai l'impression qu'elle ne me voit plus et qu'elle n'entend plus mes paroles. Elle demeure figée, les mains jointes, et les yeux levés vers le ciel lumineux.

– Lui parles-tu des dieux égyptiens ? Je lui avais demandé de rencontrer le Grand Prêtre de Karnak. L'a-t-elle seulement vu ?

– Elle est très curieuse de nos rites mais je doute qu'elle les comprenne. Seul paraît l'intéresser Aton.

Thoutmosis se montrait de plus en plus soucieux de la façon dont la Mitannienne laissait circuler ses idées au palais. Elle commençait à faire de nombreux adeptes de sa religion entièrement tournée vers Aton.

– Amon finira par la punir de l'ignorer ainsi ! Je ne voudrais pas que notre ville subisse des dommages parce que j'ai fait venir ici une femme qui l'ignore ! Ai-je eu raison d'agir ainsi ? Aucun pharaon n'avait jamais épousé une princesse mitannienne avant moi...

– Ne l'aimes-tu pas ?

– J'avoue ressentir pour elle des sentiments très profonds.

– Tant d'Égyptiens l'apprécient au palais !

Cette réflexion fit sourire le pharaon qui savait son fils sensible à la douceur d'Hinutimpet.

– Depuis que tu as pris ce parti insensé d'épouser la fille d'Artatama, les relations entre l'Égypte et le Mitanni sont excellentes, reprit Aménophis. Jamais encore le roi mitannien n'avait été aussi conciliant. Il nous envoie des présents, espère venir prochainement en Égypte pour voir sa fille.

– Tu as raison. Dis-moi... Hinutimpet a-t-elle convaincu des Égyptiennes de l'imiter dans les hommages qu'elle rend au dieu Aton ?

– Certaines la regardent et font volontiers comme elle. Mais il ne s'agit que d'un jeu.

– Hinutimpet ne possède que des amulettes représentant Aton. La coque de son bateau rappelle les rayons d'Aton. Elle entoure son cou de colliers où ont été dessinés les rais du Soleil. Ses tuniques sont jaunes comme l'est Aton.

– Elle vient également d'acheter un diadème décoré d'Aton, confirma Aménophis.

– Cet amour unique pour une seule divnité me paraît dangereux. Je ne sais pourquoi elle m'irrite et me crée maints tracas. Je parlerai à Hinutimpet. Je souhaite qu'elle se plie à nos coutumes. Son père pourrait peut-être avoir de l'influence sur elle...

– J'en doute, Grand Horus d'or. Hinutimpet affirme toujours que son père est un fervent adepte d'Aton et qu'il lui a tout enseigné.

– Promets-moi d'écouter mes conseils...

Aménophis III le jura.

– Si jamais Hinutimpet te reparle d'Aton avant que je ne lui aie fait la leçon, évite-la ou viens me tenir au courant.

Un peu étonné d'une telle réaction chez un roi qu'il savait tolérant, Aménophis n'osa, cependant, contredire son père. Mais il savait qu'Hinutimpet ne prononçait pas trois phrases sans évoquer le dieu Aton.

X

Hinutimpet attendait Aménophis dans le jardin. Elle caressait deux jeunes chiens à queue recourbée et à poil court qui lui faisaient fête. Tentant de récupérer un jouet en bois que l'un des deux animaux tenait serré entre ses dents, elle sommait l'autre qui aboyait jalousement de se taire, sur un ton badin.

Aménophis la contempla de loin avant de la rejoindre. Il appréciait sa douceur, sa joie et sa culture. Aucune autre femme du harem n'égalait sa patience et sa bonté. De fillette, active et malicieuse, elle était devenue une belle jeune femme souriante et heureuse de vivre au palais de Pharaon. Jamais elle n'évoquait la cour de son père avec regret. Le prince ne l'avait jamais vue mélancolique. « Mon père est tellement attentionné à son égard. Elle rend tant de femmes jalouses ! Même ma mère a du mal à l'accepter. La Grande Épouse est pourtant compréhensive et indulgente. »

Quand Hinutimpet reconnut Aménophis, son visage s'illumina. Les rayons du soleil inondaient ses joues et son front d'une lumière chaude et bienfaisante.

– Protège-toi de Rê, lui conseilla Aménophis.

– Aton brille pour nous faire profiter de sa chaleur

régénératrice. Pourquoi le fuirais-je ? Il fait pousser les plantes, éclore les boutons de fleurs, mûrir les fruits.

Se rappelant les conseils de son père, Aménophis l'entraîna sur un autre sujet.

– Ne m'avais-tu pas promis de me narrer les légendes de ton pays ?

Hinutimpet éloigna les chiens.

– Elles rappellent combien Aton est grand et donne des leçons de vie.

– Je t'écoute, répondit Aménophis. Ensuite, je partirai m'entraîner. Pharaon y tient beaucoup.

– Il est vrai que les dieux ont été généreux et que la Grande Épouse a mis au monde un beau prince. Tu es plus en chair que tes ancêtres. Sans doute est-ce un signe de bonne santé.

Hinutimpet ne se fit pas prier plus longtemps. Elle commença des récits palpitants empreints de magie que lui racontait autrefois sa nourrice.

Attirée par les éclats de rire du prince, Tiyi s'avança derrière les colonnes qui entouraient le jardin. Elle n'avait pas obtenu sans mal l'autorisation d'entrer au palais sans y être invitée. Proposant d'en informer la Grande Épouse Néfertary, la garde royale avait immédiatement reçu son accord. La Grande Épouse s'était montrée aussi chaleureuse que la veille avec la jeune fille qu'elle appréciait. Elle l'avait même encouragée vivement à rejoindre Aménophis qu'elle disait occupé à quelque peccadille.

Avec sa finesse habituelle, Tiyi avait compris tout de suite que Néfertary n'aimait que modérément la Mitannienne.

– Non contente d'accaparer le pharaon, Hinutimpet distrait le prince de ses devoirs de futur roi. Il manque d'entraînement. À son âge, Thoutmosis IV était plus habile et plus musclé. Aménophis s'empâte en écoutant les fables sans intérêt que lui raconte Hinutimpet !

Encouragée par tant de remarques hostiles, Tiyi avait retrouvé sans peine Aménophis. Elle ressentit toutefois une certaine amertume en l'entendant rire de bon cœur. En le voyant en compagnie de la Mitannienne, elle eut envie de faire demi-tour mais elle y renonça. Aménophis appréciait sans doute Hinutimpet comme une sœur aînée. Il était trop jeune pour la considérer autrement.

Surprise elle-même par son audace, elle se présenta devant le prince qu'elle salua dignement. Elle devait également se montrer respectueuse envers l'épouse secondaire de Thoutmosis IV.

– Tiyi ! s'étonna Aménophis. Mais que fais-tu ici ? Tu viens sans doute voir ma mère, la Grande Divine...

– Non, prince, je suis venue en personne te remercier de tes présents. Jamais personne n'avait été aussi généreux avec moi que la Grande Épouse et le Faucon aimé d'Amon. Tu as soulevé la jalousie de mon frère.

– Aânen a été gâté par Pharaon en personne ! Il a reçu un titre enviable parce que ton père Youya sert efficacement Pharaon. Il n'a pourtant jamais fait ses preuves. Qu'il songe plutôt à apprendre sa fonction auprès du Grand Prêtre de Karnak !

Tiyi fut subitement impressionnée par l'autorité du prince. Elle qui le connaissait attentionné et tendre découvrait une âme de chef sous cette douce enveloppe de prince encore immature.

– Ton frère sera très honoré, ajouta Hinutimpet. Accepte les dons que te donnent Aton et le roi qui le sert. Refuser les présents du prince est lui faire injure.

– Jamais je ne les refuserai, répondit sèchement Tiyi.

Je souhaite seulement que ma famille continue à vivre en paix. Ptah, Min et Amon nous assistent depuis notre naissance et Rê comble notre vie.

À son tour étonné par tant de verve, Aménophis sourit. Cette jeune Égyptienne lui plaisait de plus en plus. Comme un domestique apportait un damier, des dés et des pions que lui avait réclamés le prince, Tiyi voulut se retirer. Ce divertissement qui mettait face à face deux personnes et qui était très prisé par les couples demandait beaucoup de concentration.

– J'ai très envie de t'affronter, lui dit Aménophis. Hinutimpet pourrait t'assister et t'aider.

– J'ai souvent joué avec mon père, lui répondit Tiyi. Je suis prête à relever le défi à condition de jouer seule !

Hinutimpet promit de se faire discrète. Tiyi se mit alors à genoux sur un coussin épais que lui avait apporté une servante. Le prince l'imita.

– Si tu réussis à me battre, lui dit Aménophis en la provoquant, je rivaliserai avec toi au jeu de mehen. Je doute que tu le connaisses car seuls nos ancêtres y jouaient. Mais mon père me l'a appris lorsque j'étais enfant.

– J'ai eu moi aussi mon jeu de serpent et un guéridon magnifiquement décoré d'un reptile. Je possède encore mon coffret en ébène où je garde précieusement les trois lionnes en ivoire, les lions et les boules qui permettent de jouer au mehen.

– Youya connaît donc le mehen !

– Comme tous ses enfants... Mon père apprécie les jeux de patience et de réflexion. Tu as remarqué combien il est discret et observateur. Il ne parle que lorsque c'est nécessaire. Ces divertissements correspondent à son tempérament. Il m'a ainsi appris à développer astuce et finesse. Anticiper les coups de son adversaire ne fait-il pas partie de la vie ?

En disant ces mots, Tiyi leva ses yeux vers Hinutimpet dont l'aménité lui paraissait suspecte.

– Je te montrerai un jour ma collection d'objets rares, reprit-elle. Mon père m'a offert les jeux de son propre père qui les avait reçus lui-même de mon arrière-grand-père. Je possède des pièces en ivoire de forme variée. Certaines représentent des reines ou des rois, des tourelles ou des maisons. Certains pions se terminent même, à leurs extrémités par des têtes d'animaux, des coqs, des béliers, des chiens, des chats ou des canards. Mon père m'a expliqué que nos ancêtres adoraient jouer et qu'il leur arrivait parfois de proposer une partie à leurs adversaires plutôt que de leur déclarer la guerre. Le perdant devait accepter les conditions du gagnant.

Aménophis l'approuva. Thoutmosis IV lui avait également raconté des récits de ce genre.

– Je ne me suis jamais mêlée aux fillettes de mon âge qui préféraient le jeu du chevreau et les courses sur les genoux aux jeux de réflexion. Mais courir sur les genoux en me croisant les jambes et en attrapant mes chevilles dans chaque main ne m'a jamais tentée, pas plus que de faire tomber un concurrent qui est en train de faire un saut de chevreau.

– Un prince n'a guère le temps de s'adonner à ce genre de distraction, répondit Aménophis en disposant ses pions blancs sur ses trente cases. J'ai passé mon enfance à lancer des javelots dans la cible Seshemou et à lutter sans concession car mon père ne voulait pas que je fusse épargné. J'étais traité comme les autres. Or, tu n'es pas sans savoir que les maladroits ou les tricheurs sont roués de coups de pied ou ligotés et fustigés.

– Je me suis parfois mêlée à ces jeux de garçons, dit Tiyi en jetant les dés. Mais j'avoue être plus douée pour jongler ou danser que pour lutter !

– Pharaon t'invitera lors du prochain banquet ! Je constaterai moi-même si tu t'es vantée ou si tu as dit vrai. Pour l'occasion, je t'offrirai le plus beau miroir et les plus belles boules d'ivoire que tu n'aies jamais reçus. Tu pourras ainsi danser avec un miroir à tête d'Hathor comme les meilleures danseuses professionnelles et attacher à tes tresses ces boules lourdes que tu entraîneras dans tes rondes.

– Si tu chantes toi-même un hymne à Hathor, je serai ravie de te montrer mes talents. Je danserai volontiers dos à dos et pied contre pied avec Hinutimpet à condition qu'elle ne me laisse pas tomber et qu'elle me tienne solidement les mains !

– Nous pourrions commencer dès maintenant, suggéra la Mitannienne en réclamant des luths et des harpes.

– Je préfère écouter tes histoires de magie, lui répondit Aménophis. Pour le moment, je veux voir si Tiyi serait capable de me battre aux dames.

Le silence se fit. Aménophis et Tiyi s'observaient, ne voulant ni l'un ni l'autre céder du terrain. Chaque coup de dés soulevait des soupirs ou des cris de joie. Le prince en oublia sa séance d'entraînement. Ils jouaient encore quand Aton était à son zénith. Captivée par le jeu, Hinutimpet s'était rapprochée d'Aménophis qui était en difficulté. Il espérait que l'attention de Tiyi serait prise en défaut mais la jeune fille comprenait son jeu et parait ses coups. Elle réussit à battre le prince dépité au bout de plusieurs heures.

– Seul le pharaon l'emporte contre moi ! dit Aménophis. Je veux que tu joues avec le roi !

– Jamais ! Si je gagne, je risquerais d'être punie et si je perds, il ne saura jamais si je l'ai laissé gagner parce qu'il est Pharaon et tout-puissant. Qui accepterait de jouer contre Horus d'or ?

– Thoutmosis IV sait accepter les défaites !

– Voilà une phrase que j'ai souvent entendue mais qui me laisse sceptique...

– Tu es décidément très sage ! répondit Aménophis en la regardant avec curiosité. Youya t'a donné la meilleure des éducations.

XI

Aménophis avait retenu Tiyi le plus longtemps possible. Hinutimpet assistait sans joie à leur complicité naissante. Elle n'en poursuivait pas moins sa propagande.

– Nos ancêtres ont adoré Aton, répliqua Tiyi avec humeur. Mais ils n'en ont pas négligé pour autant les autres dieux !

Prenant cette réplique pour une attaque, la Mitannienne préféra rester silencieuse. On entendit les cris de deux oiseaux qui se disputaient des miettes de galette.

– Tu es très jeune, dit-elle finalement à Tiyi. Un jour peut-être jugeras-tu Aton supérieur aux autres divinités. Tu comprendras combien il est favorable à la terre, aux animaux et aux êtres humains. Il permet la vie. Sans lui, nous n'existerions pas. Nous serions comme ceux qui vivent auprès d'Osiris.

– Il n'y a rien là de malheureux, reprit Tiyi. Nos ancêtres décédés vivent dans un monde merveilleux que nous allons tous rejoindre un jour. Nous prions Rê dès notre lever, afin qu'il nous apporte de grandes joies.

– Et nous le remercions de nous faire voir une journée nouvelle pleine de lumière, ajouta Aménophis.

La Mitannienne parut contrariée que le prince égyptien prît la défense de Tiyi. Elle croyait l'influencer peu à peu. Cette Tiyi venait déranger ses projets. Elle garda, cependant, son air amène qui la faisait aimer des courtisans.

– J'apprécie vos croyances complexes et vos dieux, répondit-elle. Mais il vous sera facile de comprendre les miennes. Vous adorez à Memphis le dieu Ptah ; à Thèbes, vous chérissez Amon entre tous. Rê reste un dieu primordial pour les Égyptiens... De la même façon, je vénère un dieu principal, un dieu tout-puissant...

– Mais un dieu unique ! répondit Aménophis qui oubliait les recommandations de son père.

– Il existe de nombreux autres dieux. Nos ancêtres les honoraient lors de cultes variés. Aujourd'hui, Aton a pris de l'importance. Il domine les autres divinités et s'impose à nous. Je suis convaincue que vous raisonnerez un jour comme nous...

– Ce temps n'est pas venu, répondit froidement Tiyi.

– Il ne faut pas moins être tolérant...

– Les rois qui ont régné sur l'Égypte l'ont toujours été, répliqua Aménophis. Je préfère que tu me racontes ces merveilleux récits que tu connais par cœur et qui comblent mon esprit.

Comme Tiyi s'apprêtait à se retirer en remerciant une dernière fois le prince de ses délicates attentions, Aménophis la retint et l'invita à écouter Hinutimpet.

Tiyi hésita.

– Je dois rejoindre ma mère, dit-elle.

Elle ne craignait plus soudain de les laisser seuls. « Aménophis III a prit ma défense. Nous sommes du même pays. Nous aimons les mêmes dieux. Jamais il n'adoptera les croyances de cette Mitannienne. » Elle se sentait subitement réconfortée.

Alors qu'elle était perdue dans ses pensées, elle reconnut avec surprise la voix de la Grande Épouse royale.

– As-tu trouvé Aménophis III ? lui demanda-t-elle.

– Oui, Vénérable, je te remercie de ton accueil et de ta bonté. Que les déesses te fassent vivre longtemps !

– Pourquoi pars-tu déjà ? Aménophis ne t'aurait-il pas invitée à partager ses loisirs ?

– Par Isis, je dois avouer que le Faucon sacré a été patient et aimable avec la jeune Tiyi. Mais il était aussi très occupé...

– Allons ! Aménophis n'est occupé que lorsqu'il se prépare à régner ! Quand il part chasser avec son père, quand il s'entraîne au tir à l'arc... ou lorsqu'il écoute ses professeurs.

– Il s'initie aux coutumes d'Asie. Ma mère m'a appris que les rois égyptiens aimaient connaître les mœurs et les habitudes des hommes sur lesquels ils l'emportaient.

– C'est faire preuve d'ouverture d'esprit et d'intelligence. Les Égyptiens ont ainsi perfectionné leurs connaissances artistiques et médicales. Nous avons rapporté de nos expéditions des condiments et des plantes inconnus en Égypte. Nous avons même tenté d'en replanter.

Tiyi hésita à poursuivre. Elle était trop jeune pour sentir jusqu'où elle pouvait s'entretenir avec la Grande Épouse sur ce sujet.

– La Vénérable épouse du roi ne semble guère apprécier Hinutimpet, dit-elle du bout des lèvres.

Tremblante, attendant la réponse redoutée de Néfertary, Tiyi l'observait entre ses cils sans lever complètement les yeux vers elle.

– Malgré ton jeune âge, tu comprends bien des choses, répondit Néfertary. L'union de Pharaon et d'Hinutimpet a permis au Mitanni de devenir ami avec l'Égypte. Ce résultat vaut tous les sacrifices.

Cette réponse plut à Tiyi.

– Tu peux venir aussi souvent que tu le souhaites, lui dit Néfertary. Je dois maintenant recevoir des ambassadeurs à la place de Pharaon. Je te verrai toujours avec joie. Le prince apprécie beaucoup ta présence.

Tiyi la salua et se retira. En si peu de temps, sa vie semblait bouleversée. Les mots de la reine et du prince résonnaient dans sa tête. Avait-elle bien entendu ? Avait-elle interprété correctement leurs souhaits ?

– Je me fais sans doute des idées. Comment de si hauts personnages s'intéresseraient-ils vraiment à une jeune fille comme moi ? Que mon père soit récompensé est normal. Que ma mère soit aimée de Néfertary me paraît justifié. Mais qu'ai-je fait pour mériter tant d'attention et d'amitié ?

Très émue, Tiyi regagna sa nouvelle maison où elle s'abandonna au rêve. Un domestique envoyé par la reine lui demanda si elle souhaitait utiliser le lendemain le bateau que la Grande Épouse lui avait offert pour se rendre aux environs de Memphis.

– Certainement ! répliqua aussitôt Tiyi. Viens me chercher demain à l'aube !

XII

Tiyi attendit le lever de Rê pour enfiler une tunique et mettre ses sandales en cuir. Elle appela Henoy et lui demanda si le représentant du prince s'était fait annoncer.

– Pas à ma connaissance, maîtresse.

– Où se trouve la vénérable Touya ?

– Elle a quitté la maison avant l'aube et m'a chargée de t'en informer.

– Savait-elle que je devais naviguer ?

– Oui, maîtresse. Je lui ai laissé ton message. Elle paraissait troublée.

– Qu'a-t-elle dit ?

– Que Tiyi était bien jeune pour naviguer ainsi sans son père ou son frère. Elle a ordonné à deux gardes de t'encadrer.

Tiyi soupira. Elle était convaincue que sa famille perdrait, avec le temps, cette complicité qui la rendait forte. « Nous sommes désormais aux ordres de Pharaon. Il nous réclame sans cesse. Mon père rentre tard et part avant même que nous soyons levés. Quant à Touya, elle passe sa journée auprès de Néfertary ou dans les temples. Depuis notre arrivée, je n'ai pas parlé à mon frère. »

Impatiente, elle mangea quelques galettes que lui avait préparées le cuisinier et compta les gourdes en argile qu'il avait rassemblées pour le voyage.

– Je te conseille de les laisser à l'abri sous le naos, lui dit-il.

– Dispose-les toi-même dans le bateau dès qu'il accostera. Il ne devrait pas tarder.

À cet instant, un garde vint informer Tiyi qu'Aménophis venait d'arriver.

Tiyi rougit de bonheur.

– Faites-le entrer ! Un prince n'attend pas !

Le garde sortit précipitamment à reculons tout en saluant sa maîtresse qui venait de prendre, à ses yeux, une importance extrême.

Aménophis entra dans la pièce avec un étonnant enthousiasme.

– Ma mère, la Grande Épouse, a eu une idée lumineuse ! lui dit-il.

Tiyi se courba devant lui.

– La reine Néfertary est toujours inspirée par les déesses.

– Tu as raison. Mais celles-ci ont été très pertinentes.

Aménophis avait aiguisé la curiosité de Tiyi.

– Je vais t'accompagner à Memphis. Je dois précisément rencontrer le vizir du Nord.

Tiyi se montra très étonnée.

– Cela te contrarie-t-il ? lui demanda Aménophis devant son air surpris.

– Prince, comment peux-tu l'imaginer ? Je suis comblée par ton auguste compagnie. Mais saurai-je rendre ton voyage agréable ?

– Tu l'illumineras de ta jeune beauté et de tes répliques malicieuses. J'aime ton caractère et ta manière d'aller droit au but. Tu n'as guère épargné Hinutimpet hier !

– Je ne voulais pas la blesser... murmura Tiyi.

– Rassure-toi. Elle est bonne et compréhensive. Mais, à l'avenir, je te conseille de te méfier des femmes de la cour. Elles peuvent être redoutables. Tu serais trop jeune pour les affronter.

– J'y veillerai, répondit Tiyi. Mes serviteurs ont tout préparé. Nous pouvons partir lorsque tu le souhaiteras.

– Les vents nous sont favorables. L'équipage est prêt. Je t'invite donc à me rejoindre sur le bateau que ma mère t'a offert !

Tiyi ordonna à Henoy de prendre les petits coffres. Le prince marchait en tête. Il était protégé par des soldats en pagne, armés d'une lance, attentifs au moindre geste de la foule qui n'avait pas manqué de se rassembler en apprenant qu'un membre de la famille royale était venu rendre visite à Tiyi. Les gardes firent reculer les paysans qui se courbèrent devant le jeune Faucon. Les femmes le trouvaient beau et majestueux.

Tiyi suivait dans une chaise à porteurs, un peu gênée d'être traitée avec tant d'égards. Elle sentait des milliers d'yeux curieux braqués sur elle et préférait tirer les rideaux qui la dissimulaient aux autres.

Cet étrange cortège arriva très vite à l'embarcadère royal. Un bateau à la poupe et à la proue recourbées, en bois de Byblos, orné de nombreux symboles porte-bonheur et de plusieurs divinités favorables à la navigation, se distinguait des autres barques plus ordinaires. Malgré sa petitesse, ce bateau l'emportait en splendeur sur toutes les embarcations. Le bois récemment verni resplendissait. Les dessins avaient été peints avec finesse. La grande voile carrée qui avait été dressée était, elle aussi, décorée d'un œil oudja d'un bleu et d'un blanc lumineux.

Tiyi resta décontenancée par un tel présent. Comme Aménophis venait vers elle, elle lui avoua combien elle était émue.

– La Grande Épouse me comble. Je n'avais besoin que d'une petite embarcation pour me rendre dans mon village. Ce don est digne d'un souverain.

– Ma mère est généreuse. Je crois qu'elle apprécie ta présence au palais. Ne la déçois pas...

– Loin de moi cette intention ! répliqua Tiyi. Mais je ne sais comment la remercier. Je ne pourrai jamais lui offrir un présent digne de celui-ci !

– Ne te soucie pas de cela. Monte plutôt sur ce navire qui nous attend. J'ai fait mettre à bord des jarres d'eau et de vin ainsi que des galettes de céréales et des fruits. Avec ce que tu apportes, nous pourrons naviguer pendant plusieurs jours, aller à Akhmim puis à Memphis !

Tiyi prit alors conscience des Égyptiens très nombreux qui l'entouraient et qui détaillaient chaque geste du prince.

– Que va penser le peuple ? demanda Tiyi. Il ne me connaît pas. Sans doute me prend-il pour une princesse étrangère.

– Peut-être... Mais il connaît ton père et ta mère.

Le navire quitta la rive sous une brise favorable qui l'éloigna rapidement de Thèbes. Assis sous le naos comme un couple royal, Aménophis et Tiyi buvaient du vin frais et grignotaient des fruits secs en se racontant leur enfance. Ils riaient parfois à diverses anecdotes et paraissaient aussi complices que deux amis d'enfance.

Oubliant le décorum et les égards qu'exigeait la position du prince, Tiyi devenait plus familière et plus spontanée. Les rives du Nil, presque désertes, étaient paisibles et invitaient au repos. Le soleil se fit moins chaud et une brise plus fraîche venait caresser la peau des Égyptiens. Parfois, les deux rives étaient si proches que Tiyi pouvait aisément distinguer les pêcheurs qui somnolaient près des roseaux. Ils lui rappelaient son village.

– Connais-tu Akhmim ? demanda-t-elle à Aménophis qui avait fermé les yeux.

– Non. Quand je me rends au Fayoum, je passe non loin de ton village mais je n'ai pas besoin de le traverser.

– Les habitants seront si surpris de me voir en ta compagnie !

– Voilà qui alimentera les conversations des Égyptiennes !

Ils préférèrent se taire et se laisser porter par les eaux calmes. En voyant les reflets pailletés du soleil sur la surface grise du Nil, Tiyi se rappela les contes d'Hinutimpet. Mais elle ne ressentait plus de jalousie envers la Mitannienne. Ces instants étaient trop précieux pour qu'elle les gachât par de sombres pensées. Elle goûta la douceur du moment en s'allongeant légèrement sur la chaise en bois placée au centre du bateau. L'un des marins chantonnait un air populaire.

Tout en regardant Aménophis qui sommeillait, Tiyi se prit à sourire. « J'ai promis de danser pour toi. Je compte bien te faire la surprise et je doute que tu sois déçu ! »

***

Au palais, un serviteur de la reine Néfertary s'était rendu au rapport dès le départ du prince.

– Je suis satisfaite de ce que tu m'apprends, lui dit la reine. Ainsi donc Aménophis recherche-t-il la compagnie de Tiyi. Bien qu'ils soient très jeunes tous les deux, j'envisagerais volontiers une union entre ces enfants.

– La Grande Divine parle-t-elle sérieusement ? demanda le conseiller en s'approchant d'elle. Tiyi n'est pas rattachée à la famille royale. Ce n'est encore qu'une enfant !

– Je n'en suis pas si sûre. Son caractère est déjà bien affirmé. Elle ferait une excellente épouse.

– Mais Aménophis n'a pas achevé son apprentissage. Pourquoi lui donner si tôt une épouse ? Tu pourrais, si tu patientais, choisir pour lui l'une de tes filles.

– Qui te dit que les déesses me donneront d'autres filles ? J'attends encore un enfant de Pharaon mais rien ne laisse entendre qu'il s'agisse d'une fille. Les résultats des tests que nous avons faits en surveillant la germination des céréales laissent plutôt entendre que je mettrai au monde un garçon. Je ne vais pas attendre que ma fille ait quinze ans pour la marier avec son frère !

– Je suis étonné, Reine, que Tiyi ait ainsi acquis si vite ton estime.

– Rassure-toi, conseiller Nefersekeru, je sais juger les hommes au premier abord. Telle est la force des souverains !

– Aménophis n'a guère montré jusque-là une attirance particulière pour les femmes...

– Je crois deviner que cela ne saurait tarder car Hathor paraît troubler ses sens. Je l'ai vu regarder étrangement l'épouse mitannienne de Pharaon et les filles de Menna. Nul doute que mon fils est en train de grandir !

Elle réfléchit quelques instants dans une attitude charmante, laissant sa belle tête tomber légèrement sur le côté. Elle caressa les accoudoirs du fauteuil majestueux sur lequel elle venait de s'asseoir et regarda son conseiller d'un air malicieux.

– Tu ne m'approuves pas...

– J'avoue être pris de court, Divine. Si tu tiens à avoir mon avis, je devrai réfléchir sérieusement et peser le pour et le contre.

– Je vais te charger d'une mission. Rejoins donc Aménophis et observe comment il se comporte avec Tiyi. Tu me feras un rapport précis de leurs activités et de leurs discussions.

Nefersekerou parut vexé de se voir confier une tâche aussi dérisoire.

– Grande Épouse, j'ai beaucoup de travail au palais. L'un de tes espions pourrait accomplir cette mission avec plus d'efficacité...

– Si j'envoyais un espion auprès de mon fils, il aurait tôt fait de comprendre ! Le prends-tu pour un sot ? Je te demande une action discrète. Je veux quelqu'un de rusé et de pertinent comme toi qui puisses deviner les sentiments de Tiyi et du prince. Prépare-toi ! C'est un ordre !

Le conseiller n'osa plus discuter. Il salua la reine et se retira sans ajouter un mot.

– J'ai envie de parler de mes intentions à cette chère Touya, dit la reine en ordonnant à son scribe d'aller la chercher. Cours au temple de Karnak ! Elle doit s'y trouver avec son fils.

Néfertary resta seule avec ses servantes.

– Touya sera sans doute surprise de ma décision. Mais je suis sûre qu'elle sera comblée. Comment réagira Tiyi ? Être l'épouse du prince est un grand honneur. Je suis convaincue qu'elle saura tenir son rang malgré sa jeunesse. Je l'ai vue à l'œuvre.

Elle ressentait une affection particulière pour cette enfant. Elle la croyait capable d'éloigner de son fils la Mitannienne à l'influence douteuse.

– Dans un mois, l'affaire sera conclue ! dit-elle en riant. Cette perspective me remplit de joie. Je ne doute pas que Pharaon m'approuve encore une fois. Je saurai le persuader.

Néfertary se réjouissait déjà de l'excellente nouvelle qu'elle allait apprendre à Touya. Elle commanda des corbeilles de fruits et du vin de sa propre vigne.

– Que les dieux protègent nos enfants !

XIII

Touya abandonna la préparation des rites sur lesquels elle travaillait pour se précipiter au palais. Elle se demandait avec angoisse pour quelle raison la reine l'interrompait ainsi dans une tâche aussi importante.

– Vite ! Vite ! dit-elle à son cocher en montant précipitamment dans son char. La Grande Épouse n'attend pas ! Son scribe vient en personne de me faire part de son message. Elle a besoin de moi au plus tôt !

Estimant que les bêtes qui conduisaient son char n'avançaient pas assez vite, Touya renouvela ses ordres tout au long du parcours.

– Pourvu qu'il ne soit rien arrivé de grave à l'un de mes enfants ! Pourquoi souhaite-t-elle me parler de toute urgence ?

Elle fit également envoyer un garde chez elle pour prendre des nouvelles de sa plus jeune fille.

– Mon fils est au temple de Karnak. Je l'y ai vu toute la matinée. Tiyi a embarqué à l'aube...

Elle se mit alors à imaginer toutes les catastrophes possibles.

– Son navire a coulé... Les dieux se sont emparés de

son âme... Son embarcation a heurté un autre bateau... Elle est blessée... malade...

– Retrouve ta bonne humeur, Touya, lui dit le scribe royal. Je devrais garder le silence mais ton affolement fait peine à voir. Je préfère que Néfertary te parle en personne. Je ne veux rien révéler de ses projets. Cependant, sache que tes enfants sont en bonne santé et que la nouvelle que la Grande Épouse veut t'annoncer, si la Divine Aimée d'Hathor n'a pas changé d'avis, te comblera de joie.

– Raconte-moi tout, scribe, le supplia Touya. Tu ne parles qu'à demi-mots. Tu as aiguisé ma curiosité...

– Je dois respecter les volontés royales. Le chemin qui nous conduit au palais est court. Dans quelques instants, Néfertary répondra à toutes tes questions, si tel est son bon vouloir...

Touya se tut. Elle se mit à réfléchir à toutes les possibilités, envisagea tous les discours. « S'agit-il de mes enfants, de mon bon Youya qui a encore reçu les marques d'honneur de Pharaon, de ma propre carrière ? »

Ralentissant son allure, le char entra enfin dans le parc du palais. Les animaux qui cherchaient de l'ombre près de l'entrée s'écartèrent et se réfugièrent dans les bosquets à l'abri des regards et des rais du soleil.

– Conduis-moi à ta maîtresse, la Grande parmi les grandes, ordonna Touya à l'un des gardes qui contrôlaient l'entrée et la sortie des visiteurs.

Le petit Égyptien, vêtu d'un pagne blanc et chaussé de sandales en cuir souple et au bout recourbé, précéda Touya. Il déposa sa lance contre le mur et l'invita à le suivre.

– Néfertary m'attend, ajouta-t-elle avec impatience.

Marchant d'un bon pas, le garde la confia aux hommes chargés de surveiller la porte des appartements de la reine.

– Enfin te voilà ! lui dit Néfertary en venant lui prendre les mains. Tu es plus précieuse que la coiffe d'Hathor ! On me parle sans cesse de ta bonté et de tes exigences. Quelle joie que tu vives désormais si près du palais et que tu assumes de si hautes fonctions. J'ai toute confiance en toi !

Touya embrassa les pieds de la reine.

– Allons, relève-toi, lui dit Néfertary. Je ne veux pas de cérémonial entre nous. Je te considère comme une amie. Repose-toi. Tu es partie travailler à l'aube. Bois de la bière fraîche et mange quelques pâtisseries encore tièdes.

Touya déclina son offre. Elle s'assit, cependant, sur un pliant.

– Rê commence à assécher les champs. Jusqu'à la crue du Nil, les chaleurs seront difficilement supportables.

– Sans doute as-tu été surprise par mon invitation...

– Je l'avoue, reconnut Touya en cachant mal son impatience. Elle m'a même inquiétée.

Le scribe, qui assistait à l'entretien, lui sourit.

– Voilà pourquoi je t'ai fait venir. J'aime mon fils et je prie pour qu'il ait le plus beau destin.

– Tous les Égyptiens le lui souhaitent !

– Je veux le voir heureux. Or, je crains qu'il ne se disperse. J'ai l'intention de le marier le plus rapidement possible.

Touya resta stupéfaite par une décision aussi précipitée.

– Ne fais-tu pas une erreur ? Aménophis n'est qu'un enfant ! Attends encore quelques années.

– Non. Je crois qu'une épouse lui conviendra.

– As-tu déjà choisi la personne idéale ? C'est une telle responsabilité de désigner celle qui deviendra un jour la Grande Épouse royale et qui te succédera !

– Que les dieux t'entendent et qu'Aménophis puisse régner comme son père. J'ai effectivement fait mon choix. Je ne reviendrai pas sur ma décision.

Touya s'étonna que la reine ne l'en ait pas informée plus tôt car elle lui confiait volontiers ses petits secrets.

– Pharaon est-il au courant ? lui demanda-t-elle.

– Je viens de lui en parler. Il m'a paru sceptique. Mais je le convaincrai.

– Ne me fais pas languir. Qui sera donc l'épouse du puissant faucon ?

Néfertary la regarda en souriant. Elle voulait ménager ses effets.

– Tu es curieuse. Mange plutôt ces excellents fruits qui sont gorgés de soleil et de saveur.

– Pourquoi tous ces mystères ?

– Je ne cherche pas à te cacher quoi que ce soit. Je vais tout te dire.

Néfertary réclama une coupe pour elle-même et prit le temps de déguster le vin de son père.

– Pour l'occasion, buvons du Néfertary, dit-elle. Il nous vient de ces régions nubiennes qui nous tracassent tant.

Touya dut accepter de partager cette nouvelle collation avec la reine.

– N'est-il pas bon ? Un peu doux peut-être...

– Reine, pourquoi les déesses ne délient-elles pas ta langue ? Tu m'observes comme un loup près à se jeter sur sa proie. Que vas-tu donc m'annoncer ?

Néfertary éclata de rire.

– Qui pourrait devenir, à ton avis, la Grande Épouse de mon fils bien-aîmé ?

– Sa sœur...

– Elle est trop jeune. J'ai une meilleure idée. J'ai choisi ta fille Tiyi !

Touya faillit lâcher sa coupe.

– Allons ! Tiyi est une véritable enfant, encore écervelée et impulsive.

– On ne voit jamais grandir ses enfants, Touya. Tiyi devient une belle jeune fille avec un tempérament de feu et beaucoup d'assurance. J'apprécie son honnêteté, son franc-parler et son intelligence. Elle est très vive. Elle ne s'en laisse pas conter. Mon fils m'a raconté comment elle avait tenu tête à l'épouse Hinutimpet. Cette attitude me plaît. Je ressens beaucoup d'affection pour elle...

Touya tomba à ses pieds.

– Quel honneur ! lui dit-elle, les larmes aux yeux. Les dieux t'ont sans doute brouillé l'esprit car nous ne sommes pas dignes d'un tel bonheur...

– Je le crois, au contraire.

– Et qu'en pense Aménophis ?

– Je lui parlerai de mes intentions. Mais j'ai remarqué que l'arrivée de Tiyi l'avait impressionné.

– Je ne puis m'opposer aux volontés de la Grande Épouse, répondit Touya en lui prenant les mains dans les siennes. Si cette union avait lieu, ce serait un immense honneur pour la famille de Youya. Nous serions comblés par sa Majesté. Cependant, je préfère être honnête avec toi. Me laisseras-tu le temps de réfléchir pour savoir si Tiyi fera une épouse idéale pour le prince et futur roi ? Je ne voudrais pas que vous soyez déçus. Peux-tu attendre quelques jours avant d'en parler à Aménophis ? M'accorderas-tu ce temps de réflexion ?

Je te dirai alors très franchement ce que j'en pense sans essayer de changer ta décision.

– Soit ! Puisque Aménophis est parti avec Tiyi à Akhmim, nous attendrons leur retour pour évoquer la question et tu auras le temps de méditer.

Touya fut une nouvelle fois surprise.

– Aménophis a embarqué avec ma fille ?

– À l'aube ! Je ne l'ai pas influencé. J'ai appris ce matin qu'il avait fait rassembler des boissons et de la nourriture pour rejoindre Tiyi. Ils doivent déjà être loin d'ici !

Touya resta sans voix. Elle imaginait mal sa fille, impétueuse, retenir ses sentiments devant le prince. « Elle va lui parler comme à son frère. Elle lui racontera combien elle regrette son village, comment il lui a été difficile de s'éloigner de nos amis, quelle épreuve fut son installation à Thèbes... »

– Je te vois soucieuse, dit la reine en posant ses lèvres au bord de sa coupe de vin et en humant l'odeur fruitée qui émanait du nectar aromatisé par son père.

Néfertary passa plusieurs fois la coupe sous son nez et ferma les yeux. Elle aimait ce goût de raisin qui lui rappelait son enfance, la saison où les employés de son père foulaient les grappes aux pieds et où le jus coulait avant d'être enfermé dans des jarres.

– Touya, tu ne m'as pas répondu. À quoi songes-tu ? Tes pupilles sont fixes comme lorsque tu es inquiète. Tiyi est en sécurité avec le prince Aménophis. Il est aussi gardé que son père !

– Je ne suis pas soucieuse. Je me demande seulement comment se comportera ma fille avec le prince.

– Comme elle le fait d'ordinaire. Avec naturel et charme.

– Je la connais, Divine. Elle peut se montrer capricieuse et coléreuse.

Néfertary éclata de rire.

– Voilà qui ne déplaira pas à mon fils !

– Quand nous avons quitté notre village, j'ai bien cru que Tiyi ne nous adresserait plus jamais la parole et qu'elle s'enfermerait dans un mutisme définitif. Même si elle faisait bonne figure, je la sentais meurtrie et accablée par notre départ.

– Les déesses lui font traverser un âge difficile. Aménophis a su lui changer les idées. Voilà un signe des dieux ! Je connais les hommes. Je les observe à la cour et suis habituée à leurs défauts et à leur force. Je décèle dans le caractère de Tiyi une puissance exceptionnelle ! Ta fille sera une grande Divine !

– Tu ne la vois pas avec les yeux d'une mère.

– Je te l'accorde. Mais j'ai raison.

– Youya sera stupéfait en apprenant cette nouvelle !

– Je n'émets qu'une seule réserve, ajouta la reine. Si Aménophis est totalement opposé à ce mariage, je n'en parlerai plus.

– Mieux vaut attendre sa décision. Je garderai notre conversation secrète tant que nous n'en saurons pas davantage à ce sujet. Je ne voudrais pas que Youya se réjouisse à tort.

– Agis comme tu l'entends. Nos enfants seront de retour dans huit jours. Je m'entretiendrai aussitôt avec mon fils et nous déciderons.

Une question taraudait encore Touya.

– Si tout se passe selon tes souhaits, quand envisages-tu cette union, Grande divine ?

– Tout de suite !

– Mais il faudra envoyer des messagers dans tout le

pays, informer les vizirs et les responsables des nomes. Les ambassadeurs voudront apporter des cadeaux. Les roitelets asiatiques t'enverront des présents. Les Nubiens apporteront aussi des dons aux mariés.

– Rassure-toi... Les nouvelles vont vite quand il s'agit du mariage ou de la naissance d'un prince ! L'oiseau bat de l'aile plus lentement qu'un héraut royal ne court répandre la rumeur !

– J'avoue que cette précipitation m'étourdit. Tu nous a honorés plus que nous le méritions. Pharaon a donné à mon fils un titre dont il n'est pas encore digne. Et aujourd'hui, tu veux faire de ma fille aînée une princesse !

– Qui régnera un jour sur l'Égypte et qui mettra au monde les futurs pharaons !

– Reine, je te bénis. Jamais je ne prierai assez Amon pour qu'il t'apporte chaque jour la joie.

– Contente-toi de rester ainsi et tu me combleras, ma chère Touya, répondit Néfertary avec affection.

Quatrième partie

XIV

Depuis le départ d'Hinutimpet, Pashed passait ses journées au palais dans l'attente de nouvelles en provenance d'Égypte. Quand il ne rêvait pas dans la vaste salle à manger aux murs peints et recouverts de tapisseries gigantesques, il se rendait dans les dépendances, les logements des gardes ou les chambres des fonctionnaires et conseillers du roi. Seuls l'escalier conduisant directement à la salle du trône, la chambre du roi et la salle des ablutions lui étaient interdits. Il s'asseyait parfois sous les vérandas qui protégeaient les peintures murales du soleil.

Artatama se faisait rare. Quand il se trouvait au palais, il lui arrivait souvent de s'isoler dans ses appartements. Il ne se rendait jamais dans les cuisines mais il conviait, parfois, Pashed à partager ses repas dans la partie du palais qui lui était réservée. À une autre époque, Pashed aurait apprécié cette marque de gentillesse exceptionnelle à laquelle n'avaient droit que les intimes du roi. Mais rien ne semblait plus le toucher.

Pashed aimait se rendre dans la Maison des Égyptiennes située au nord des appartements du roi. Il y passait du bon temps avec les femmes de la famille royale, les concubines du roi, les scribes, les chanteuses et les prisonnières de guerre que l'une des épouses d'Artatama avait formées et qui passaient leur journée à filer ou à tisser. Après une victoire, cette maison était parfois occupée par des centaines de femmes. Lors des déplacements ou des campagnes du roi, certaines géraient le pays et remplissaient à merveille leurs fonctions administratives.

Chaque soir, Pashed accompagnait le roi dans la cour précédant la salle du trône où il assistait au rite en l'honneur de la déesse Ishtar. Artatama y avait fait planter un palmier gigantesque, symbole de fécondité et de prospérité. Il lui arrivait même d'établir le programme de la soirée lorsqu'un banquet était organisé devant cet arbre, juste après la réception que le roi réservait aux ambassadeurs. Quand les Mitanniens fêtaient leurs défunts dans les rues et les temples de la ville, Artatama prolongeait ces repas jusqu'au lendemain matin.

Attentif, scrupuleux, chargé par le roi de surveiller les provisions du palais et le scribe responsable du Trésor, Pashed faisait parfois l'inventaire des pains devant les fours de cuisson ou comptait les jarres de bière et de vin.

Très exceptionnellement, quand les convives étaient trop nombreux, la salle du trône se transformait en lieu de banquet. Les tapisseries murales et les tapis chatoyants s'animaient alors à la lueur des torches. Les statues des Anciens qui encadraient le trône en bois sculpté, décoré de pierres et d'ivoire et placé sur une estrade, prenaient des airs menaçants.

Quand le roi multipliait ses déplacements, Pashed aidait le mieux possible les femmes chargées de l'administration. Il contrôlait les archives et classait les actes, recevait parfois les visiteurs en compagnie du proche conseiller du roi, s'occupait des transactions de métaux précieux.

Artatama était très attentif aux rapports des gouverneurs de province. Il pouvait ainsi gérer convenablement son royaume, respecter les cultes, intervenir en cas d'inondations, maîtriser les nomades qui menaçaient souvent les villes ou surveiller les Hittites.

Malgré ses occupations, Pashed ne parvenait pas à oublier Hinutimpet. Les périodes de récolte l'accaparaient pourtant toute la journée. Il surveillait aussi les importations de vin et de miel et les distributions de sacs de céréales aux travailleurs. Les approvisionnements de viande lui donnaient plus de travail encore. Il fallait prévoir le nombre de bêtes nécessaires aux sacrifices et la répartition des morceaux de viande qui seraient donnés aux prêtres, au peuple et aux dieux. Pashed partait parfois dans les domaines des éleveurs et faisait le tour des exploitations agricoles proches de la ville.

Une autre de ses occupations consistait à rassembler les pièces d'orfèvrerie fabriquées dans les boutiques attenantes au palais. Le roi attachait un soin particulier aux importations de bois indispensable à la construction des bateaux, des logements et des outils. Là encore, Pashed lui servait souvent de conseiller. Quant aux taxes, elles représentaient, aux yeux du Mitannien, des rentrées d'argent non négligeables. Aussi avait-il augmenté celles que payaient les équipages dont les bateaux naviguaient sur l'Euphrate. Pashed évaluait parfois ces redevances en fonction des travaux à exécuter sur les canaux d'irrigation qui étaient entièrement pris en charge par les trésoriers du palais.

Le palais royal semblait avoir perdu cet éclat qui l'illuminait toutes les fois où résonnait le rire clair d'Hinutimpet. Les artistes qui s'y produisaient de plus en plus rarement ne soulevaient pas l'enthousiasme des concubines du roi. Pashed ne pouvait manquer de comparer ces courtisans un peu tristes à ceux de Thèbes ou de Memphis.

Comme rien ne le retenait plus au Mitanni, il envisagea son retour en Égypte. Mais il abandonna bien vite ce projet.

– Il me sera impossible de revoir Hinutimpet sinon en compagnie de ce maudit Thoutmosis ! Comment pourrais-je le tolérer ? Comment a-t-il pu agir ainsi ? Nous étions proches. Je lui ai appris bien des astuces. Il m'a trahi.

La mère de Pashed n'avait pas été surprise des décisions du roi. Elle avait mis en garde son fils contre la fierté des pharaons et de leurs enfants. Les intérêts l'emportaient toujours sur l'amitié.

Pashed avait finalement décidé de rester au Mitanni à la demande du souverain. Le roi lui avait promis sa plus jeune fille ou celle de son plus proche conseiller.

– Ce n'est encore qu'une enfant ! s'était exclamé Pashed.

– Mais elle est belle et douce. Ses professeurs la trouvent étonnamment intelligente. As-tu déjà vu une telle beauté ?

– Peut-être perdra-t-elle tout charme en grandissant.

– Je n'ai jamais vu de tels yeux, la forme d'un visage aussi parfait, une peau aussi délicate, presque diaphane, un menton volontaire qui n'ôte rien à l'harmonie de l'ensemble. Les peintres s'extasient déjà devant un tel modèle !

– Il est trop tôt pour en parler, lui dit Pashed à plusieurs reprises.

Il ne pardonnait pas au roi mitannien la faiblesse dont il avait fait preuve face à Thoutmosis.

– Quand tous les hommes la convoiteront, tu seras le premier à me réclamer cette femme comme épouse !

– Ce jour viendra peut-être...

Désabusé, Pashed évitait aussi les conseils de Sheribu qui échafaudait mille plans contre le roi égyptien pour venger son fils de l'affront qu'il avait subi.

– Jamais je ne pourrai l'accepter ! lui disait-elle chaque jour. Si j'étais plus jeune, j'aurais conduit moi-même mon char à travers le désert pour aller m'expliquer avec Thoutmosis IV !

Pashed était surtout bouleversé par le silence d'Hinutimpet et par les messages de joie qu'elle adressait à son père. Même si celui-ci tentait de les garder secrets, Pashed en comprenait le contenu à ses rougissements.

– Elle me parle rarement de sa vie au palais, mentait-il. Elle vit avec les autres femmes, contrainte et forcée. Elle regrette sans doute la vie qu'elle aurait menée avec toi mais avions-nous le choix ? L'Égypte serait entrée en guerre contre le Mitanni... Tu dois être fier d'avoir évité un tel conflit !

– Le Mitanni a si souvent lutté contre l'Égypte ! J'aurais préféré épouser ta fille et combattre toute mon existence.

Artatama lui apprit qu'il devait se rendre prochainement en Égypte.

– Pour y voir ta fille ?

– Oui. Elle réclame ma présence.

– N'est-ce pas plutôt Pharaon qui l'exige ?

Le roi ne répondit pas.

– Je n'ai reçu aucune lettre d'Hinutimpet depuis son départ, se plaignit Pashed. Le roi Thoutmosis censure-t-il ses messages ou a-t-elle trouvé le bonheur loin de moi ?

Le roi préféra garder le silence. Il savait que sa fille était heureuse auprès de Thoutmosis IV et qu'elle souhaitait demeurer en Égypte. Ce choix qu'il avait cru douloureux pour son enfant se révélait, finalement, le meilleur.

– Hinutimpet doit affronter son destin. Elle en est consciente et elle l'accepte sans rechigner. Tu devrais réagir comme elle, toi aussi. Hinutimpet ne reviendra pas vivre ici. Pharaon apprécie sa présence et me l'écrit souvent.

– J'étais persuadé qu'il se lasserait d'elle comme de tant d'autres femmes...

Cette remarque blessa l'amour-propre du souverain mitannien.

– Si tu as su aimer ma fille et apprécier ses qualités, pourquoi Thoutmosis IV ne les aurait-il pas également remarquées ?

– Je ne voulais pas te vexer, répondit aussitôt Pashed. Mais Pharaon est entouré de femmes très belles...

– Qui ne sont certainement pas aussi cultivées que ma fille !

– Peut-être. Cependant, certaines princesses ont reçu une éducation similaire à celle d'Hinutimpet. Pharaon les a choyées. Il les a beaucoup appréciées pendant quelques jours avant de les délaisser...

– Tu me parais bien le connaître... J'ai la faiblesse de croire ma fille. Je suis sûr que les dieux lui ont apporté le bonheur. Ne sois pas peiné, Pashed. Aton guide notre destinée. Acceptons-la sans discuter.

Pashed revoyait parfois les longues traversées qu'il avait faites avec Thoutmosis dans le désert égyptien. Il se rappelait leurs courses folles derrière les pyramides, leurs discussions près du dieu Sphinx, leurs séances d'entraînement, leur rivalité amicale et leur complicité. « J'étais en quelque sorte son frère aîné. Comment a-t-il pu changer à ce point ? »

Malgré les mises en garde de sa mère, Pashed ne parvenait pas à comprendre le roi. Combien de fois avait-il été tenté d'embarquer pour Thèbes afin de s'entretenir avec lui en tête à tête. « Sheribu prétend que le pouvoir change les hommes. La famille des Thoutmosides a toujours su garder la tête froide. Je crois seulement que Thoutmosis s'est vengé de mon départ précipité pour le Mitanni. »

***

Peu à peu, cependant, le visage d'Hinutimpet ne devint plus pour Pashed qu'un souvenir. Il eut la douleur de perdre Sheribu et lui offrit des funérailles remarquables tout en honorant sa mémoire.

– Tu es le fils d'un grand homme qui a lutté pour libérer le Mitanni, lui rappela le roi mitannien qui mit tout en œuvre pour aider Pashed dans cette dure épreuve. Sheribu s'est unie à cet homme. En souvenir de leurs actions, fais élever une statue de ta mère devant ta demeure. Je paierai les frais de ce travail.

Pashed accepta. Il comprit, cependant, après la mort de sa mère combien il lui manquait de n'avoir pas connu ce père que Sheribu traitait de héros. Elle lui avait raconté ses exploits, ses défaites et ses affrontements avec le roi égyptien. Malgré les réticences de son oncle

Amenpafer, Pashed avait tout appris sur ce rebelle qui avait pourtant accepté de devenir pendant des années le proche conseiller de Pharaon.

– L'appel du Mitanni, les souvenirs de sa jeunesse passée en Asie l'ont sans doute poussé à y retourner pour son malheur. Ne devais-je pas en tirer une leçon ? Au lieu de quoi, j'ai refait le même chemin pour connaître, moi aussi, un triste destin.

Les funérailles de sa mère eurent lieu à une époque où les fleuves débordaient et où les champs étaient envahis par les eaux. On ne voyait plus de certaines maisons que les toits. Les Asiatiques redoutaient cette saison en espérant que les inondations ne causeraient pas trop de dégâts.

Curieusement, alors qu'il avait jusque-là continué à honorer les dieux égyptiens et mitanniens, Pashed se mit à vénérer, sur l'exemple d'Hinutimpet, le dieu Aton.

– Toi seul me redonneras la force de poursuivre ma route et l'énergie suffisante pour continuer. Tu es celui qui guide vers la lumière et la puissance. Je remets ma vie entre tes rais. Fais-en bon usage.

XV

Hinutimpet avait l'autorisation de sortir du palais tous les trois jours. Sa principale préoccupation était alors de rejoindre un cercle d'amis avec lesquels elle ne parlait que d'Aton et de l'existence d'un dieu unique. Les conceptions de ce groupe lui plaisaient même si les hommes qui le constituaient ne citaient que rarement le dieu Soleil. Ils reconnaissaient la présence d'un dieu tout-puissant qu'ils priaient.

Ces Hébreux venaient d'une région qu'elle ne connaissait pas située au sud de Byblos. La plupart n'étaient pas mécontents de s'être installés en Égypte. Ceux qui habitaient à Thèbes avaient coutume de se réunir sur une colline à la sortie de la ville. Ils posaient de très nombreuses questions à Hinutimpet sur l'origine de ses croyances et souhaitaient tout savoir du dieu Aton.

Hinutimpet était intarissable sur le sujet. Des échanges de points de vue parfois animés rendaient les débats plus passionnés. Hinutimpet aimait la simplicité des femmes qui ne s'habillaient que d'une tunique sans fioritures. Elles ne portaient pas de bijoux et évitaient les trains de vie ostentatoires. Elles se disaient toute dévouées à leur divinité.

À Thèbes, il était fréquent de voir discourir des groupes d'étrangers. Ceux-ci s'entretenaient de religions, de philosophie, d'éducation ou de coutumes. Les Égyptiens ne savaient pas très bien d'où ils venaient. La plupart étaient d'anciens nomades originaires des régions du Nord.

– Les Égyptiens ne sont pas prêts à adopter vos croyances, dit un jour Hinutimpet aux hommes qu'elle côtoyait. J'ai parlé maintes fois au prince du dieu Aton mais il m'a toujours écouté avec ennui. Quant au pharaon, il m'interdit d'entamer le sujet à la cour.

– Nous ne cherchons pas à convaincre les Égyptiens, lui dit un Hébreu plus âgé que les autres, qui semblait être le chef du clan. Nos dieux ne sont pas les mêmes que ceux des Égyptiens. Aussi préférons-nous être discrets.

– Thoutmosis IV est tolérant.

– Mais il n'a pas adopté tes rites alors qu'il adore, lui aussi, le dieu Aton...

Hinutimpet insista.

– Les Égyptiens ont tous choisi des dieux primordiaux. Ptah de Memphis n'est-il pas finalement le dieu Aton ? Et Amon de Thèbes ? Et Rê ?

Enveloppés, l'hiver, dans de longues capes, les Hébreux mangeaient à la belle étoile jusqu'à l'aube. L'été, ils portaient, comme leurs compagnes, de modestes tuniques.

Thèbes était peu à peu devenue une ville cosmopolite, peuplée d'anciens prisonniers de guerre ou de vaincus prêts à vivre au bord du Nil. On y entendait de nombreux dialectes très différents les uns des autres. L'érudite Hinutimpet les connaissait presque tous.

– Tu vis au palais, lui dit un jour un homme du groupe avec suspicion. Peut-être viens-tu nous espionner ?

La réflexion irrita Hinutimpet.

– Vous oubliez que je suis Mitannienne !

– Tu es avant tout l'une des favorites du roi.

Dès lors, Hinutimpet fréquenta moins souvent les Hébreux mais elle avait fait embaucher, pour la servir, trois d'entre eux.

Elle apprit sans joie la nouvelle du mariage d'Aménophis sur lequel elle paraissait avoir moins d'influence. Elle était souvent passée par son intermédiaire pour transmettre une idée ou un projet à Pharaon. Aidée par Néfertary, Tiyi veillait maintenant à le tenir éloigné d'elle.

Comme toutes les fois où elle avait besoin d'aide ou de consolation, Hinutimpet se réfugia auprès du chambellan Menatou.

– Aménophis n'aura plus de temps à me consacrer. Je vais me sentir bien seule...

– Allons, Hinutimpet, seul le roi doit avoir ton attention. Tu en as trop accordé au prince. Néfertary te le reproche souvent.

– Je n'ai cure de la Grande Épouse royale.

Menatou s'emporta.

– J'ai toujours pris ta défense, Hinutimpet. Je t'ai aidée, protégée, défendue auprès de notre roi. Je lui ai menti lorsque tu sortais rejoindre des groupes d'étrangers à la sortie de la ville. Mais je ne puis tolérer que tu parles ainsi de la divine Néfertary !

– Mes paroles ont dépassé mes pensées, tu le sais bien Menatou. Pardonne-moi et continue à m'aimer.

Le chambellan se laissa de nouveau convaincre par

l'aménité d'Hinutimpet qui lui raconta combien elle était désolée par le mariage du prince.

– Il était inévitable...

– Je connais la femme choisie par Néfertary.

– Elle est parfaite pour assumer cette fonction.

– Peut-être. Mais elle ne m'aime guère...

– Tu es l'épouse de Thoutmosis IV, non de son fils. Que t'importe ce que pense de toi Tiyi ?

– Je me méfie de son influence.

– Elle est trop jeune pour être écoutée.

– Je n'en crois rien.

Menatou la réconforta.

– Le roi t'apprécie comme lors de votre première rencontre. Il va te rendre visite très souvent. Il me parle de toi avec passion. Tu resteras l'une des épouses qu'il préfère.

– Je vais écrire à mon père pour qu'il me rende visite. Cela me fera du bien de revoir un visage familier. Depuis qu'il est venu à Thèbes, Thoutmosis IV lui envoie de nombreux présents.

– Voilà une excellente idée ! s'exclama Menatou en appelant le scribe. Nous allons faire partir le message dès ce soir ! J'ai hâte de revoir celui dont tu me parles avec tant de chaleur !

– Je me souvenais hier des parties de chasse que nous avons faites ensemble. Il est si doué pour chasser les gazelles et les lions ! Mais, lorsque nous approchions d'une bête, je toussais pour la prévenir et lui laisser une chance de se sauver.

– Je te déconseille d'agir de même si tu pars un jour chasser avec Pharaon !

– Ce serait un rêve, Menatou. Cela signifierait que le

roi m'aime vraiment. Seuls l'accompagnent à la chasse son fils et ses plus fidèles confidents.

– Sait-il seulement que tu es capable de chasser ?

– Je ne le crois pas... On dit qu'il rapporte toujours des dizaines d'animaux. Avec moi, je doute que ce soit le cas !

Le chambellan observait tous les objets de la pièce et les remettait éventuellement en place. Rien ne lui échappait. Il surveillait les servantes du coin de l'œil, contrôlait les balayeurs qui époussetaient les socles des statues, réclamait une touche de parfum sur les tentures et faisait changer les fleurs à peine fanées.

– Que penses-tu de Tiyi, Menatou ?

– Je porte sur elle le même jugement que Pharaon. Mais j'avoue mal la connaître.

– Allons, oublions ce mariage ! Aide-moi à rédiger ce message pour mon père. J'ai hâte de le revoir ! Le roi sera heureux de le recevoir au palais.

Menatou donna ses ordres au scribe qui s'assit en tailleur devant eux. Hinutimpet lui dicta le texte en égyptien puis elle le traduisit en mitannien.

– Hinutimpet, je dois te faire un aveu, ajouta Menatou lorsqu'ils eurent terminé.

La Mitannienne s'inquiéta.

– Pharaon m'a demandé quelque chose qui va te contrarier.

– Parle vite Menatou.

– Pharaon souhaiterait que j'assiste Tiyi comme je t'ai aidée lorsque tu es arrivée à Thèbes.

– C'est impossible, Menatou ! J'ai encore besoin de toi !

– Il m'est difficile de discuter les ordres de Pharaon. Je ne te délaisserai pas pour autant. Je suis âgé et tu pourrais être ma fille. Tu m'as accordé ta confiance.

Aussi t'ai-je donné mon amitié. Cette complicité qui nous unit ne disparaîtra jamais. Crois-moi... Je veux dire à ton père Artatama combien tu es chère à mon cœur.

Hinutimpet se retint d'embrasser l'homme qui avait souvent remplacé son père.

– J'ai confiance, lui dit-elle.

XVI

Tiyi avait été si enthousiasmée par son court voyage avec le prince qu'elle était revenue les yeux pleins de rêves.

La reine comprit que le moment de mettre son plan à exécution était venu. Elle donna, cependant, naissance à sa deuxième fille avant la cérémonie.

Devant le bonheur éclatant de sa fille, Touya ne s'opposa pas à cette union. Elle en parla elle-même à son époux qui s'en réjouit. Bien que toute la famille jugeât cette liaison prématurée, il était inconcevable de refuser un tel mariage.

Tiyi s'étonnait chaque jour de bénéficier des faveurs de Néfertary qui la choyait et la considérait comme sa fille. Sa sœur cadette regardait dorénavant Tiyi comme une princesse de contes. Elle s'émerveillait des tenues qu'elle portait, des cadeaux que lui faisait la reine, des réceptions que le roi donnait au palais pour elle et son fils devant une assemblée d'ambassadeurs. Toutes les fois où elle se rendait à la cour, la fillette observait de ses yeux ronds le décorum étonnant d'une cour aussi prestigieuse.

Seul Thoutmosis IV n'était pas totalement convaincu

par la décision hâtive de la reine. Il lui avait dit son mécontentement.

– Les déesses t'auraient-elles fait perdre ta grande sagesse ? Cette précipitation ne te ressemble guère. Je croyais que tu voulais marier ton fils à l'une de ses sœurs. Il en a deux maintenant. Tiâa est vive et magnifique. Méryt la protège. Elle lui a donné un lait excellent qui l'a embellie. Comme Méryt est l'illumination du harem de Sobek, la divinité crocodile veille sur ma fille. Tiâa sera digne de l'épouse d'Aménophis II dont elle porte le nom. Sa nourrice l'aime tant qu'elle a demandé à son mari de la faire reproduire sur les murs de sa tombe avec la princesse sur ses genoux.

Comme Néfertary restait silencieuse, le roi éleva la voix.

– Tes pensées ne s'accordent-elles pas avec les miennes ? Tiâa ne peut être mieux entourée ! Tougiy veille sur ses affaires. Neferunpet contrôle son état de santé. Say et Neferoueref la gardent. Quant à Pyhia, ce n'est encore qu'un bébé mais elle sera digne de son père Menkheperourê.

– Pharaon, je suis d'accord en tout point avec tes propos, répondit Néfertary. Tes filles sont, cependant, trop jeunes pour épouser leur frère aîné...

– Il suffit d'attendre ! Pourquoi se hâter de donner une épouse à Aménophis qui n'a pas achevé, loin s'en faut, son éducation et qui va ainsi être distrait par un tel bouleversement. Je veux qu'il continue à s'entraîner et à chasser.

– Rassure-toi. Je connais bien Tiyi. Elle encouragera le prince à poursuivre ardemment sa préparation. J'ai eu cette idée lumineuse de les unir si jeunes parce que je comprends que Tiyi sera d'un grand soutien pour Aménophis. Elle a le sens du devoir. Elle aime son pays. Elle sacrifierait sa vie pour l'honneur de sa patrie. Elle est courageuse et honnête.

– Comment parviens-tu à déceler tant de qualités chez une fille aussi jeune ? Ne t'es-tu pas laissé abuser par l'affection que tu portes à sa mère ?

– Touya n'a pas cherché à m'influencer. Elle doutait, au contraire, du résultat de cette union.

– Voilà une femme sage.

– Mais qui est maintenant convaincue que j'avais raison.

Comme Thoutmosis IV refusait de l'écouter davantage, Néfertary lui proposa de rencontrer seul la fille de Youya.

– Observe-la. Tu comprendras pourquoi je l'ai choisie.

– Mon temps est précieux.

– L'avenir de notre fils, l'héritier du trône, mérite quelques concessions.

– Soit !

Pendant plusieurs semaines, Touya se consacra à sa fille. Consciente qu'elle devait lui apprendre en peu de jours toutes les règles de la cour, elle laissa de côté ses autres fonctions pour préparer sa fille à sa lourde tâche. Tiyi était trop jeune pour en comprendre toutes les difficultés.

– Je prie les dieux pour que Pharaon vive très vieux et que Néfertary demeure le plus longtemps possible Grande Épouse royale. Tu auras ainsi le temps de t'habituer à ta nouvelle vie et de t'initier à la politique.

– Aménophis ne régnera pas demain ! ajoutait Tiyi en riant. Que crains-tu ? Je resterai princesse pendant des années !

Mais Touya connaissait les revers de fortune et les caprices des divinités.

– Quand Thoutmosis III a disparu, Aménophis II n'était pas prêt à lui succéder. Quand Aménophis II a quitté ce monde à son tour, son fils a dû régner malgré lui. Qui prétend que le roi d'Égypte vivra longtemps ? Seuls les dieux connaissent notre destin. Si Aménophis III succède demain à son père, tu deviendras la Grande Épouse de ce pays !

Insouciante, Tiyi rassurait sa mère.

– Les dieux protègent notre pharaon. Il ne doit pas partir en campagne. Il n'est pas souffrant. Il a de nombreux enfants, tous sains et en parfaite santé.

– Ne te laisse pas abuser par les apparences, Tiyi. Écoute-moi et souviens-toi de mes paroles !

XVII

Malgré ses occupations, Thoutmosis IV consacra deux journées à sa future belle-fille. Ces entretiens le rassurèrent. Aussi prit-il plusieurs décisions d'importance avant de célébrer ce mariage. Conscient que son père Aménophis II avait encore en Asie une réputation de pharaon cruel et intraitable, il rassura les peuples autrefois ennemis de l'Égypte et leur envoya des messages de paix.

« Ce n'est pas parce que mon père a autrefois traité ses victimes sans ménagement, que Pharaon, Taureau puissant, était un roi impitoyable. Aménophis II restera dans l'histoire car il était bon et cultivé. Même s'il a perdu quelques-uns de ses territoires en Asie, il a combattu avec courage et s'est montré à la hauteur d'un remarquable soldat tel que Thoutmosis III. Il a respecté vos religions, vos dieux et vos coutumes. Seuls les ennemis qui l'ont trahi ont été sévèrement punis par Pharaon qui voulait faire un exemple. Quel roi n'aurait pas agi pareillement ? L'empire égyptien était si grand que le souverain devait se faire respecter alors qu'il était à Thèbes. Les hommes qu'il avait mis en place sur les terres asiatiques n'étaient pas toujours efficaces. Aussi devait-il prendre des mesures pour être respecté et pour garder le royaume qu'il avait acquis grâce aux dieux et pour les dieux. Pharaon a une tâche sur terre : il doit transmettre à ses descendants tous les terrains qu'il a reçus en héritage. Le fait qu'il en ait perdu certains aurait pu contrarier Amon. Il lui était impossible de céder devant l'ennemi. »

Dans sa correspondance et ses messages, Thoutmosis IV rappela également qu'il souhaitait favoriser l'entente entre les peuples et que, telle Hatchepsout, il préférait régner dans une période de paix plutôt que de faire sans cesse la guerre.

Il rappelait, cependant, que si c'était nécessaire, ses soldats seraient prêts à prendre les armes et que de nombreux étrangers, Asiatiques, Nubiens ou Hébreux, grossiraient les troupes égyptiennes.

« N'avait-il pas sur le modèle des Asiatiques développé l'équitation et la chasse à la cour ? Les Égyptiens ne vénéraient-ils pas comme ils l'avaient fait, Astarté, la déesse des chevaux, et ne rendaient-ils pas un culte à Rechef ? N'initiait-il pas son fils Aménophis à monter à cheval le mieux possible comme les rois asiatiques le font habituellement ? Ne faisait-il pas venir ses chevaux d'Asie là où l'on trouvait les races les meilleures ? N'avait-il pas embauché les plus habiles dompteurs souvent choisis parmi les prisonniers asiatiques ? »

Thoutmosis IV rappela aussi que certains d'entre eux étaient devenus de remarquables fonctionnaires loués par tous pour leur savoir-faire et leurs connaissances en matière d'équitation et que les plus riches Thébains les convoitaient, réclamant leurs cours avec impatience.

Le pharaon tenait à multiplier les échanges commerciaux : il voulait de l'étain, du cuivre chypriote et de l'argent rapporté du cœur même de l'Asie. Tous les anciens prisonniers des rois égyptiens, notamment les milliers d'Apirou ramenés par Aménophis II de ses campagnes asiatiques, gagnaient convenablement leur vie dans des villages ouvriers. Thoutmosis IV en avait envoyé en grand nombre sur les chantiers pour la construction de temples ou de monuments en l'honneur des dieux. Certains étaient partis en Nubie, d'autres au Sinaï. Tous étaient satisfaits de leur vie en Égypte et préféraient rester à Thèbes plutôt que de retourner vivre en Asie. Leur famille les suivait dans leurs déplacements.

Prudent, le roi Thoutmosis tenait à éviter une nouvelle révolte du Naharina identique à celle qui avait marqué le début du règne de son père. Malgré la victoire de Kadesh, Aménophis II avait dû affronter les Mitanniens à plusieurs reprises après la révolte de Carchemish. Les pertes qu'avait subies Aménophis II après la défaite de Niya avaient été trop lourdes. Thoutmosis IV aurait préféré que son père rapportât un moins gros butin d'Asie et qu'il conservât sous son autorité la région située entre l'Oronte et l'Euphrate. Ce territoire, souvent hostile, voulait maintenant garder son indépendance. Ses habitants étaient prêts à se battre avec ardeur contre celui qui chercherait à leur imposer une dictature.

Le roi du Mitanni avait prévenu Thoutmosis IV qui avait l'ambition de guerroyer dans la plaine de l'Oronte.

« Les rebelles s'organiseront et te surprendront car tu ne connais pas la région. Tu seras berné. Ils refusent d'être de nouveau dominés par les Égyptiens ou par tout autre peuple. Ils préféreront se battre jusqu'au bout plutôt que de céder. Fils et pères sont unis dans la même bataille : garder leur liberté. Prends garde aux hommes qui n'ont rien à perdre et qui, un jour, ont tout perdu. Ils feront tout ce qui est en leur pouvoir pour ne plus connaître l'oppression. »

Thoutmosis IV répondit à Artatama que jamais les rois égyptiens ne s'étaient comportés en oppresseurs et qu'ils avaient toujours été très tolérants. Agacé par le ton paternaliste du roi mitannien et par ses conseils, il lui écrivit qu'il agirait comme il lui semblait bon.

« Pharaon aura toujours raison car il est guidé par les dieux qui ne se trompent jamais ! »

Bien qu'il préférât ne pas répliquer, Artatama était persuadé que le roi avait compris son message et qu'il se montrerait prudent. Pour le bonheur de sa fille, il ne souhaitait pas la mort de Pharaon. Il avait pu constater lui-même qu'Hinutimpet était heureuse au palais thébain et qu'elle enviait déjà toutes les épouses de Thoutmosis qui étaient déjà mères. « Je ne serais pas étonné qu'Hinutimpet soit enceinte cette année ! » s'était dit le roi mitannien en rentrant dans son pays et en se gardant, toutefois, de faire part de ses impressions à Pashed.

***

Suite à l'intervention d'Hinutimpet qui défendait régulièrement la cause des Hébreux, Thoutmosis IV avait fait embaucher à la cour plusieurs d'entre eux. Quelques-uns étaient d'excellents amateurs de vin. Néfertary reconnaissait que son père employait les meilleurs au moment des vendanges.

– J'ai moi-même découvert dans les tombes de Pouimrê et d'Antef creusées dans la nécropole thébaine ces peuples raffinés, reconnut Thoutmosis IV. Tous deux étaient de remarquables notables sous le règne de Thoutmosis III. L'un était prophète d'Amon et l'autre haut fonctionnaire. Dans leurs tombes sont effectivement représentés des Hébreux fabricants de vin qui m'avaient beaucoup intrigué. Ils ne portent pas les mêmes vêtements que nous et adoptent volontiers la barbe alors que nous n'apprécions que les peaux glabres. Mon père m'en parlait parfois. Il les disait compétents et très malins.

– Mon père apprécie également leur sérieux et leur attachement au travail bien fait. Il les trouve courageux. J'ai constaté moi-même avec quelle ardeur ils travaillaient et quels étonnants marchands ils étaient ! Aucun autre étranger ne les vaut sur les marchés !

– J'ai entendu dire que tu les fréquentais souvent...

Hinutimpet ne s'en cacha pas.

– Tu m'as sans doute fait suivre... Pharaon a tous les droits.

– Mes espions sont là pour assurer ma sécurité et celle de mes proches.

Comme Pharaon cherchait à en savoir davantage sur ce peuple qu'il connaissait mal, Hinutimpet lui répondit franchement.

– Ils se méfient de toi et de tes idées. Je leur ai dit qu'ils avaient tort. Ils te plairaient car ils sont très intelligents et très cultivés. Je les trouve sages.

– Vénèrent-ils les mêmes dieux que nous ?

– Non.

– Eux aussi adorent sans doute le dieu Aton ?

– Pas tout à fait. Mais ils honorent un dieu primordial. Tu les connaîtras mieux puisque plusieurs d'entre eux vont travailler au palais.

L'annonce du mariage de Tiyi et d'Aménophis créa la surprise générale. Les femmes du harem, interloquées par une décision aussi subite, se plaignirent au roi. Certaines reprochaient à Tiyi sa jeunesse ; d'autres mettaient leur propre fille en avant. Aucune ne pouvait accepter d'avoir été doublée par une inconnue.

Pendant plusieurs jours, Thoutmosis IV dut affronter au palais les mécontents et les sceptiques. Le Grand Prêtre de Karnak lui avait rappelé que les augures étaient favorables et qu'il ne devait pas hésiter à unir les deux jeunes gens. Pourtant, les conseillers du roi se montraient réticents.

– On ne connaît pas cette jeune fille. Elle ne fera peut-être pas une princesse idéale.

Le roi répondait qu'il appréciait ses parents et qu'elle avait reçu une excellente éducation. Quant à la reine Néfertary, elle était si ravie de cette union qu'elle assistait elle-même aux préparatifs du mariage. Elle ne cessait de rappeler qu'elle avait beaucoup d'affection pour Touya et qu'elle avait l'impression de marier sa propre fille.

– Le mariage attendra, lui avait pourtant dit Touya en cherchant à gagner du temps. Repose-toi. Tu viens de mettre au monde la princesse Pyhia.

Mais aucun discours n'avait distrait la reine de son idée première.

– J'assisterai le plus tôt possible au mariage de mon fils avec Tiyi. On ne sait jamais ce que les déesses nous réservent. Imagine que je perde la vie dans quelques jours après cette rude épreuve de l'accouchement.

– Rien de fâcheux ne t'arrivera maintenant.

– Tant d'Égyptiennes meurent après avoir donné naissance à un enfant qui n'est même pas sûr de rester en vie ! Ces malheurs ne touchent pas seulement les femmes du peuple...

– Il n'est pas bon pour une femme de broyer des idées aussi noires. Tu vas attirer le malheur dans ta famille.

Rêve plutôt au bonheur de tes enfants et de ton époux !

– Quoi qu'il en soit, je ne serais comblée que lorsque Aménophis aura épousé Tiyi. N'es-tu pas fière de voir ta fille princesse ? Pourquoi reculer l'échéance ?

– Je serai la plus heureuse des mères. Mais je ne veux pas obtenir ce bonheur égoïste au détriment de celui de ma fille. Elle n'y a pas suffisamment réfléchi. Ces deux enfants s'unissent parce que tu l'as décidé. Est-ce réellement une bonne idée ?

– Une fille épouse l'homme que son père a choisi. Quand c'est le roi ou la reine qui prend cette décision, elle doit s'exécuter ! Sais-tu le nombre de femmes qui attenteraient à la vie de Tiyi pour donner une chance à leur fille de s'asseoir un jour sur le trône de la Grande Épouse royale ? Combien d'entre elles prient chaque jour Amon d'envoyer une maladie sur Tiyi ?

Le roi dut, toutefois, repousser la date du mariage pour une affaire d'État. Le roi hittite Tudhaliya II avait renforcé ses positions et menaçait Artatama. Alors que l'Égypte et le Mitanni étaient parvenus à un accord, la première dominant la Palestine et le littoral asiatique et le second les régions situées au nord, Thoutmosis IV craignait de voir la situation se dégrader sous la menace hittite. Tudhaliya voulait créer un véritable empire et son ambition paraissait démesurée. Malgré le traité qui liait l'Égypte aux Hittites, Thoutmosis avait immédiatement répondu à Artatama que l'Égypte lui porterait secours en cas de conflit. Mais Hinutimpet s'inquiétait pour son père.

– Le roi hittite n'osera pas attaquer le Mitanni s'il sait que l'Égypte soutient Artatama, la réconforta Thoutmosis. Il est inutile de te faire du souci. Si notre intervention se révèle indispensable, nous agirons !

Hinutimpet redoutait la fourberie des Hittites qui étaient capables de ravager le Mitanni en quelques jours avant même que les Égyptiens ne mettent les pieds sur le sol asiatique.

XVIII

Ces soucis n'empêchaient pas Thoutmosis IV de poursuivre l'œuvre de son père qui avait tenu à embellir Kalabsha, Medamoud, Tôd et Amada. Il avait envoyé à Amada une équipe d'ouvriers aménager une cour pour fêter son prochain jubilé.

Thoutmosis IV ordonna également d'accélérer l'ornementation du temple de son père construit près du Sphinx de Guizeh. Il fit embellir le temple de Ptah à Memphis en y ajoutant des éléments en souvenir d'Aménophis II.

Une autre préoccupation le faisait s'entretenir régulièrement avec le général Horemheb. Thoutmosis IV souhaitait retourner vivre pendant quelques mois à Memphis pour ne pas donner trop de pouvoir aux notables thébains qui s'imposaient de plus en plus. Même si le pharaon était satisfait des services du vizir Aménémopé, de ceux de son frère Sennefer, maire de Thèbes, du prophète d'Amon Khaemeribsen dont le frère Quenamon était intendant au palais de Memphis, le roi préférait surveiller le pouvoir grandissant des grands prêtres d'Amon comme Méri, le responsable du grenier Menkhepereseneb, le riche Khai, le prêtre Amenemhat et l'ambitieux Ouserhat si habile à la chasse, qui s'était fait creuser l'une des plus belles tombes de la Vallée. Le roi n'était entouré que d'hommes puissants qui possédaient souvent de véritables trésors.

– Je ne veux pas donner trop de pouvoir aux Thébains, confia-t-il à Horemheb. Je dois aussi penser à Memphis. Ici, les Égyptiens sont plus ambitieux et plus riches. Ils seraient prêts à rivaliser avec le pouvoir du roi !

Horemheb l'écoutait parler sans rien dire.

– Je n'ai rien à ajouter face à la sagesse royale, finissait par répondre le général en s'inclinant et en approuvant Thoutmosis.

***

Les messagers de Pharaon avaient gagné l'Asie. Personne n'ignorait plus désormais le prochain mariage de Tiyi avec le prince Aménophis. Cependant que des rebelles mitanniens inquiétaient Thoutmosis IV, Artatama avait décidé de fêter l'événement à sa manière. S'il ne pouvait assister au mariage, il comptait bien organiser un gigantesque banquet dans la salle du trône et dans la cour du palais.

Tous les Mitanniens furent invités à festoyer. Les habitants de la capitale s'apprêtaient à veiller pendant plusieurs nuits afin de profiter de toutes les attractions. Les ânes transportaient à leur cou des paniers de fleurs. Le roi avait fait recouvrir les rues de pétales. Sur les canaux naviguaient de charmantes barques aménagées, aux coussins colorés et accueillants. Nombreux seraient les habitants qui se laisseraient voguer sur l'eau jusqu'à l'aube en écoutant une flûte ou un tambourin.

Du haut de son palais fiché sur une colline, le roi pre-

Kôm el-Hettan (Thèbes-Ouest) où fut construit le temple d'Aménophis III flanqué des « Colosses de Memnon » représentant Aménophis.

Statue d'Aménophis III (musée de Louxor).

Menna, scribe du cadastre sous Thoutmosis IV, dont les deux filles faisaient partie du harem royal.

Détail de la tombe de Menna (Vallée des Nobles).

Statue d'Aménophis III (Cachette du musée de Louxor).

Sennefer, maire de Thèbes sous Aménophis II
et ses successeurs, et son épouse.

Tête d'Hathor retrouvée au Sérabit el-Khadim (Sinaï)
où les pharaons honoraient la déesse de la turquoise.

Amenhotep, fils d'Apou, célèbre scribe d'Aménophis III.

Rare représentation de Tiâa, épouse d'Aménophis II, avec son fils Thoutmosis IV, le père d'Aménophis III (musée du Caire).

Masque funéraire de Touya, mère de Tiyi, enterrée dans la Vallée des Rois et dont la momie a été retrouvée (musée du Caire).

Mobilier funéraire d'Ouserhat (Vallée des Nobles).

Colosses d'Aménophis III et Tiyi retrouvés à Medinet Habou.

Deir el-Bahari (Thèbes-Ouest), passage obligé du dieu Amon de Karnak pendant la fête de la Vallée.

Les serviteurs face à leur maître (tombe d'Ouserhat).

Statue supposée d'Aménophis II, père de Thoutmosis IV (musée de Louxor).

nait plaisir à voir des Mitanniens se presser autour de l'enceinte de la ville. Si certains ne souhaitaient pas y entrer et préféraient étaler leurs marchandises à l'extérieur, la plupart jugeaient plus prudents de s'abriter derrière les imposants remparts. Des terrasses les plus hautes, le roi avait une vue imprenable sur le désert alentour.

Le défilé des divinités avait commencé. Les prêtres sortaient l'effigie des dieux de leur sanctuaire pour les transporter vers la Salle des Fêtes bâtie à l'entrée de la ville. Ce cortège avançait au milieu des cris, dans la joie et la bonne humeur.

Les ports étaient en proie à une activité fébrile. On déchargeait jusqu'au crépuscule maintes marchandises tandis que les scribes, ravis, comptaient l'argent des taxes.

Afin de supprimer la poussière, Artatama avait donné des ordres pour que les voies en terre soient régulièrement recouvertes d'eau. Pour éviter les essieux cassés, il avait chargé Pashed de veiller à remplir les ornières de pierres.

– J'utiliserai la méthode égyptienne, lui avait suggéré Pashed. Nos rues sont pitoyables à côté de celles de Memphis.

Artatama lui avait laissé carte blanche, lui demandant de n'oublier aucune voie.

– Même les chemins les plus étroits qui mènent au centre de la ville seront entretenus. Je donnerai des ordres pour que le système d'évacuation des eaux usées fonctionne car nous serons nombreux pendant ces fêtes.

– Les princes d'Haradum, de Shadduppum, de Nimurta et d'Emar souhaitent venir en personne...

– Ils se sont rapprochés des Hittites. N'est-ce pas un piège ?

– Il m'est difficile de refuser leur présence.

– Emar est construite sur un rocher. Il est impossible de l'assiéger. Elle en est d'autant plus puissante.

– Emar a un rôle essentiel, tu le sais comme moi. Tous les marchands passent maintenant par cette ville. Le roi hittite a compris l'intérêt d'une telle cité. Je recevrai, néanmoins, le prince d'Emar. Nous serons sur nos gardes et nos soldats seront prêts en cas d'attaque. Préviens les généraux et explique-leur le danger.

Chaque demeure, plus ou moins modeste, contruite en terrasse à un étage, s'était égayée de banderoles et de guirlandes de fleurs. Des nattes et des tapis avaient été disposés en haut des maisons. Devant chaque porte avaient été déposées des jarres de vin. Les fenêtres, trop petites pour que chacun pût entendre les chants et la musique qui envahissaient les rues, avaient été ouvertes. Les pans d'étoffe qui obstruaient les ouvertures avaient été roulés dans un coin.

Des maisons les plus pauvres, mitoyennes, tout le monde s'interpellait et cherchait à avoir des nouvelles fraîches d'Égypte. Les plus renseignés se tenaient sur le port. Là, les langues allaient bon train et les nouvelles circulaient plus vite que sur les marchés égyptiens. Chaque équipage apportait son lot de renseignements.

Les escaliers montant à l'étage et les couloirs desservant les chambres du premier étaient encombrés de serviteurs déplaçant le modeste mobilier des salles du rez-de-chaussée vers les terrasses. Car les Mitanniens avaient plus que jamais l'intention de dîner à la belle étoile et de s'endormir à table, allongés sur leurs nattes.

Ceux qui étaient chargés des pains faisaient sans cesse

le va-et-vient entre les fours situés au rez-de chaussée et la terrasse. À côté de l'entrée se trouvaient aussi les réserves, les bassins et les bacs servant aux ablutions.

Chaque terrasse fut ornée de tentures, de rideaux, de matelas. de coffres en roseau, de tabourets et de petites tables en bois où se serreraient une dizaine de personnes. Les étagères se vidèrent.

En voyant les femmes apprêtées, Pashed ressentit un pincement au cœur. Hinutimpet devait, elle aussi, se réjouir de ce mariage. Connaissait-elle Tiyi ? Qu'en pensait-elle ? Quelles relations entretenaient-elles avec la famille royale ?

Pashed avait interrogé en vain le roi mitannien dont les réponses étaient restées très vagues. Il lui avait fait comprendre qu'Hinutimpet acceptait son sort et qu'elle vivait dans le luxe. Cela suffisait-il à son bonheur ?

Connaissant les Égyptiens, Pashed pouvait imaginer le déplacement des foules qui devait se faire en direction de Memphis où Thoutmosis IV avait décidé de célébrer le mariage de son fils. « Après la naissance d'une nouvelle princesse, le peuple est comblé. » Nostalgique, Pashed interrogea également Artatama sur sa rencontre avec Amenpafer. Il avait rédigé pour son oncle un message attachant.

– Il est âgé, lui répondit Artatama. J'ai eu plaisir à faire sa connaissance car c'est un homme sage et sensé. Il ressemble à ta mère Sheribu. Je l'ai invité chez nous mais je doute qu'Amenpafer fasse ce long voyage. En revanche, il est surpris que tu ne sois pas retourné en Égypte.

– Ce serait une erreur, répondit Pashed.

L'effervescence de la ville ne l'empêcha pas de gagner

la salle des archives. Il disposa d'un côté les derniers messages des rois étrangers, les rapports des espions du roi et les traités que les scribes avaient soigneusement recopiés. Il plaça sur une autre étagère les documents qui recensaient la population et permettaient l'évaluation des impôts. Il choisit un emplacement différent pour les courriers administratifs en provenance des provinces. La plupart avaient été écrits par les gouverneurs.

Les tablettes relatives à la gestion du palais ou du pays se trouvaient ailleurs. Elles évoquaient le nombre de troupeaux appartenant au roi, la grandeur de ses domaines, la rétribution donnée au personnel du palais et aux travailleuses des ateliers royaux.

Il recueillit les tablettes qui avaient été déposées dans des paniers et des jarres et les classa lui-même alors qu'un archiviste était préposé à cette fonction. Malgré le nombre important de documents, le système employé par l'archiviste permettait de trouver immédiatement la tablette recherchée.

Il vérifia les emprunts et constata que l'archiviste avait marqué chaque tablette d'un trait rouge.

– Tout ce qui se trouve au-dessus de cette barre rouge a été contrôlé. En revanche ces documents peuvent être annulés. Les tablettes resserviront pour les prêts. Voyons, une centaine d'hommes nous ont demandé des prêts. Ils nous rembourseront au moment des récoltes comme chaque année. Ces sommes ne sont pas importantes...

Il sortit les tablettes qui avaient été placées sur une autre étagère et lut les derniers rapports.

– « 10 talents 20 mines de pierres précieuses venant de Tyr ; 15 talents de malachite venant du Sinaï ; 10 talents de turquoises achetées aux Égyptiens... »

Pashed fit le total et relut les tractations commerciales.

– Tout me paraît réglé. Voyons les provisions et les textes d'entrées et de sorties des denrées. « Les repas royaux : 20 grandes jarres d'huile ; 25 jarres de vin... » Vingt-cinq petites jarres seront insuffisantes. J'avais demandé de grands récipients. En ces périodes de fête, j'avais pourtant recommandé de doubler les approvisionnements.

Un peu agacé que ses ordres n'aient pas été exécutés, il rectifia les erreurs qui figuraient sur la tablette. Il contrôla aussi le nombre de pains qui avaient été prévus pour les quatre jours suivants, reporta les frais sur une tablette qui récapitulait les dépenses du mois, rassembla les attestations de dépôts, les relevés des dettes et les textes d'inventaire.

– Que font là ces contes et ces hymnes ?

Il jeta également dans un panier des lamentations écrites par un poète aigri qui narrait les malheurs qui l'accablaient.

– Voilà aussi des textes de sagesses et de préceptes, des annales... Les méthodes employées par les devins pour lire dans le foie des bêtes sacrifiées ou dans les astres... Des manuels pour interpréter les songes... Pour observer la nature et les animaux... Des calculs... Un traité d'astronomie...

Il tomba par hasard sur une lettre envoyée par Thoutmosis IV qui réclamait à Artatama des morceaux de bois de toute urgence.

– Le pharaon se plaint encore de manquer de papyrus ! Ses scribes écrivent trop.

Il fut intrigué par un second courrier.

– Que vient faire ici cette lettre personnelle envoyée à

Artatama ? Elle devrait se trouver dans le courrier du roi !

Pashed se saisit du rouleau et s'apprêtait à le glisser dans sa ceinture lorsqu'il y renonça.

– Je n'ai pas le droit de prendre connaissance de ce message. Et pourtant... Peut-être apporterait-il une réponse à toutes mes questions !

Pashed regarda dans le couloir et constata qu'il était seul. Les domestiques étaient trop occupés à préparer la fête pour s'intéresser à la salle des archives. Aussi déroula-t-il lentement le papyrus replié sur lui-même.

– « Hinutimpet au roi Artatama. Par Aton qui resplendit, je veux te dire mon bonheur d'être à Thèbes. Viens m'y rejoindre dès que possible. Je veux te présenter les amis qui m'entourent et qui font de ma vie un champ digne du dieu Soleil. Tu pourras constater par toi-même que Thoutmosis IV me traite comme la plus belle et la plus savante des femmes. » Ainsi donc Artatama me mentait lorsqu'il affirmait qu'il n'avait pas de nouvelles d'Hinutimpet et que celle-ci acceptait son sort malgré elle.

Pashed ne savait s'il devait s'en réjouir. Il erra dans les rues jusqu'au temple de la ville et s'assit sous le porche à colonnes avant d'entrer dans la salle où se trouvait une table d'offrandes et un banc. De chaque côté avaient été sculptés deux lions imposants qui semblaient le contempler fixement.

Pashed invoqua les dieux des eaux, du ciel et de la terre. Cachées derrière des tentures, les statues des dieux que le Grand Prêtre avait lavées, habillées et parées de bijoux allaient être transportées vers le lieu de réjouissance du palais. Chacun avait à l'extérieur son petit sanctuaire. Mais, au moment où Pashed allait demander aux dieux de l'aider, un vacarme le fit sursauter. Dans le temple venaient d'entrer le Grand Prêtre, les desservants, la prêtresse, des musiciens, les sacrificateurs, les scribes, les devins, les eunuques, les chantres et quelques prostituées sacrées qui favorisaient la fécondité.

Ne souhaitant pas rendre de comptes au Grand Prêtre, Pashed préféra se retirer.

– Je dois passer à l'école des scribes, dit-il en fuyant la foule qui se pressait maintenant aux abords du temple.

XIX

Pendant les jours qui précédèrent le mariage, Thoutmosis IV fit graver une stèle commémorant la victoire de Pharaon et de son fils en Nubie. L'ambassade nubienne invitée au mariage reconnut que Thoutmosis IV était aimé du dieu Dedoun qui dirige Ta-Seti et que les populations nubiennes lui étaient soumises.

– Ne me parlez pas de soumission, leur dit Thoutmosis IV. Les Nubiens ne connaissent pas ce mot. À côté du dieu Dedoun figurera le dieu des Libyens Ha, bien que je n'aie guère plus confiance en eux. Ils déclarent que je suis le maître des terres étrangères alors qu'ils ne songent qu'à s'installer aux bords du Nil après m'avoir vaincu !

Une ambassade libyenne n'en était pas moins arrivée la veille à Memphis où se trouvaient réunis toute la famille royale, les fonctionnaires et les prêtres.

– Il y a quelques jours, poursuivit Thoutmosis IV en s'adressant aux trois ambassadeurs nubiens, un héraut m'a appris que des rebelles approchaient de Thèbes avec l'ambition de s'emparer de l'Égypte. Ils avaient réussi à s'allier à d'autres peuples ambitieux et inconscients.

Comme les Nubiens restaient silencieux, le pharaon insista :

– Vous n'êtes pas sans savoir qu'ils se sont installés sur la voie située face à l'île Éléphantine pour couper aux Égyptiens ce passage commercial vers les mines d'or de votre pays !

– Ce ne sont que des rebelles. Nos rois reconnaissent la toute-puissance de Pharaon.

– Thoutmosis III et Aménophis II ont fait construire le temple d'Amada en l'honneur d'Amon-Rê et de Rê-Horakhty. J'ai moi-même ordonné d'ajouter des piliers devant le temple et les ai fait décorer. On y voit ma Majesté face aux divinités. Je pourrai bientôt faire graver la phrase qui commémorera ma fête-sed.

Le pharaon était si jeune que cette annonce suscita des murmures.

– J'ai décidé de fêter mon jubilé bien avant mes trente ans de règne. Pour l'occasion, je vais me procurer un immense vignoble et posséderai du vin aussi bon que celui de mon beau-père ! Plus tard, mon fils Menkheperouré pourra, lui aussi, boire ce cru lors de ses fêtes-sed.

Les ambassadeurs applaudirent cette décision.

*
**

La veille du mariage, le porte-étendard du bateau royal, Nebamon, revint d'une expédition punitive. Des Asiatiques s'étaient soulevés au Mitanni. Artatama avait aussitôt alerté les Égyptiens et y avait mis bon ordre.

– Le chef des archers et des gardes Medjoy, le noble conseiller du roi, l'esprit et les jambes du Seigneur des deux terres au Nord comme au Sud a accompli sa mission, dit-il au roi. Il est également revenu à temps pour la célébration du mariage.

Les prisonniers défilèrent devant le roi, les mains liées. Nebamon lui montra le butin : des armes, des chevaux et de la nourriture.

– Nebamon, si je ne t'avais déjà nommé chef des gardes Medjoy de Thèbes-Ouest, je t'aurais, en ce jour, donné ce titre. Mais sache que je vais te faire don de troupeaux, de terrains et de domestiques chargés de la gestion de ces biens. Tu as dominé le Naharina ! Ta fille qui est si belle recevra, elle aussi, des cadeaux de ma part.

– Je ferai graver tes bonnes paroles dans ma tombe.

– Qu'il en soit ainsi ! dit le roi en contemplant les trésors étalés devant lui. Je ne peux que me féliciter d'avoir épousé la belle Hinutimpet. Son père vient de me prouver que je pouvais compter sur son aide. Voilà une fructueuse alliance !

Sachant que Nebamon était de retour, Horemheb vint aux nouvelles et félicita le roi pour sa diplomatie. On informa alors le roi qu'une femme le demandait avec insistance à l'entrée du palais.

Iaret, la mère de Maïerperi, qui habitait en Moyenne Égypte, avait immédiatement répondu à l'invitation du roi. Elle n'était pas arrivée à Thèbes avec la discrétion que l'on pouvait attendre d'elle. Belle et encore jeune, elle comptait se faire remarquer de Pharaon et insista pour s'installer au palais.

Étonné par un tel aplomb, Thoutmosis IV accepta les requêtes de sa belle-mère. Celle-ci s'émerveillait des progrès de son petit-fils Elle laissa même entendre à Maïerperi que Thoutmosis IV devait prendre conscience de la supériorité de son fils sur les autres garçons de son âge.

Le roi fut immédiatement séduit par la vivacité d'Iaret en qui il retrouvait les charmes de sa fille. Sentant que le roi ne lui refuserait rien, Iaret se plia à ses volontés et accepta de partager sa couche. Enthousiasmé par cette nouvelle conquête, Thoutmosis IV, qui préférait habituellement les toutes jeunes filles, apprécia l'expérience d'Iaret et lui demanda de devenir son épouse.

– Mon petit-fils est très doué, lui dit Iaret en acceptant son offre. Le vois-tu souvent ?

– Non, je l'avoue. Je ne souhaite pas que sa mère se fasse trop d'illusions sur son avenir. Je lui donnerai un bon poste mais il ne montera jamais sur le trône d'Égypte.

– Sait-on jamais ? murmura Iaret.

– Nous pourrions le marier plus tard à l'une de mes filles puisque Aménophis ne paraît pas attiré par ses sœurs. Ce serait une excellente union.

Iaret ne put cacher sa joie.

– Je ne te ferai pas oublier cette parole, Pharaon !

XX

Tiyi reçut la visite du chambellan Menatou qui l'aida autant qu'il l'avait fait pour Hinutimpet.

– Je suis étonnée de te voir dans notre maison, lui dit Tiyi avec franchise. Tu es souvent avec Hinutimpet...

– Pharaon tient à ce que je vous assiste toutes les deux. Hinutimpet n'a plus vraiment besoin de mes services. Elle est habituée à la cour de Thoutmosis.

Tiyi le détaillait en se moquant de son air guindé et de ses tenues trop classiques. Peu habitué à être ainsi malmené, Menatou en conçut tout de suite beaucoup de sympathie à l'égard de la jeune fille.

– Tes caprices ne sont guère de mise à la cour, lui dit-il. Des membres de la famille royale s'irritent de tes fantasques désirs. Tu ne respectes pas l'ordre établi par Maât. On raconte que tu t'es irritée d'un compliment qu'Aménophis faisait aux filles de Menna. Or l'Aimée d'Hathor, Décorative royale louée par le maître Thoutmosis, Imonemusekhet, et sa jeune sœur Nehemta sont des favorites de Pharaon. Il est bon qu'Aménophis les remarque. Sans doute les conservera-t-il plus tard dans son harem.

– Je ne me soucie pas de ce que pensent les femmes

de la cour car elles me détestent toutes. Néfertary accepte mon caractère et s'en amuse. Aménophis ne me quitte plus et ne se plaint jamais de mes réactions ni de mes décisions.

– Aménophis te regarde avec les yeux d'Hathor.

Malgré les recommandations de sa mère, Tiyi avait retrouvé son tempérament bien trempé et refusait de faire des concessions. Elle était, toutefois, intimidée par les jours de fête qui allaient suivre.

– Tous les Égyptiens vont avoir les yeux braqués sur toi.

– Les dieux m'aideront !

Menatou ne pouvait s'empêcher de comparer la désinvolture de Tiyi avec la réserve d'Hinutimpet. Même Thoutmosis IV s'était laissé séduire par cette adolescente énergique, franche et un peu sauvage. Elle était retournée à Akhmim avec le prince et établissait les programmes de ses journées.

– Tu ne pourras continuer à agir ainsi, l'avertit Menatou. Aménophis passe tout son temps en ta compagnie et délaisse l'enseignement et l'entraînement. Si Pharaon ferme les yeux, le Tout-Puissant reprendra la situation en main après votre mariage. Il ne faudrait pas que ce changement t'affecte.

– Aménophis m'a promis de garder du temps pour moi. J'ai confiance en lui.

– Tu ne comprends pas, Tiyi. Aménophis est prince et un héritier obéit à son père.

– Tu me parles soudain bien sérieusement. Je verrai ce qu'il convient de faire.

Constatant qu'elle avait blessé l'amour-propre du chambellan, Tiyi s'excusa et lui dit combien elle était attachée à lui.

– Je suis excitée par ce mariage. Les dieux m'envoient tant de dons merveilleux. Pardonne mon ardeur ! Tu es si bon !

Tiyi réussit sans peine à dérider le chambellan. Tous deux se mirent au travail dans la joie. Quand Aânen tentait de se mêler de leur discussion, Menatou le renvoyait gentiment en lui disant que sa sœur n'était pas encore prête et que les heures précédant le mariage leur étaient comptées.

Touya tournait en rond dans la propriété, voulant, elle aussi, apporter sa contribution. Seul Youya restait calme et égal à lui-même. Dans son for intérieur, le père de Tiyi était, pourtant, très heureux. Le pharaon lui avait même promis une tombe pour lui et sa femme dans la Vallée des Rois. Était-ce possible ? Il n'osait en parler à son épouse de peur que le roi ne revînt sur sa décision.

Youya passa la nuit éveillé. Comment aurait-il pu imaginer que sa petite fille deviendrait un jour princesse et peut-être reine d'Égypte ?

Il se leva à plusieurs reprises, sortit dans le jardin silencieux, contempla le ciel éclairé d'étoiles et se recueillit.

– J'ai l'impression de vivre un rêve. Nous ferons demain partie de la famille royale !

Il se souvint alors de ses parents qui auraient été comblés de partager sa joie et il les invoqua.

– Pharaon souhaite que Touya et moi soyons enterrés dans la Vallée des Rois. Thoutmosis III, Hatchepsout, Aménophis II ont des tombes superbes dans la Vallée. Celle de Thoutmosis IV est presque achevée et les ouvriers travaillent déjà dans une vallée toute proche à la future tombe d'Aménophis III. Mais est-ce bien là la place des notables qui doivent se contenter de la Vallée qui longe les champs thébains ?

Youya tenta de se recoucher et de s'endormir. L'anxiété et le bonheur le tinrent, cependant, éveillé. Dès que pointa le jour, il était debout et frappait à la porte de sa fille.

– Tu sais que les prêtres ne vont pas tarder à réveiller le prince selon le rituel habituel. As-tu bien dormi ?

– Et toi, père ?

Comme Youya ne répondait pas, sa fille lui expliqua qu'elle l'avait vu dans le jardin et qu'elle-même n'avait pu trouver le sommeil.

– Je suis si heureux, répéta Youya en la serrant contre lui. Je souhaite que tu deviennes la plus aimée des princesses !

Peu habituée à une telle effusion, Tiyi l'embrassa plusieurs fois.

– Je te remercie de m'avoir parlé avec ton cœur, lui dit-elle très émue. Ma journée en sera changée !

– Tu parais inquiète...

– Je saurai tenir ma place, père. Ce n'est pas le mariage qui me perturbe.

Tiyi ne souhaitait pas en dire davantage.

– As-tu parlé à ta mère ?

– Non.

– D'habitude, tu es plus loquace.

– Aménophis rend régulièrement hommage à la déesse Sekhmet.

– Quoi de plus normal ? Les pharaons construisent souvent des chapelles en son honneur pour l'apaiser. C'est une déesse prompte à se mettre en colère.

– C'est également une divinité qui provoque les maladies et qu'on invoque lorsqu'on ne se sent pas en bonne santé.

– À quoi penses-tu ? Aménophis est jeune et en pleine forme !

– Je n'en suis pas si sûre...

XXI

Heqerneh, le père nourricier d'Aménophis, qui s'était également occupé du petit Amenhemat et qui avait été très affecté par sa disparition, assista au mariage du prince avant de s'aliter pour l'Éternité.

Malgré la joie qu'Aménophis avait éprouvée le jour de son mariage avec Tiyi, le prince se sentit accablé par une si pénible disparition à laquelle il s'était, pourtant, préparé.

Thoutmosis IV donna lui-même des ordres pour l'enterrement de cet homme exceptionnel qui avait formé le prince et lui avait appris tous les préceptes de vie auxquels il était attaché. Le pharaon avait été troublé en découvrant l'ornementation de la tombe de ce sage éducateur. N'ayant vécu que pour l'éducation des princes, Heqerneh avait tenu à y faire représenter tous les enfants de Pharaon et avait donné des ordres pour qu'on y ajoutât ceux qu'il n'avait pas connus et qu'il aurait aimé éduquer. Ainsi plusieurs fils de Thoutmosis avaient-ils été peints sur plusieurs rangs.

Heqerneh avait fait graver, spécialement pour Amenhemat, un texte qui s'étalait sur une colonne juste devant la représentation du prince défunt. Tout avait été conçu pour l'identifier facilement car il portait un pectoral au nom du pharaon.

Heqerneh avait insisté pour qu'aucune ambiguïté n'existât dans les inscriptions sur le fait qu'Aménophis était le seul prince héritier. Sur une scène dont il était fier, Heqerneh donnait un bouquet de fleurs à son père Heqarechou, père nourricier des princes, dont il avait appris la fonction éminente. Heqarechou portait Thoutmosis IV enfant sur ses genoux. Le roi tenait déjà les attributs royaux tandis qu'Heqerneh était, lui aussi, responsable de plusieurs jeunes garçons. Seul Aménophis, le fils né de la chair de Thoutmosis IV, se tenait debout devant Heqarechou qui posait l'une de ses mains sur sa jambe tandis que l'autre caressait ses cheveux.

Heqerneh avait souvent fait représenter Aménophis à ses côtés même lorsqu'il n'était que son compagnon dans les parties de chasse ou de plaisir.

Heqerneh avait conseillé à Thoutmosis IV de placer les vases canopes de son fils défunt dans sa propre tombe comme le faisaient parfois les rois lorsque leur enfant rejoignait trop tôt les champs d'Ialou. Le roi avait décidé de suivre ses conseils.

Thoutmosis IV encadra beaucoup son fils pendant les jours qui précédèrent les funérailles et donna des instructions précises à Méryrê qui avait efficacement secondé Heqerneh et qui devrait maintenant le remplacer.

– Je n'ai plus besoin de précepteur, lui confia Aménophis.

– Détrompe-toi. Nous avons tous besoin d'un sage auprès de nous. Même lorsque tu seras plus âgé, tu te confieras peut-être à des conseillers ayant plus d'expérience que toi car un souverain se sent souvent seul face à de trop grandes responsabilités. Il ne peut parler à personne d'autre qu'à ces hommes qui lui deviennent indispensables et qu'il doit savoir choisir. Je souhaite aussi que Sebekhophis ait son rôle à jouer dans ton éducation car il saura te donner un caractère de feu.

Aménophis n'osa le contredire. Il tenait les mains croisées sur sa longue tunique qui ne laissait voir que ses bras rondelets. Le haut de son vêtement orné de galons était plissé. L'un des pans emprisonnait son bras gauche et retombait sur ses sandales aux lanières de cuir.

– Il ne faut pas hésiter à récompenser nos conseillers, reprit le roi. Ainsi ai-je décidé que Youya et Touya auraient leur tombe dans la Vallée des Rois, ce qui est un insigne honneur pour des serviteurs.

Aménophis s'en réjouit.

– Sont-ils au courant ?

– J'en ai parlé à Youya mais je doute que cet homme discret ait informé sa femme. Touya m'aurait immédiatement remercié. Sans doute attendait-il que je lui en reparle ou préférait-il le faire après la célébration du mariage de sa fille.

– Tiyi n'est donc pas au courant, elle non plus.

– Non et tu garderas le secret. Seul son père lui en parlera. Je ne veux pas que ma décision se répande et fasse des jaloux à la cour. Je ne souhaite pas non plus que tous les courtisans aient leur tombe dans la Vallée des Rois ! Pourtant, j'accéderai peut-être à la demande de ma belle-mère Iaret.

– Que veut-elle ? Maïerperi est très exigeante... Son fils qui est encore un enfant est déjà porte-étendard à ta droite et enfant du *Kep*.

– Redouterais-tu les ambitions de sa mère ?

– Et de sa grand-mère. Bien qu'elle vienne d'arriver, elle a déjà su te séduire.

– Je le reconnais. Hathor l'a servie. Elle est belle et intelligente. Elle est si fine et si astucieuse qu'un renard ne réussirait pas à la berner. J'ai accepté qu'elle s'installe au palais.

Cette nouvelle déplut à Aménophis III. Enthousiaste et ravi de la présence d'Iaret à Memphis, Thoutmosis ne parut pas s'en apercevoir.

– Tu évoquais une requête d'Iaret... rappela Aménophis en craignant le pire. Veut-elle mettre son petit-fils à ta place sur le trône d'Égypte ?

– L'ironie n'est pas de saison, mon fils. Elle m'a demandé si j'accepterais de donner à son petit-fils Maïerperi une tombe dans la Vallée des Rois.

Le regard d'Aménophis s'assombrit.

– En as-tu parlé à la Grande Épouse royale dont les conseils sont si judicieux ?

– Oui. Elle a prié Pharaon tout-puissant d'attendre que cet enfant grandisse et fasse ses preuves. Il serait déplacé de l'enterrer dans un tel endroit s'il devient un bandit ou un sot !

– Néfertary est d'une grande sagesse.

– J'avoue, cependant, ne pas être hostile à cette idée. Maïerperi est très dévouée. Je tiens beaucoup à cette femme quelque peu accaparante. Mais quelle lionne du harem ne l'est pas ?

– Si tu comptes aussi accorder le même privilège aux enfants que tu auras avec Hinutimpet que tu chéris plus encore ou avec les filles de Menna que tu fréquentes assidûment, la Vallée des Rois sera trop exiguë pour accueillir tous les enfants du roi !

Thoutmosis lui promit de réfléchir. Il ne voulait plus se consacrer qu'aux funérailles et au souvenir d'Heqerneh.

– Le Grand Prêtre Méri prononcera les paroles essentielles devant la momie d'Heqerneh avant qu'il ne soit placé dans sa chambre funéraire. Son âme s'envolera vers les cieux pour son bonheur éternel.

– Je dirai moi-même quelques mots pour faciliter son accueil par Osiris dans l'Au-Delà. La balance sera équilibrée pour son passage dans l'Autre Monde.

– Heqerneh était si bon et si dévoué qu'aucune divinité n'empêchera son entrée dans le domaine enchanteur des champs où les arbres renaissent sans cesse et où les déesses incarnent les troncs féconds, les fleurs abondantes et les herbes hautes. La nature y a des bras, des jambes et des ailes. Elle est si foisonnante que même le Nil d'ici-bas et son dieu ventru Hâpi n'ont pas le pouvoir de rivaliser avec les dieux de la fertilité éternelle. Qu'Heqerneh vive dans la paix et qu'il se nourrisse de nos offrandes qui seront chaque jour abondantes !

– Je veillerai à ce que son mobilier et ses bijoux soient déposés près de son sarcophage.

– J'ai moi-même fait tisser par les meilleures ouvrières du palais les bandelettes de lin fin qui entoureront son corps. Son cercueil en bois a été décoré comme celui d'un roi. L'œil oudja qui y est représenté lui permettra de voir à l'extérieur et de nous suivre comme s'il vivait encore parmi nous. Quant au sarcophage, ce sera l'un des plus beaux que tu n'aies jamais vu !

Thoutmosis IV fit également part à son fils des décisions qu'il avait prises pour honorer Tiyi à qui il était de plus en plus attaché.

– Elle n'est pas facile. J'ai compris qu'elle ne te laisserait pas gouverner en paix. Il faudra sans cesse qu'elle donne son avis.

– Dois-je m'en plaindre ?

– Si ses conseils sont judicieux, je crois, au contraire, qu'il est bon de les entendre. Autrefois, nous n'accordions guère de crédit à nos femmes. Aujourd'hui, elles sont parfois de fines conseillères. Tiâa avait beaucoup d'influence sur Aménophis II. Ahmès-Néfertari savait tenir tête à son époux et à son fils Aménophis Ier. Hatchepsout a régné comme un pharaon. Je n'hésite pas à consulter ta mère. Tiyi a beaucoup souffert d'être séparée de son village natal. Pour lui plaire, j'ai décidé de lui faire un cadeau exceptionnel. Je veux qu'elle possède des villes dans la région qui lui est chère. Djaroukha et Tahta lui conviendraient bien. Les Égyptiens y adoreront le dieu Amon qui prendra le nom d'Amon-Tiy.

– Tiyi m'a fait connaître Akhmim, dit Aménophis. Elle m'a montré quels étaient les problèmes d'irrigation de la région. Je lui ai promis d'y remédier. M'autoriserais-tu à faire aménager des canaux près de son village ?

– Je suis favorable à tout ce qui peut aider les Égyptiens. Le noble Aânen, chancelier de Pharaon en Basse Égypte, qui a l'honneur de m'approcher et que je favorise, prêtre pur, voyant et magicien dans notre palais, prêtre-sem à Thèbes, qui sait choisir l'emplacement de chaque chose sans déplaire à Maât et qui soumet les dieux en parlant, deuxième prophète d'Amon au temple de Karnak et ami unique du roi, a comblé, lui aussi mon attente.

– J'ai fait graver des scarabées qui commémoreront mon mariage. En voici les textes.

Thoutmosis les lut avec attention.

– Tu ne mentionnes ni tes titres, ni les origines de ton épouse.

– En effet. Mais j'acclame Horus, le taureau puissant qui bouleverse Maât, Horus qui proclame les lois sur les Deux Terres et Horus d'or vainqueur en Asie, roi de Haute et Basse Égypte, Nebmâatrê, fils de Rê. J'évoque aussi Tiyi et ses parents en rappelant qu'elle épouse le fils de celui qui règne du sud jusqu'au Mitanni.

– J'ai d'autres projets pour Tiyi, notamment en Nubie. Je t'en parlerai plus tard. Les nombreux sculpteurs de la cour se pressent à ma porte pour avoir le privilège de sculpter son merveilleux visage. Certains veulent la représenter dans le bois le plus cher, d'autres dans le jaspe ou dans la stéatite. Certains la verraient même en sphinx alors que les femmes ne sont que très rarement représentées ainsi. Elle inspire ces artistes qui travaillent avec des méthodes nouvelles. Le fait qu'elle portât l'uraeus juste après la cérémonie a soulevé des polémiques.

– Telles n'étaient pas ses intentions, la défendit Aménophis. Elle ne se prend pas pour Hatchepsout mais voulait seulement être considérée comme Hathor assistant son époux Rê.

– J'en ai conscience. J'ai confiance en Kérouef, son intendant à Thèbes, et en mon chambellan qui sont tombés sous son charme Nous verrons plus tard comment nous honorerons sa sœur cadette.

Thoutmosis avait hâte de quitter Aménophis. Néfertary Moutemuia l'attendait. Elle était de nouveau enceinte.

Thoutmosis IV espérait un fils dont il avait déjà trouvé le nom : Aakheperourê. Si une fille naissait à la place de cet enfant mâle tant désiré, le pharaon avait décidé qu'elle s'appellerait Tanoutamon. Comme pour les enfants précédents, le roi souhaita que son épouse accouchât à Memphis ou à Medinet el-Gourob.

XXII

Tiyi revêtit sa plus belle tunique. Malgré les remontrances de Néfertary, elle s'introduisit dans le bureau de son époux avant qu'il ne reçût les ambassadeurs. Chargé par Pharaon de le remplacer, Aménophis s'initiait à sa future fonction de roi. Il écoutait avec attention les conseils méticuleux de Sebekhophis qui le mettait en garde contre les promesses louches.

– Attention aux propositions des Hittites. Ils sont prêts à entrer de nouveau en guerre contre Artatama. Je doute que leurs intentions soient bonnes. Ils vont te sonder. Le fait que Thoutmosis IV t'ait chargé de les recevoir est une marque de confiance incroyable. J'avoue que j'aurais préféré, comme Méryrê, qu'il leur parlât en personne, non que je remette en question ton travail mais l'âge et l'expérience sont nécessaires lorsqu'on est sur le point d'entrer en guerre. Ne faiblis jamais devant eux ! Regarde-les droit dans les yeux. Tiens le front haut !

Aménophis lui demanda d'être présent pendant l'audience.

– Je resterai avec toi et Méryrê.

Lorsqu'il aperçut Tiyi, Aménophis sembla moins

tendu. Sebekhophis comprit surtout qu'il était moins concentré et qu'il risquait d'oublier toutes ses recommandations.

– Si je peux donner un autre conseil au prince..., commença-t-il.

– Tout à l'heure, répondit Aménophis en se levant pour embrasser Tiyi. Mon épouse vient saluer le Faucon d'or.

Flattée d'être ainsi choyée et de passer avant les affaires d'État, Tiyi abusait de ces rencontres fortuites. Aussi la Grande Épouse lui avait-elle demandé de les espacer. Mais Tiyi refusait d'autant plus les contraintes qu'Aménophis l'encourageait à se comporter toujours de la sorte.

Méryrê entra à cet instant et tenta, lui aussi, de faire comprendre à Aménophis que les ambassadeurs hittites patientaient dans la cour depuis le lever de Rê.

– Ils vont demander au roi égyptien de ne pas aider Artatama en cas d'attaque. Sans doute nous proposeront-ils des tributs exceptionnels s'ils parviennent à vaincre les Mitanniens, avec notre aide ou sans notre appui. Que vas-tu leur répondre, fils honorable de notre Horus tout-puissant ?

Préférant écouter les confidences de son épouse, Aménophis répondit évasivement qu'il jugerait le moment venu.

– Devant l'importance de la situation, Pharaon a prié Horemheb de venir. Il fera lui-même entrer les ambassadeurs.

– Eh bien, qu'ils entrent ! Je les attends !

– En présence de la princesse Tiyi ?

– Pourquoi pas ? Tiyi est une conseillère remarquable...

Pour récompenser Horemheb et son frère, Thoutmosis IV leur avait donné de nouveaux titres. Horemheb était désormais noble conseiller du roi. Il remplaçait les yeux et les jambes du roi dans toute l'Égypte, du Sud au Nord. Porte-étendard à la droite du roi, chef des troupeaux et des champs appartenant à Amon, responsable des recrues et des scribes de l'armée, il dirigeait également les prêtres en Haute et Basse Égypte, contrôlait la charrerie, donnait ses instructions au scribe royal et surveillait le cheptel.

Le regard froid comme celui d'une statue, les traits impassibles, il précéda les Hittites et les invita à saluer le prince.

Étonnés de se trouver en présence d'une jeune femme qui n'avait manifestement pas passé beaucoup de temps à sa toilette et qui venait de s'éveiller, les Hittites s'agenouillèrent devant Aménophis et la princesse Tiyi qui prit place sur un fauteuil à côté de son mari.

– Vous êtes les bienvenus en Égypte si vous venez avec des intentions pacifiques, commença Aménophis. Que les dieux vous aident si vous nous apportez de bonnes nouvelles.

– Tout dépend de ce que tu attends, prince, répondirent les ambassadeurs. Nous avons l'intention de nous emparer des Mitanniens qui ont toujours été vos ennemis comme les nôtres. Plusieurs d'entre eux se sont révoltés contre vous avant ton mariage avec la noble Tiyi ici-présente. Jamais vous ne pourrez faire confiance à ce peuple hypocrite et cruel.

Aménophis leur demanda de patienter et attendit la traduction du scribe. Après avoir pris connaissance de ces paroles, il ne répondit rien et invita les ambassadeurs à continuer. Tiyi chercha en vain à deviner ses pensées.

Méryrê et Sebekhophis étaient très inquiets car les propos tranchants des Hittites laissaient entendre qu'aucune négociation ne serait possible et que rien ne les ferait changer d'avis. Malgré leur souhait de s'entretenir avec le prince, il leur était impossible de suspendre l'audience.

Lorsque les Hittites eurent terminé, Aménophis leur fit savoir que les relations entre l'Égypte et le Mitanni étaient désormais amicales et que Pharaon avait épousé l'une des filles d'Artatama.

– Nous sommes au courant, prince. Cette décision n'empêche, toutefois, pas les révoltes. Les Égyptiens se croient protégés par cette union. Il n'en est rien...

– Seul Pharaon juge en ce domaine, répondit sévèrement Aménophis.

Tiyi, qui n'appréciait toujours pas Hinutimpet, avait envie de prendre la parole. Elle aurait préféré que le roi la renvoyât. Déclencher une guerre entre le Mitanni et l'Égypte serait une excellente occasion d'écarter la Mitannienne. Faisant, cependant, passer son devoir avant ses passions comme le faisait depuis des années Néfertary, elle approuva son époux de la tête.

– Les Mitanniens sont nos amis, déclara-t-elle devant les conseillers du prince médusés. Tout est dit. Si vous les attaquez, vous deviendrez nos ennemis.

Comprenant un peu tard qu'elle avait parlé sans y être invitée et que ces paroles auraient dû être prononcées par Pharaon, Tiyi se mit à rougir. Elle sentit soudain qu'une lourde punition allait sanctionner ces paroles impudentes. Sebekhophis lui jeta un regard désapprobateur qui la fit trembler. Elle se sentit subitement aussi fragile que les roseaux pliant sous la brise.

– Devons-nous considérer la réponse de l'honorable princesse comme officielle et définitive ? demandèrent les Hittites avec quelque hésitation.

– Certainement ! répondit Aménophis. Que décidez-vous ?

– Notre position est arrêtée. Nous allons rapporter tes propos à notre chef. Le pharaon nous recevra-t-il avant notre départ ?

– Je parle en son nom, dit Aménophis en se levant pour leur signifier que l'entretien était terminé.

Les Hittites se retirèrent avec humeur. Dès qu'ils furent sortis, Sobekhophis se précipita vers Tiyi.

– Princesse, pourquoi es-tu restée pendant cet entretien ? Jamais la Grande Épouse Néfertary n'a assisté aux audiences de Pharaon ! Que t'ont donc inspiré les dieux pour intervenir de la sorte ? Que va dire Pharaon lorsqu'il l'apprendra ? Menatou ne t'a donc pas initiée aux règles de la cour ?

Retrouvant sa superbe, Tiyi se redressa et répondit au conseiller sans baisser les yeux.

– J'ai peut-être agi sans réfléchir, reconnut-elle. Cependant, je ne crois pas avoir déformé la pensée de Pharaon. Mon époux se serait aussi bien exprimé et sa réponse aurait été aussi claire. Que me reproche-t-on ? De parler parce que je suis une femme ? Ahmès-Néfertary, elle aussi, donnait ses ordres. Hatchepsout dirigeait un pays. Tiâa proposa des réformes jusqu'à la fin de sa vie et, après le décès d'Aménophis II, elle sut faire entendre sa voix. Nous regrettons tous sa disparition. Néfertary, elle-même, remplace parfois son époux !

– Tu évoques des Grandes Épouses royales...

– Alors que je ne suis que princesse. Mais un jour viendra où...

Elle s'interrompit et changea de sujet.

– Quant à Menatou, il me conseille et m'apprend le décorum du palais. Mais il ne prendra jamais de décision à ma place !

Découragé, Sebekhophis, qui voulait lui faire comprendre que sa jeunesse jouait en sa défaveur, s'écarta finalement devant Tiyi.

– Puisque le Faucon d'or t'approuve, seul Pharaon peut te faire part de son opinion s'il le souhaite.

– Voilà qui est sage.

Comme Tiyi attendait son époux, celui-ci lui fit comprendre qu'il devait recevoir des ambassadeurs nubiens, crétois, libyens et asiatiques.

– Une estrade a été disposée dans la cour. Les gardes, les porte-parasols et les scribes m'attendent. Je dois leur offrir des dons pour les remercier de leurs présents et leur donner le souffle de vie.

– Le vizir Aménémopé ou le grand Neferunpet ne peuvent-ils les recevoir à ta place ?

– Le Faucon et l'Horus d'or doivent montrer leur puissance. Ils possèdent l'or et les richesses qu'ils offrent. Que tous les peuples le sachent !

Consciente de son pouvoir de conviction, Tiyi insista en prenant garde que Méryrê n'entendît pas ses chuchotements.

– Je vais ordonner à Sennefer de leur parler, finit par lui dire Aménophis. Mais je ne dérogerai aux règles habituelles qu'une seule fois ! Tu prétends que tu dois me confier un secret de la plus haute importance. Je suis prêt à t'écouter. En tant que gouverneur de Thèbes, Sennefer sait ce qu'il convient de faire.

Tiyi entraîna Aménophis à l'extérieur sous le regard pétrifié de Sebekhophis. Dans la cour se tenaient en rangs serrés des Crétois vêtus d'un pagne coloré, qui portaient les cheveux longs. La plupart avaient les bras encombrés de présents, rhytons en forme de prêtresses entourées de serpents ou de taureaux aux naseaux cerclés d'ivoire, coupes délicates décorées de rosaces, gobelets profonds en or fin à une seule anse, vases de formes diverses, récipients coniques.

– Aménophis, dit Tiyi en entraînant le prince vers leurs appartements, fais préparer mon bateau et mon équipage. Nous partons immédiatement.

– Que signifie cette hâte ? demanda Aménophis en éclatant de rire

– J'ai appris une merveilleuse nouvelle... Elle n'est pas encore officielle mais j'ai surpris une conversation entre le roi et Néfertary.

– Comment est-ce possible ? lui demanda le prince. Jamais je n'ai réussi à deviner leurs projets !

– Je les ai entendus parler de moi... Thoutmosis IV déclarait qu'il voulait me donner un domaine près d'Akhmim et qu'il était prêt à y faire creuser un bassin. Il parlait aussi d'un temple en Nubie.

– Peut-être as-tu mal entendu...

– Non. Si ce temple est construit en mon honneur, je suis décidée à m'y faire représenter sous la forme d'un sphinx.

– Les femmes ne sont que rarement représentées en sphinx...

– Précisément. Les artistes des ateliers royaux m'ont déjà montré ce qu'ils pouvaient faire.

Persuadé que la princesse agissait sans prétention, Aménophis lui demanda ce qu'elle attendait de lui.

– Partons ensemble !

– Nous n'irons pas en Nubie, répondit fermement Aménophis.

– Je veux juste voir le village de Djaroukha. En réalité, il n'y a là que quelques fermes. Mais Pharaon en fera une ville dont il me confiera la gestion. Ce serait une nouvelle occasion de retourner à Akhmim.

– J'ai promis à ma mère de reprendre l'entraînement et de seconder mon père. Il m'est impossible de voyager. En revanche, si tu veux naviguer jusqu'à Akhmim, je te donnerai les meilleurs gardes du corps. Menatou, Henoy et Neferoueref t'accompagneront. Mais je ne souhaite pas que tu t'absentes actuellement...

Tiyi ne s'attendait pas à une telle réponse.

– Ainsi donc le temps qui nous était imparti s'achève. Nous ne serons plus jamais ensemble. Tu accompliras ton devoir de prince tandis que je languirai au milieu de mes servantes... Je n'ai jamais désiré une telle existence ! Je suis capable de t'aider. Un petit voyage ne t'empêchera pas d'être efficace !

Se sentant fléchir, Aménophis répondit favorablement à son épouse.

– Je t'accompagnerai quand le roi t'annoncera officiellement qu'il t'offre ce domaine. Nous aurons alors d'excellentes raisons pour nous y rendre. Si jamais tu avais mal compris, je te donnerai moi-même une ville avec un gigantesque bassin de plus de trois mille coudées de long et un système d'irrigation exceptionnel. Tu pourras ainsi y naviguer tranquillement sur mon bateau *Qu'Aton resplendisse !*.

L'évocation d'Aton la fit frémir. Ses narines s'épatèrent et sa bouche exprima une moue enfantine.

– Je voulais partir tout de suite sur mon propre navire.

– Je t'ai donné mon avis.

Comprenant que la discussion était close, Tiyi partit d'un bon pas vers sa salle de bains.

– Puisque le prince refuse de m'accompagner, je partirai sans son accord ! Personne ne me dictera ma conduite !

XXIII

– Que le dieu protège Hinutimpet ! Nous ne te voyons plus en ce moment !

– Qu'Aton t'aide dans ta tâche, Abraham fils de Yose. Comme tu le sais car rien ne t'échappe, la cour était partie à Memphis pour le mariage du prince Aménophis. Mais je suis heureuse d'être de retour à Thèbes.

– Tu ne venais plus bien avant ton départ pour Memphis...

– En effet, reconnut Hinutimpet, car je ne me sens pas acceptée par ta communauté.

– Comment peux-tu parler ainsi ? Nous avons toujours partagé le pain et les fruits avec toi.

– Selon les règles d'hospitalité de ton clan. Mais tes fils m'ont fait des réflexions désobligeantes en me reprochant de venir vous espionner pour le compte du roi Thoutmosis IV.

– N'écoute pas mon aîné. Il est parfois dépourvu de bon sens.

– Il déteste Pharaon.

– Nous ne haïssons personne. Nos coutumes nous initient à la clémence et à la tolérance. Je suis heureux de te revoir. Mes frères m'ont dit combien ils étaient satisfaits de travailler au palais grâce à toi.

Deux femmes sortirent de la petite maison en briques d'Abraham. Elles saluèrent discrètement Hinutimpet. Toutes les deux avaient les cheveux longs et le teint plus clair que celui de leur frère car elles vivaient le plus souvent à l'intérieur de sa demeure. Leurs lèvres étaient peintes en rouge écarlate. Elles placèrent en équilibre sur leur tête une jarre remplie d'eau.

Le corps musclé, petit et trapu, Abraham était habitué aux travaux des champs.

– Pharaon ne cherche-t-il pas à en savoir davantage sur nous depuis que tu nous fréquentes ? demanda-t-il à Hinutimpet. Tu ne peux nier que ses espions traînent autour de chez nous...

– Je reconnais qu'il m'a interrogée sur vos croyances et sur la région d'où vous venez.

Abraham posa ses outils et invita Hinutimpet à boire du vin frais.

– Que lui as-tu répondu ?

– Rien de précis. Je vous connais si mal...

– Le pays d'où nous venons ? Est-ce seulement un pays ou une région ? D'où sommes-nous ? De partout et de nulle part. Nous sommes des nomades et nous l'avons toujours été. Certains d'entre nous habitent la région de Canaan. L'essentiel n'est pas d'avoir un pays bien que la plupart d'entre nous soient las d'errer. Tu vois ce ciel et cette terre. Le dieu nous en prédit de plus beaux dans l'avenir.

– Dans l'Éternité...

Abraham sourit.

– Qu'est-ce que l'Éternité ? Nous mourrons tous un jour.

La réflexion étonna Hinutimpet qui ne comprenait pas les raisonnements d'Abraham.

– Tu diras à ton roi que nous vivons en tribus et que nous subsistons grâce à nos troupeaux, à nos récoltes et à la vente de nos produits. Nos frères se trouvent près de Moab, d'Ammon et d'Aram. Je me suis longtemps déplacé de point d'eau en point d'eau avec mes ânes et mes mules. Nous couchions alors sous des tentes et nous devions nous arrêter souvent pour faire boire nos bêtes. Il nous arrivait aussi d'affronter d'autres nomades. Personne ne connaît mieux que moi les pistes du désert ! Nos tribus regroupent plusieurs clans, ce qui nous permettait de repousser les ennemis et d'éviter les razzias. J'étais sans doute le chef le plus âgé de tous. Je n'ai jamais habité des cités fortifiées comme Meggido ou Jéricho.

– Mais tu connais les Hittites.

– En effet... Je sais que des ambassadeurs hittites sont venus au palais pour demander le soutien de l'Égypte contre le Mitanni.

– C'est la raison de ma visite. Parle-moi d'eux car je tremble qu'ils ne renversent mon père.

– Ils sont impitoyables et puissants. Si tu as foi en Astarté, la déesse lunaire de la force, en Bâal, dieu de la fécondité, ou mieux encore en notre dieu unique, tu comprendras que les Mitanniens peuvent les dominer. Bien que nous soyons quelques dizaines d'Hébreux à Memphis et à Thèbes, nous donnons parfois des leçons de sagesse aux Égyptiens sur cette terre, don de dieu, que nous cultivons !

Malgré leur petit nombre, les Hébreux exerçaient différents métiers. Habiles artisans, maçons courageux, menuisiers, tailleurs, potiers, bijoutiers, parfumeurs, ils étaient capables de rester des journées entières penchés sur les tuniques qu'ils confectionnaient, sur les amulettes, les bagues, les anneaux à chevilles, les ceintures, les manteaux, les miroirs, les bandeaux fleuris, les chaînes pour la taille et les coiffes qu'ils fabriquaient avec adresse. Les fils aidaient souvent leur père.

– Nous pourrions devenir riches si les produits étrangers n'inondaient pas nos marchés ! Dans les villes, certains d'entre nous se sont regroupés en corporations de métiers.

Sur le terrain mitoyen, des maçons recouvrirent de sable les briques qui servaient de fondation à leur future maison. Ils apportèrent des lattes de bois et des branches pour construire le toit. Puis ils creusèrent des trous dans le sol afin d'y introduire des gonds en bois qui permettraient aux portes de s'ouvrir de l'intérieur. Des treillis obstrueraient les fenêtres que les Hébreux avaient l'habitude de concevoir assez grandes. Des balustrades étaient prévues pour les terrasses sur lesquelles les Hébreux vivaient et dormaient.

Les sœurs d'Abraham puisèrent dans des citernes étanches où était recueillie l'eau de pluie.

– Nous devons protéger nos récoltes des maladies et des sauterelles, dit Abraham en suivant le regard d'Hinutimpet. Même si nous ne redoutons pas la grêle dans cette région sèche, les désastres constatés sur les vignes et dans les champs sont parfois considérables. Ton pharaon est satisfait lorsqu'il rapporte de nos régions du cèdre, du pin, du chêne ou des sycomores pour la construction de ses bateaux ! Et pourtant, nous respectons les arbres nés de dieu. Jamais nous n'abattons un arbre fruitier car il donne la vie.

Les femmes revinrent avec du lin, des fibres de palmiers et de la laine cardée et teinte qu'elles s'apprêtaient à filer.

– Les Égyptiens sont bien contents de nous acheter aussi du miel, de l'huile, des céréales et des parfums.

Sayia, l'épouse d'Abraham, vint rejoindre son époux. Elle regarda Hinutimpet avec suspicion.

– La princesse est notre amie, lui dit Abraham qui était beaucoup plus âgé qu'elle.

Élégante dans sa tunique longue, à l'encolure brodée, recouverte d'une veste souple, Sayia marchait nu-pieds. Elle refit amoureusement le nœud du turban brodé qui entourait la tête de son mari et lui fit comprendre que l'heure était venue pour lui de mettre sa tunique d'apparat par-dessus son pagne car la mi-journée annonçait le repos.

Les filles qu'Abraham avait eues de sa première épouse préparaient les dattes, les olives et les raisins. Elles déposaient les morceaux de mouton et de veau sur des galettes de pain qui leur servaient de plats et assaisonnaient d'huile les légumes.

Abraham proposa à Hinutimpet du vin et des raisins secs. L'une de ses filles apporta des amandes, des noisettes, des pistaches, des lentilles, des oignons, des sauterelles et des fèves dans de petits bols ainsi que des tranches de pastèques et de courges.

– Les Égyptiens ne sont pas vos ennemis. Ils vous ont parfois aidés lorsque d'autres nomades vous attaquaient, dit Hinutimpet.

– Sans doute. Mais je reste, comme mon ancêtre Abraham qui marcha d'Ur au pays de Canaan, un voyageur et un paysan. Pendant le mois des pluies, nous nous abritons. Le mois des récoltes nous occupe sans cesse et le mois des fleurs nous réjouit.

Comme Hinutimpet refusait de manger les entrées qu'on lui servait, Abraham l'encouragea à se restaurer.

– Aujourd'hui, nous allons goûter la viande et le poisson car nous fêtons la fin de l'allaitement de ma petite dernière. Sayia pourra se reposer.

Abraham invita la princesse à se rincer les mains.

– Je veillerai à ce que ma fille reçoive comme mes autres enfants une excellente éducation. Si je ne peux leur payer un précepteur, je leur enseigne moi-même les sagesses que j'ai apprises de mon père. Je les garde précieusement sur des papyri, des tablettes d'argile, des morceaux d'os ou de poteries. Mes enfants me doivent tout. J'ai le droit de les vendre s'ils trompent ma confiance. Mais tous m'ont donné satisfaction.

Sayia se leva pour moudre le grain et cuire le pain.

– Participeras-tu aux concours de musique et de danses qui achèveront notre banquet ? Nous réciterons aussi les dictons de nos sages...

– Je ne dois pas rentrer au palais après la nuit.

– Le roi doit comprendre que nous sommes des hommes pacifiques mais que nous pouvons devenir aussi de redoutables guerriers. Nous sommes aussi habiles avec une fronde et un arc qu'avec une lance. Nous sommes capables de nous mobiliser et de repousser un ennemi même si nos clans habitent dans différents pays. Nous éloignons alors nos femmes de notre couche pour rester purs et, bien que nous soyons mal entraînés, nos ruses ont souvent raison de nos adversaires. La nuit est une de nos alliées. Notre sagesse et notre foi, notre endurance et notre habitude d'une vie dure dépourvue de confort nous préparent à tous les obstacles.

– Considères-tu Pharaon comme un ennemi pour me parler ainsi ? demanda Hinutimpet. N'habites-tu pas dans son pays ? Ne cultives-tu pas les champs des dieux égyptiens ?

– La terre appartient au dieu unique qui l'a donnée aux hommes.

Après avoir croqué quelques oignons et avoir laissé fondre dans sa bouche des figues à la douceur de miel, Hinutimpet but deux gobelets de vin.

– Aton rougit et s'apprête à disparaître derrière les collines. Si je ne suis pas rentrée au palais quand les champs seront noirs, le chef du harem fera un rapport à Thoutmosis IV.

Abraham lui mit la main sur l'épaule avec affection.

– Qui oserait te réprimander ? Tu es le soleil de Thèbes.

– Ne crains-tu pas de révolter ton dieu en invoquant Aton ?

– Je ne pensais pas à Aton mais à l'astre que les Égyptiens appellent Rê et que nous savons inventé par un dieu unique, supérieur à tout ce qui existe.

– Tu ne parles que de bonté et de grandeur mais je sais aussi que vos lois peuvent être cruelles. N'avez-vous pas des esclaves sur lesquels le code d'Hamurabi vous donne droit de vie et de mort ?

– Hinutimpet, si je suis les textes d'Hamurabi, sache qu'étant le maître, j'ai également droit de vie et de mort sur tous les membres de ma famille.

– Mon père me racontait que vous n'hésitiez pas à faire des sacrifices humains qui étaient suivis d'orgies pendant lesquelles vous évoquiez aussi El et Astarté, la déesse vierge et féconde de la guerre et des ébats amoureux.

– Je suis avant tout le fils de Yahvé qui dirige le destin des hommes. Seuls les prophètes comprennent et interprètent ses paroles.

Abraham avait prononcé ces dernières phrases dans sa propre langue, imagée et concrète,

– Tu me comprends, n'est-ce pas ?

Les yeux brillants de passion, Hinutimpet lui fit comprendre qu'elle saisissait ses paroles.

– Les Égyptiens et les Chypriotes connaissent parfaitement l'accadien, lui dit-elle. Tous les messagers qui viennent d'Asie parlent cette langue au palais. Les scribes savent l'écrire et la lire.

– Je fais des rêves prémonitoires et doux qui me montrent un monde meilleur et une terre qui nous sera offerte. Nous n'aurons plus à nous installer chez d'autres. Écoute jouer les musiciennes ! Les sons qui s'échappent nous mettent en liaison avec la divinité. As-tu remarqué combien la musique agit sur les sens des hommes ? Elle influence aussi les esprits.

Des chants, rythmés par une harpe, une lyre, des flûtes en roseau, en bois ou en os, des tambours et des clochettes transportèrent le cœur d'Hinutimpet.

– Dès que mon fils Nabi sera revenu des champs, la fête commencera. Es-tu sûre de ne pas vouloir rester ? Je pourrais ainsi te parler de notre ancêtre Abraham dont je porte le nom.

Hinutimpet refusa son invitation avec affolement.

– Ne me retiens pas, Abraham. Il est tard, beaucoup trop tard.

– Alors, écoute juste cette histoire et tu sauras presque tout de nous...

La Mitannienne le pria de parler vite.

– Sais-tu pourquoi j'ai appelé mon fils Nabi ?

– Ce prénom signifie « Celui qui comprend, celui qui est habité ».

– « Celui qui est inspiré » ! Le premier à l'avoir été est Abraham. Il était alors très âgé. Il a entendu un dieu lui dire : « Quitte ta terre, ta patrie et la maison de tes parents. Va vers le pays où je te guiderai ! » Malgré sa vieillesse, le fils de Térah est parti dans le désert avec sa femme et ses enfants et s'est dirigé vers la terre de Canaan. Il n'y a trouvé que famine. Aussi a-t-il été obligé de chercher asile ailleurs. Il choisit l'Égypte et le regretta car le Pharaon désira son épouse. Quand il revint sur la terre de Canaan, il lutta contre les rois pour sauver son frère Lot, faillit perdre sa femme Sarah, dut circoncire son fils, raisonner son épouse qui voulait la mort de son fils Ismael né d'une autre femme. Et, comble de malheurs, il dut offrir en sacrifice au dieu son propre fils Isaac. La lame du couteau effleurait déjà le cou du jeune garçon quand un miracle le sauva. Abraham était parfait dans sa soumission au dieu. Il a accompli toutes ses volontés et était prêt à sacrifier sa propre chair sur l'autel divin. Partout, en souvenir de son dieu, il créa des autels, à Aloné, à Moré...

Abraham prit le bras d'Hinutimpet.

– Viens. Suis-moi...

La Mitannienne l'accompagna jusqu'à une tente aménagée derrière les tréteaux du banquet. À l'intérieur se trouvaient un coffre en bois doré, des torches, des voiles et des tentures de couleur bleu clair, pourpre ou écarlate et un autel taillé dans une énorme pierre d'où émanaient des odeurs d'encens.

En approchant de l'autel, Hinutimpet fut envahie par une sensation étrange. Elle se sentait légère et pure. Elle caressa le mobilier sommaire en or et demeura silencieuse.

– Personne d'autre que le prêtre ou le pontife n'a le droit de toucher à ces objets, lui apprit Abraham. Cet autel a été taillé dans une pierre plate qui existait bien avant que l'on ait monté cette tente.

Hinutimpet retira aussitôt ses mains comme si elle les avait placées dans les flammes. Abraham l'arrêta d'un geste.

– Personne ne te punira, lui dit-il. Le prêtre avec sa tiare et son diadème n'est pas encore arrivé. Sa longue tunique pourpre est déposée sur ce tabouret. Une fois les tentures relevées, les membres de ma famille écouteront le prêtre dans la cour. Ils pourront alors offrir des dons à Dieu et assister aux sacrifices d'animaux. Les cornes retentiront comme lorsque Abraham fut béni.

L'Hébreu n'avait pas fini son discours quand le prêtre pénétra sous la tente. Il s'étonna de la présence de la jeune fille.

– Ne t'inquiète pas, lui dit-elle. Je pars tout de suite.

Le pontife nettoya l'autel, l'encensa, alluma deux torches et déposa sur une petite table des coupes de vin et des pains ronds. Il enfila sa tunique par-dessus un habit blanc très simple et plaça autour de son cou un magnifique pectoral d'où pendaient douze pierres précieuses, symboles des tribus de son peuple. Il ajouta de l'encens dans un petit récipient et approcha l'une des torches enflammées pour le faire brûler. Les clochettes qui étaient cousues au bas de sa tunique tintinnabulèrent.

Comme Hinutimpet l'observait, le pontife la regarda de côté.

– Je pars tout de suite, répéta-t-elle en comprenant qu'elle gênait les préparatifs.

– J'aurais préféré que tu manges avec nous le reste des bêtes sacrifiées, insista Abraham. Nous abandonnerons au dieu le sang et la graisse ainsi que les meilleures parties de l'animal. Mais les participants mangeront tous de la viande ce soir !

– Pour une fois nous ne nous contenterons pas de galettes de céréales salées et huileuses, ajouta le prêtre. Le sang répandu sur l'autel pourra effacer nos péchés et nos erreurs.

– Quand Sayia a mis au monde son enfant, pour la purifier, j'ai fait quelques jours plus tard le sacrifice d'un mouton au dieu. On dit que des tourterelles suffisent lorsqu'il s'agit d'une fille ou que l'on est trop pauvre pour sacrifier une bête. Mais je n'ai pris aucun risque.

– Aurais-tu sacrifié ton enfant comme Abraham était prêt à le faire si ton dieu te l'avait demandé ? le questionna Hinutimpet.

L'Hébreu baissa les yeux.

– Il est difficile de s'opposer à la parole du dieu qui est omniscience et équité. Tu connais Jacob que Pharaon a reçu à sa cour. Il passait pour un sage que tout le monde écoutait parce que ses paroles lui étaient dictées par Dieu sinon crois-tu que les Égyptiens les plus puissants auraient écouté cet étranger qui n'en imposait guère et qui éveilla en eux de mystérieux sentiments ?

Troublée et émue, Hinutimpet quitta Abraham, l'esprit brouillé par des raisonnements qu'elle jugeait curieux mais intéressants. Elle se rendit compte qu'elle n'était plus inquiète pour son père malgré la menace hittite. Cet entretien lui avait réchauffé le cœur et l'âme. Il se dégageait de la personnalité d'Abraham tant de certitude et de force que son corps paraissait protégé d'une armure indestructible. Dans le char qui la ramenait au palais, elle se surprit à chantonner les hymnes qu'elle avait entendus chez Abraham. Les sons des timbales et des clochettes résonnèrent jusqu'à l'aube dans sa tête.

XXIV

Thoutmosis IV écoutait attentivement Sennefer lui faire le compte rendu qu'il lui avait demandé sur la puissance des rois du Hatti.

– J'ai consulté les archives et interrogé des Asiatiques sur les inventeurs de chevaux. Ces derniers m'ont rapporté que les Hittites se nommaient autrefois Louwites et Nésites, qu'ils avaient eu plusieurs souverains puissants, d'Anittach, qui régnait dans la capitale de Nesa, à Moursil en passant par Laarna et Hattousil. Moursil préféra choisir Hattous comme lieu de résidence. Prenant Carchemish et Babylone, les Hittites ont alors connu une période de grande prospérité. Comme tu le sais, Taureau puissant, les envahisseurs qui se sont emparés de l'Égypte pour s'installer à Avaris ont renversé les Hittites qui ont également été anéantis par les Assyriens.

– Les Hittites ne m'ont jamais paru très puissants. Les Kassites les ont facilement battus à Babylone. Et pourtant, hormis ces ziggurats construites à Dûr-Kurigalsu ou ailleurs sur le modèle des rois d'Ur, les Kassites ne se sont guère illustrés. Ces rois sont juste bons à se pavaner dans leur gigantesque palais mieux décoré que nos temples. On dit qu'à Uruk le roi honore la déesse des flots et le dieu des monts.

– Ainsi que les dieux Anu, Enlil, Bel et Ea, dieu des eaux et des poissons. Mais notre dieu Rê s'appelle là-bas Shamash ; la déesse de l'amour n'est plus Hathor mais Ishtar ; le dieu de la nuit et de la lune est Sin. Marduk avec son dragon à tête de serpent, son fils Nabu, le protecteur des scribes, ou Ningirsu, le dieu à la charrue, sont autant de figures qui nous sont mal connues mais que vénèrent les Hittites en les représentant parfois sous forme d'objets ou d'éléments naturels.

– Que m'as-tu apporté ?

– Un sceau, Faucon d'or. On y voit le dieu Mithra terrassant le taureau et le disque du Soleil que les Hittites représentent comme nous. Ce sceau scellait les messages que nous ont apportés les ambassadeurs hittites.

– Intéressant, par Amon. Et ces petites statues ?

– Elles nous ont été offertes par nos visiteurs.

Le roi les tourna plusieurs fois entre ses doigts, observant chaque détail, le manteau des personnages décoré d'un galon et leur tiare allongée.

– Les Hittites nous ont apporté beaucoup d'autres objets venant de contrées diverses. Des pendentifs en or représentant Ashérat, la grande mère des dieux d'Ougarit, Anat et Baal, des pyxides grecques en ivoire.

Thoutmosis IV demanda à les voir. Comme tous les Égyptiens, il appréciait particulièrement l'ivoire que son peuple savait travailler aussi bien que les Hellènes.

Sennefer fit aussitôt apporter les objets qu'Aménophis n'avait pas pris le temps de recevoir. Le roi égyptien admira la déesse représentée sur le couvercle d'une pyxide. Elle avait les seins nus et portait une jupe très ample. Tenant des épis dans les bras, elle en tendait à des boucs affamés.

Thoutmosis IV regarda avec beaucoup d'attention une coupe en or ornée d'animaux et une patère dont les scènes extérieures rappelaient des parties de chasse tandis que les dessins du fond représentaient des boucs en train de s'encorner avec rage.

– Voilà qui ressemble à notre vaisselle, s'étonna Thoutmosis IV. Ce chasseur debout sur son char à deux roues qui bande son arc pourrait tout aussi bien être égyptien ou mitannien.

– Je crois que ces cadeaux ont été habilement choisis et que le roi du Hatti nous a envoyé des messages. Si tu regardes bien les dessins de cette patère, tu constateras que les animaux représentés, taureaux, chiens ou boucs, sont toujours en mouvement comme sur les vases mycéniens que nous achetons aux Hellènes.

– En effet, reconnut Thoutmosis IV en entendant les déductions de Sennefer.

– Cet ivoire indique que les Hittites possèdent sans doute des éléphants ou qu'ils ont suffisamment d'ivoire pour fabriquer des bijoux, des peignes et d'autres objets usuels. Mais tu retrouves aussi sur ces présents des détails égyptisants qui te paraissent familiers.

– Je le reconnais. Que doit-on en conclure ?

– Le roi hittite te fait comprendre qu'il est attiré par les mêmes produits que toi et qu'il est prêt à mettre la matière première à ta disposition, que son peuple a été influencé par notre pays et nos artistes et qu'il ne rejette pas cette influence, qu'il souhaite développer son commerce avec d'autres pays comme l'Hellade et que nous avons donc tout intérêt à nous entendre avec lui puisque nous avons les mêmes goûts et les mêmes objectifs.

– N'exagères-tu pas ? Te voilà devin alors qu'il ne s'agit là que de simples présents !

– Vois ces miniatures, dit encore Sennefer en lui tendant des petites forteresses en bois que les serviteurs avaient déposées sur des coussins épais.

– Des tours, une enceinte solide capable de résister au pire des tremblements de terre, des sphinx et des lions sculptés devant les portes massives, le dieu des orages Teshup entouré d'un génie et son épouse Hepat montée sur une lionne, des animaux de proie bicéphales, le dieu de la guerre Sarumma. Et le dieu Soleil que s'approprie le roi présent avec la reine.

– Voilà comment le roi du Hatti conçoit désormais ses villes. Elles seront toutes fortifiées et parées contre toute attaque. Inutile pour nous ou pour les Mitanniens de songer à les assiéger. Là encore, le roi t'envoie un message de mise en garde.

– Que lis-tu sous ces animaux ?

Sennefer ne parvint pas à déchiffrer le texte qui était un mélange d'hiéroglyphes et de cunéiforme.

– Hinutimpet pourrait peut-être nous aider... À moins que le vieil Amenpafer puisse venir au palais.

Sennefer promit au roi de s'en occuper.

– Je reste convaincu que les Hittites ont besoin de nous et qu'ils ne pourront jamais agir sans notre aide. Ils ne sont guère puissants.

– Détrompe-toi. Ils l'ont été et ne demandent qu'à le redevenir. Leur empire était très étendu avant qu'ils ne perdissent la Cilicie, le Naharina et les villes de Carchemish ou d'Alep.

– Je me souviens des récits de mon grand-père qui avait lutté contre le redoutable Tudhaliya Ier.

– Lequel devint le tributaire de l'Égypte. Mais, aujourd'hui, les Hittites comptent bien retrouver leur ancien prestige. Ils possèdent une armée prête à tout. Ils sont aussi efficaces dans leurs chars qu'avec leurs lances, leurs boucliers, leurs arcs et leurs épées. Dans sa capitale, le roi du Hatti est plus qu'un simple souverain. Il est également juge, grand prêtre et général. Il décide des lois.

– Les Hittites ont besoin de nos richesses.

– Seigneur des deux terres, les Hittites possèdent des vignes, des céréales, des arbres fruitiers qui n'égalent pas les nôtres. Mais ils sont fiers de leurs mines dans lesquelles ils exploitent l'or et l'argent. Ce sont également d'habiles commerçants.

– J'avoue que ces mouvements ne me plaisent guère. Nous devons rester vigilants.

Thoutmosis fit également venir Méryrê.

– On m'a dit que la princesse Tiyi avait assisté à l'entrevue d'Aménophis avec les ambassadeurs hittites.

– En effet, maître, répondit le conseiller en s'attendant au pire.

– Est-elle intervenue ?

– Oui, maître.

– Eh bien ! Qu'a-t-elle dit ?

Méryrê rapporta très exactement ses propos.

– Je vois, répondit le roi. Qu'elle vienne en compagnie de Menatou !

Méryrê s'excusa maintes fois avant de poursuivre.

– Ce que tu vas entendre te déplaira, Horus d'or. La princesse Tiyi est partie à Akhmim sans l'accord de son époux. Aménophis est furieux.

– Il est désormais temps de mettre un terme à ces caprices. Aménophis doit enfin comprendre que son devoir passe avant tout et qu'il prendra un jour ma succession. Diriger un pays et un peuple réclame bien des sacrifices. À Menatou et à Youya d'inculquer à Tiyi tout ce qu'elle doit apprendre sur le sujet ! Néfertary parlera également à Tiyi !

– Je crains que la tâche ne soit pas facile, maître.

– J'en suis conscient. Mais Aménophis ne peut vivre au rythme des souhaits de sa jeune épouse.

*
**

Bien qu'il fût irrité par le départ de Tiyi qui avait refusé de l'écouter, Aménophis refusait d'entendre les sermons de sa mère.

– Je vais envoyer Tougiy et Say la chercher ! Elle devra s'excuser et te promettre obéissance, lui dit fermement Néfertary.

– Tiyi n'est pas habituée aux règles du palais. Laisse-lui le temps de s'adapter. Elle est très jeune et insouciante. Quand elle deviendra Grande Épouse, elle aura tôt fait d'accomplir son devoir.

– Une princesse ne peut ainsi vagabonder sans escorte ! Sa vie est en danger ! Tu dois lui faire comprendre qu'elle n'est plus libre d'agir comme elle l'entend et qu'elle nous crée beaucoup de soucis. Que se passera-t-il si Tiyi est enlevée, agressée ou vilipendée ? La famille royale doit se protéger !

– Par les déesses, je suis sûr qu'il ne lui arrivera rien ! s'exclama Aménophis en prenant soudain conscience des dangers que son épouse pouvait avoir à affronter.

– Mon fils, promets-moi de lui parler afin qu'une telle situation ne se reproduise pas.

Rebelle aux leçons, Aménophis s'engagea, cependant, à intervenir.

– Je ne vais pas envoyer Tougiy ou Say à Akhmim. Je m'y rendrai moi-même, dit-il à Menatou en lui demandant de l'accompagner. Le palais se passera du prince pendant quatre ou cinq jours. Je doute, cependant, qu'après cette escapade, Tiyi obtienne les domaines qu'elle désirait.

Il fit aussitôt préparer son équipage et évita de rencontrer son père avant son départ. Il se contenta de lui laisser un message en lui promettant d'être de retour le plus rapidement possible et chargea Hinutimpet de calmer sa fureur.

– Rassure-toi, lui dit-elle de sa belle voix douce et réconfortante. Quand vous rentrerez, Pharaon t'accueillera à bras ouverts.

Cinquième partie

XXV

Au palais mitannien de Wasugana, Pashed était inquiet. Les Hittites venaient d'envoyer une lettre de menace au roi Artatama qui prit connaissance avec joie du soutien de Thoutmosis IV.

– Jamais les Hittites n'oseront nous combattre tant que le roi égyptien sera de notre côté, lui dit Pashed comme s'il cherchait à se rassurer.

– Je n'en suis pas si sûr. Mon fils Sutarna m'a appris qui étaient ces hommes. Ils se sont montrés redoutables...

– À une autre époque et sous d'autres rois. Aujourd'hui leur puissance est anéantie.

– Méfions-nous du serpent qui sommeille et qui se réveille au moindre bruit. Il se cache sous une pierre avant de mordre sa proie.

Pashed s'étonna qu'Artatama attachât de l'importance au propos de Sutarna qu'il n'avait jamais écouté. Depuis qu'il grandissait, le frère d'Hinutimpet paraissait s'imposer davantage à la cour.

Les paysans s'inquiétaient, eux aussi. Ils demandaient des nouvelles aux scribes et tentaient d'en savoir plus. Créant la panique, certaines femmes prétendaient que les Hittites arrivaient, qu'ils étaient aux portes du Mitanni et que leur seule volonté était de tout raser. Les commerçants ouvraient chaque jour leur boutique en priant les dieux de protéger leurs biens et leur famille. Certains cultivateurs avaient réclamé assistance au roi et préféraient se rapprocher du palais par sécurité.

Il faisait si chaud que le sol s'était encore durci. Les paysans l'ameublirent comme ils le faisaient après chaque récolte du printemps. Le labour permettait de casser les morceaux de terre compactes qui étaient ensuite brisés puis aplatis.

Les agriculteurs mouillaient la terre avant de semer dans les sillons et de recouvrir la semence en priant les dieux que les pluies fussent suffisantes pendant l'hiver pour attendre la période d'irrigation. Les enfants arracheraient les petites pousses. L'année précédente, la crue du fleuve avait épargné les semailles mais tous les printemps ne se ressemblaient pas. Les retardataires s'étaient hâtés de finir les récoltes et avaient déjà rangé leurs faucilles en bronze jusqu'au printemps prochains.

Délaissant les champs, certains, propriétaires de palmeraies, consacraient alors leur temps à l'entretien des vergers qu'ils entouraient d'un haut mur pour les protéger du vent, du sable et des voleurs. Des rigoles atteignaient chaque pousse, chaque arbre et les semis qui ne donneraient pas de résultat avant une bonne douzaine d'années.

Malgré ce spectacle rassurant des Mitanniens en train de biner leurs champs, de compter leurs bêtes et de remplir leurs silos, chacun se demandait si ses céréales, son huile de sésame ou ses palmiers ne seraient pas brûlés ou volés par les Hittites.

À la demande du roi Artatama, Pashed rendit visite aux cultivateurs qu'il connaissait pour mieux comprendre leur état d'esprit car les Mitanniens ne se révélaient pas facilement.

– Nous avons passé le mois dernier à faire en sorte que de nouveaux palmiers-dattiers se reproduisent, dit l'un d'eux. Nous avons réuni les panicules mâles et les fleurs fécondantes. Un travail d'oiseau !

– Tu as toujours fait preuve d'un grand talent et de beaucoup de professionnalisme, reconnut Pashed. Car il faut être habile pour réaliser de tels exploits. Autrefois, nous étions obligés d'attendre que la nature voulût bien réunir les éléments mâles et femelles. Cette méthode artificielle donne d'excellents résultats et tu es bien payé pour ta peine puisque tu gardes la plus grande partie de tes récoltes de dattes.

– En effet. Notre roi est juste et les impôts ne nous accablent pas. Cependant, je doute que nous ayons l'occasion de récolter toutes nos dattes avant l'arrivée des Hittites car nos premiers fruits seront ramassés à l'automne. Même si nous en récoltons une partie que nous pourrons ensuite laisser tranquillement mûrir sur des claies, comme nous le faisons tous les ans pour favoriser la venue des fruits plus tardifs, je doute que nous réussissions à sauver notre récolte.

– Quel pessimisme ! Tu parles comme si le dieu guerrier dirigeait déjà l'armée ennemie !

– Je l'ai entendu dire...

– Ce n'est pas le cas, répondit Pashed. Le pharaon Thoutmosis IV prend notre parti et assurera notre défense si besoin est. Pourquoi craindrions-nous les Hittites que personne ne redoute ?

– Nos palmiers sont convoités par tous les peuples voisins.

– Notre bois ne peut ni servir pour la construction des bateaux ni pour les bases de nos maisons.

– Mais il sert à faire des cordages ou des tissus. Les dattes nous permettent de vendre du miel, du pain et du vin aux autres pays. Nous emmagasinons même les noyaux pour les vendre sur les marchés comme combustibles. J'ai vu des Hellènes en acheter pour les piler et en nourrir leurs animaux !

Pashed eut bien du mal à faire entendre raison aux cultivateurs et aux éleveurs. Le trafic du fleuve s'était, lui aussi, ralenti. D'ordinaire très nombreux à transporter céréales, huile d'olive et de sésame, vin, miel, laine ou roseaux, les bateaux devenaient plus rares.

Pashed se rendit aux embarcadères. Seuls s'y trouvaient un navire militaire à deux ponts et des barques en roseau. Comme deux bateaux à tête d'animaux et à poupe recourbée s'apprêtaient à accoster, Pashed interrogea le scribe chargé de faire payer la taxe de passage.

– Je n'ai jamais vu aussi peu d'embarcations, lui dit-il. Mes journées ne sont guère fructueuses. Ce matin ont débarqué des Hellènes à la recherche de vases en céramique à glaçure. Le temps d'aller au marché, de faire leurs achats et de rembarquer la marchandise et ils sont partis. Je n'avais jamais vu cela auparavant alors que les marins restent toujours deux ou trois jours à Wasugana.

– Voilà qui n'est guère bon pour nos affaires. Il ne faudrait pas que le trafic diminue encore.

– La rumeur a couru, honorable Pashed. Il sera difficile de l'arrêter.

– Où vont ces rameurs ?

– Ils travaillent sur le navire de guerre. Ils sont chargés de rassurer les villageois qui habitent le long du fleuve. Ils partiront ensuite vers des pays alliés.

– Une initiative du roi ?

– De son fils Sutarna.

– Approuvé par le roi ?

– Je pense, honorable conseiller. Le scribe royal m'a informé en personne.

– Je préfère cela.

Artatama calmait difficilement les esprits. Comprenant qu'il lui était indispensable de prononcer un discours, il profita de la réponse de Thoutmosis IV pour réunir le maximum d'hommes sur la place publique où des artisans dressèrent un dais et une tribune en bois. Le roi leur avait ordonné d'être efficaces et rapides.

Comme Pashed l'encourageait à se montrer prolixe, le roi lui fit un étrange aveu.

– En refusant d'aider les Hittites, Thoutmosis IV me remercie de l'avoir prévenu des révoltes mitanniennes. Nous serons quittes.

– N'a-t-il pas épousé Hinutimpet ? lui rappela Pashed. Il lui serait difficile d'en faire fi et de prendre le parti de nos ennemis tout en conservant ta fille près de lui !

– Depuis quand une femme déciderait-elle du sort de la guerre ? Je veux bien croire que Thoutmosis IV ait épousé ma fille pour améliorer nos relations mais je doute qu'il prenne parti pour l'un ou l'autre pays en fonction des épouses qui habitent dans son harem. Il aurait été si simple de renvoyer Hinutimpet et d'accepter les propositions des Hittites. Je ne doute pas que le roi du Hatti a dû se montrer très généreux.

Moins optimiste que Pashed, Artatama redoutait, néanmoins, la décision du roi hittite.

– Il est si fier et si présomptueux qu'il nous attaquera même s'il n'a pas l'appui de Thoutmosis IV. Les dieux sont témoins de son immense orgueil. Peut-être même convoite-t-il l'Égypte ! Rien ne l'arrêtera !

– Penses-tu réellement ce que tu dis ? Pharaon lui donnera une leçon !

– J'ai fait des rêves, Pashed, et mes intuitions ne me trompent jamais. Les Hittites redeviendront puissants. Quand ? Je ne le sais pas. Mais cette incertitude dérange mes nuits les plus douces.

Malgré son état d'esprit, Artatama s'avança vers la tribune, le sourire aux lèvres. Quelques instants, plus tard, il prenait place devant son peuple et le haranguait en des termes choisis et réconfortants. Pashed resta médusé par le visage serein et paisible qu'il avait soudain en face de lui alors qu'il venait d'y lire les pires tourments.

« Artatama est un grand homme, se dit-il. Il fait passer ses devoirs avant ses sentiments. Il est digne de gouverner ce pays. Mais comment peut-il remettre en cause la puissance mitannienne et égyptienne devant des hordes enragées qui ne connaissent pas l'art militaire ? »

Debout, les bras tendus, le geste large et le verbe facile, le roi mitannien inondait son peuple sous des flots de paroles encourageantes qui auraient séduit le plus rude des barbares.

– Que les Hittites tentent seulement de se présenter devant les remparts de Wasugana ! Ils seront immédiatement anéantis. Je compte sur vous pour transmettre le message à ceux que vous aimez, à vos enfants, aux autres membres de votre famille et à ceux avec lesquels vous travaillez. Ainsi la rumeur, qui s'est répandue trop vite, sera anéantie et tous les pays souhaiteront de nouveau travailler avec nous !

Clameurs et bravos accueillirent ces propos tant attendus. Le roi rougit de plaisir en constatant, une fois de plus, sa popularité. Son fils Sutarna, les épaules brillantes d'huile, monta le rejoindre sur l'estrade sous les acclamations de la foule. Ce geste n'était pas innocent. Sutarna comptait ainsi montrer au peuple mitannien qu'il serait là pour suppléer, le cas échéant, un père trop âgé. Une telle attitude déplut à Pashed. « Ce Sutarna n'aura jamais la grandeur d'âme de son père ! »

XXVI

Bien qu'il ait embarqué sans enthousiasme, Aménophis finissait par oublier, grâce à l'agréable bise qui poussait son bateau, son départ précipité pour le nord de l'Égypte. Sa colère s'estompait d'étape en étape. Croisant des navires dont les rameurs peinaient contre le vent, il se demandait comment Tiyi avait réussi à avancer si vite.

Il voyageait sous un dais, assis au milieu du bateau, et prenait plaisir à observer le travail de l'équipage. Quand les rives du Nil se rapprochaient, il regardait les Égyptiennes qui lavaient leur linge, les potiers qui ramassaient le limon du fleuve, les ânes qui longeaient le bord du Nil et les enfants qui se baignaient avec enthousiasme en revenant de l'école.

Menatou lui tenait compagnie.

– Comment expliques-tu que nous n'ayons toujours pas rattrapé le navire de Tiyi ? demanda Aménophis dès le deuxième jour. Nous avançons vite. J'ai pris l'embarcation la plus rapide. La coque est plus effilée que les autres et la voile est plus grande.

– Tiyi a peut-être limité les étapes.

– Après tout, Tiyi n'a-t-elle pas raison ? Cette escapade

me plaît. Je vais en profiter pour aller chasser aux alentours de Memphis.

– Majesté qui te recommande de Maât, fils de Celui qui décide des lois et choisit la paix, faucon de l'Horus d'or, puissant vainqueur des Asiatiques, roi de Haute et Basse Égypte, Seigneur des deux terres, prince de Memphis et de Thèbes, j'ai une merveilleuse nouvelle à t'apprendre. Des Égyptiens ont signalé la présence de taureaux sauvages dans la région de Chetep.

– Si nous partons le soir de Memphis, nous y serons au petit matin ! Tiyi pourrait m'accompagner.

Menatou parut effrayé.

– La chasse aux taureaux sauvages est périlleuse ! Ce n'est guère la place d'une princesse.

– Crois-tu, chambellan, que ce soit la place d'un jeune prince héritier du trône ?

– Certainement !

– Eh bien, mon épouse aura ainsi l'occasion de me voir sur mon char avec mes hommes derrière moi. J'emmènerai les enfants des princes qui parfont leur éducation à Memphis. Tu t'occuperas de piéger ces taureaux dans une enceinte entourée d'un fossé profond et d'un haut mur. Personne ne pourra plus reculer devant les bêtes. Chacun devra les affronter avec courage ou tourner le dos et subir un cruel affront.

– Combien veux-tu combattre de taureaux ? lui demanda Menatou, excité par cette future partie de chasse.

– Une bonne cinquantaine !

Menatou demeura silencieux. Il savourait déjà les journées qu'il passerait à Chetep. Mais il doutait que Tiyi accepterait d'y suivre le prince.

– La princesse préfère se rendre de l'autre côté, ou près d'Akhmim où elle est née, dit Menatou.

– Mon épouse m'a fait part de sa volonté de partager mes loisirs loin du palais. Elle sera ravie d'une telle aventure.

– La princesse serait surtout émerveillée de voir ta puissance à la chasse. Car, malgré ta jeunesse, personne ne peut tuer, comme toi, deux ou trois lions en une journée !

– Je demande à mon scribe de les comptabiliser depuis le début de l'année. Nous verrons combien j'ai réussi à en tuer dans dix ans. Peut-être plus de cent !

– À n'en pas douter ! Tu tueras bien une dizaine de lions par an !

– Si ce ne sont pas des lions, ce seront des guépards ou des panthères... Pendant ce voyage, je n'épargnerai pas non plus les autruches, les gazelles, les mouflons et les bouquetins. Il n'y a plus guère de girafes ni d'éléphants. Quel dommage ! Thoutmosis III en a maîtrisé plusieurs au bord de l'Euphrate. Mais ils partent tous vers la Nubie.

Plus le bateau se rapprochait du Delta, plus les hippopotames devenaient nombreux. Leurs yeux globuleux sortaient tout juste de l'eau marécageuse. Ils poussaient parfois des cris étranges qui faisaient fuir tous les oiseaux.

– Si tu pars chasser, tu devras emmener une armée avec toi, lui conseilla Menatou. Jamais la Grande Épouse royale ne me pardonnerait de t'avoir laissé partir avec une simple escorte dans le désert. Des tribus rôdent et ne songent qu'à piller nos villages. Quelle aubaine ce serait pour eux de s'emparer du prince héritier !

– Une partie de l'armée est restée à Thèbes. Je ne vais

pas me priver d'un tel plaisir parce que nous manquons de soldats !

– La plupart des militaires se trouvent à Memphis. N'aie crainte... Jamais la ville où il fait bon vivre n'est délaissée. Pharaon la protège plus que toutes les autres villes égyptiennes.

À l'avant du bateau s'était installé le cuisinier qui malaxait des tubercules de souchet. Il tamisa la farine, y ajouta du miel en grande quantité et pétrit le tout avec énergie. Puis il versa la pâte obtenue dans un large récipient et s'empara d'une torche. Il tint le récipient au-dessus de la flamme et ajouta de la graisse. Peu à peu, la pâte se ramollit en dégageant une odeur agréable et se dora comme les rayons de Rê.

Le cuisinier découpa des morceaux qu'il fit refroidir à l'ombre d'un drap tendu. Chaque gâteau, de la taille d'une noisette, avait un goût de noix de coco très apprécié d'Aménophis.

– Les dieux vont te punir de faire ces pâtisseries en dehors de l'enceinte sacrée ! dit-il en riant. Ils sont normalement destinés aux divinités et cuits dans les temples.

– N'es-tu pas une divinité, Faucon d'or ? Enfant, tu aimais ces gâteaux. Tu es encore si jeune que tu te laisseras certainement tenter par cette odeur savoureuse de cuisson.

– Apporte-les-nous dès qu'ils seront tièdes ! Je n'attendrai pas jusqu'au soir qu'ils se refroidissent !

Quand le prince arriva dans le port de Perounefer, dont le nom même invitait les marins à faire bon voyage, la princesse Tiyi avait débarqué depuis plusieurs heures. Sur les quais, l'activité était intense. Des étrangers,

Nubiens, Crétois et Asiatiques, y déposaient des caisses de denrées en espérant les échanger au marché contre des vêtements, des vases ou du parfum.

Sortant des casernes voisines, des militaires embarquèrent sur un large vaisseau. Ils croisèrent des hommes en pagne qui portaient des cruches sur leur épaule tandis que des commerçants en remplissaient d'autres sur le pont. Toutes les voiles avaient été pliées. Devant chaque navire marchand, un scribe assis sur un pliant, comptait le nombre de cruches que les employés déposaient devant lui. Un autre pesait les denrées tandis que des Égyptiennes, accompagnées de leurs enfants en bas âge, commençaient à marchander. Quelques chargements étaient plus volumineux et réclamaient de plus gros moyens. Des navires débarquaient alors des troupeaux entiers et d'immenses jarres d'huile qui étaient stockées dans les magasins où l'on honorait aussi bien le dieu Amon-Rê sous la forme d'un bélier puissant que les dieux étrangers.

Le navire royal *Khaemâat* se distinguait de tous les autres bateaux par la richesse de sa coque. Des artisans étaient sur le point de le tirer jusqu'au chantier naval tout proche.

Aménophis gagna les jardins de Perounefer et demanda à parler à la vieille Imenmipet qui avait été la nourrice de son grand-père Aménophis II et qui avait assisté avec une immense joie à son mariage.

Aménophis la trouva au milieu d'un groupe de jeunes filles qui s'adonnaient au chant, à la musique et à la danse. Certaines s'enduisaient d'onguent de myrrhe et d'huile de moringa ; d'autres tressaient des colliers avec des fleurs fraîchement cueillies.

Lorsque la vieille nourrice reconnut Aménophis, ses yeux se mirent à briller.

– Que m'apprends-tu ? La princesse Tiyi aurait débarqué ici même et je ne serais pas informée ?

– J'en conclus que tu ne l'as pas vue.

– Non, regretta la nourrice. Mais promets-moi de revenir me voir avec ta jeune épouse...

Comme des princes étrangers approchaient, Aménophis lui demanda de prévenir l'intendant du jardin.

– Mon beau-père n'est pas là pour choisir les chevaux qui participeront à la chasse que je veux organiser. C'est dommage. Mais je pense que certains princes m'aideront avec plaisir à capturer des taureaux sauvages. J'en veux une bonne vingtaine autour de moi. Si ceux qui ont été désignés pour faire partie de la garde de mon père sont libres, qu'ils viennent avec moi ! J'aimerais aussi des porte-enseignes car ils mèneront la chasse comme ils commandent une expédition militaire !

L'intendant venait d'apprendre l'arrivée du prince.

– Faucon d'or, que dirais-tu du jeune Resh pour t'accompagner ? Il est très habile avec des armes. Ce sera un grand combattant. Maïerperi se trouve également ici et promet de devenir, lui aussi, un magistral soldat. Je pense aussi au porte-étendard Sebeti qui adore Montou et qui rêve de devenir prêtre et à l'échanson Sétaou.

– Trouve d'autres princes. Je te fais confiance ! J'embarquerai pour Chetep sur mon propre bateau puique celui de Pharaon doit être réparé. Mais j'emprunterai son équipage. Personne ne vaut le porte-étendard Syece qui faisait déjà partie de l'équipage de l'*Aimé d'Amon* de mon père. Je veux aussi le grand Nakht et Ipou. Le chef des porte-enseignes Mirptah commandera le navire. Comme il est également premier chef d'écurie de Pharaon, il pourra me conseiller sur les chevaux que nous prendrons avec nous.

Aménophis monta rapidement sur son char pour se rendre au palais de Memphis. Il y retrouva les échansons royaux Neferunpet, Set et Chaoui ainsi que le vizir Thoutmès qui était en train de réprimander ses fils Meriptah et Ptahmès.

– Je n'en ferai jamais rien de bon, dit-il au prince en le saluant avec chaleur. Jamais ils ne seront ni administrateurs ni comptables ni trésoriers. Jamais ils ne porteront le pendentif *bat*, signe qu'ils peuvent rendre la justice. Je leur ai appris qui était Maât, la déesse chassant le mal, et comment il fallait se comporter dans la vie pour avoir la chance de s'imprégner de son souffle. J'ai toujours été équitable avec les pauvres comme avec les riches...

– Tu as été un modèle pour tes enfants, reconnut Aménophis.

– J'ai puni les voleurs et protégé les faibles. J'ai écouté les malheureux et pansé les plaies. J'ai pris la défense des femmes seules et redonné à certains fils les charges qu'ils avaient perdues. J'ai donné de la nourriture à celui qui avait faim, de l'eau à celui qui avait soif, des pagnes à celui qui était nu.

– Tu as toujours été juste comme tous les vizirs.

– Jamais je n'ai accepté de me laisser soudoyer.

– Ne t'inquiète pas. Tes fils sont brillants et deviendront, grâce à Pharaon, d'excellents sujets. Je voulais t'informer que je vais rester ici avec la princesse Tiyi. Mon père ne prolongera pas son séjour à Thèbes. Il préfère vivre à Memphis. Préviens le chef du harem Ouserhat, le chef des greniers Khaemhat et Menna, le scribe des champs royaux. Je vais organiser une grande chasse. Aussi aurai-je besoin de plusieurs soldats. Accompagne-moi à l'arsenal.

Le vizir fit appeler l'intendant chargé de la gestion de Memphis et suivit le prince jusqu'à la garnison près de laquelle se trouvaient un entrepôt d'armes, des forges, des écuries et des ateliers où étaient fabriqués les chars, les équipements, les arcs, les lances et les flèches.

Là, le vizir apprit que la princesse Tiyi était partie pour Medinet el-Gourob.

– Je te confie les préparatifs de cette chasse, dit le prince à Thoutmès. Je pars immédiatement pour Medinet el-Gourob. Je croyais Tiyi dans son village d'Akhmim.

XXVII

Malgré la distance qui séparait Memphis du lac Fayoum, Aménophis prit le chemin des champs et des palmeraies avec Menatou.

– Qui aurait pu imaginer que Tiyi se serait rendue là où vivent les reines, les concubines du roi et les princesses ? dit Aménophis au chambellan. Elle est plus obéissante que ne le pense le roi !

– Tiyi m'a avoué qu'elle aimait le palais de Medinet el-Gourob et qu'elle admirait la manière dont le pharaon Sésostris II avait aménagé la région avec un système d'irrigation qu'elle souhaiterait reproduire près de son village d'Akhmim.

Le prince, lui aussi, ressentait une vive émotion en revenant sur les lieux de la nécropole de ses ancêtres et à Hawara, la région préférée d'Amenhemat. Il savait combien Thoutmosis III aimait passer ses loisirs au Fayoum.

Plus ils se rapprochèrent de l'oasis, plus les palmiers devinrent nombreux. Ils dépassèrent une nécropole consacrée aux habitants, faite de puits, de sépultures familiales et de tombes d'enfants, et une autre utilisée pour les animaux, plus modeste que celle qui avait été aménagée au nord de Medinet el-Gourob et qui abritait des poissons, des chiens, des chats, des chèvres et des béliers. Ces animaux avaient été momifiés par leurs propriétaires ou dédiés aux divinités Bastet, Amon ou Herichef. Des maisons entourées de jardins luxuriants, abritées toute la journée du soleil, avaient été bâties près de l'enceinte du palais dans lequel se trouvait un temple construit en l'honneur de Thoutmosis III comme l'étaient quelques chapelles du Village des ouvriers thébains. À l'intérieur des murs, les bâtisses, rectangulaires et accolées les unes aux autres, étaient réparties sur deux quartiers.

Le char d'Aménophis passa devant deux marchands de verrerie dont les ateliers étaient abrités par un bâtiment massif et s'arrêta dans la cour du palais.

– Va chercher Tama qui est chargée de la coiffure et du maquillage de Tiyi et la bonne Touty. J'espère qu'Hinutimpet n'aura pas l'idée de revenir tout de suite à Medinet el-Gourob. Comme toutes les Mitanniennes, elle apprécie particulièrement cet endroit si agréable à vivre et je ne voudrais pas qu'elle agace davantage Tiyi. En fait, j'aimerais profiter de l'absence exceptionnelle du roi et de la cour pour me consacrer à mon épouse.

Menatou le regarda avec attendrissement. Aménophis était si jeune et pourtant si responsable...

– Prince, je crois que c'est une excellente idée et quoi qu'en dise le roi, je la défendrai.

Tama lui apprit, cependant, que la princesse avait refusé de dormir au palais et qu'elle était directement partie pour Akhmim.

– Elle ne souhaitait parler à personne. Elle a juste emporté quelques coffres à vêtements.

– Que dis-tu ? Son char est toujours là ! Mentirais-tu au Faucon d'Égypte ?

Tama parut effrayée par la colère d'Aménophis.

– Maât me dicte la vérité.

Menatou crut bon d'intervenir en défendant la servante.

– Tu peux la croire, maître.

– Mais comment Tiyi a-t-elle quitté le palais ?

– À cheval.

– À cheval ? Les dieux m'envoient un mauvais rêve ! Une princesse sur un cheval ! Pourquoi n'a-t-elle pas pris son char ?

– Ses domestiques ont rangé les coffres dans un char ordinaire et l'ont suivie au galop. Tiyi a choisi elle-même son cheval dans l'écurie. Il l'a manifestement reconnue. Elle l'a fait brosser et lui a parlé tendrement. Puis elle est montée sur son dos comme un cavalier !

Menatou se souvint alors de ce que lui avait confié la jeune femme. Elle lui avait appris qu'elle allait souvent monter à cheval en compagnie de son père lorsqu'elle était enfant. À coup sûr, la jeune adolescente savait parfaitement monter. Peut-être même avait-elle appris l'art cynégétique. Voilà qui promettait d'excellentes surprises ! « Si Hinutimpet venait se joindre à notre petit groupe, je crois qu'Aménophis ne serait pas au bout de ses surprises ! »

– Prince, lui dit le chambellan. Je voudrais te rassurer. Ne t'inquiète pas. J'ai cru comprendre que Tiyi savait parfaitement monter à cheval et qu'elle a eu le meilleur des professeurs puisque son père est responsable de la cavalerie égyptienne.

– Elle est légère et fragile. Le moindre écart ou caprice de l'animal peuvent la tuer !

– Tiyi a grandi au milieu des chevaux. Peut-être les connaît-elle mieux que les Asiatiques. On dit que son père lui donne les étalons les plus récalcitrants et qu'elle les dompte avec une facilité déconcertante.

– Tu me parais décidément bien renseigné. Quels sont ces secrets qui m'entourent ?

– Qu'Aménophis retrouve son calme, lui dit tranquillement Menatou. La princesse n'a pas fini d'étonner le Faucon d'or. Ton idée de chasse est décidément la bienvenue car tu vas découvrir ton épouse sous un jour que tu ne connais pas. Tu ne savais si elle t'accompagnerait ? Je crois connaître la réponse... Tu voulais demander au chef des écuries de choisir les chevaux qui partiraient à Chetep ? Tu as en ton épouse une spécialiste toute trouvée.

– Les dieux te brouilleraient-ils l'esprit ? Es-tu sûre que la princesse est partie pour Akhmim ? Pourquoi n'a-t-elle pas fait étape dans son village avant de venir ici ? demanda-t-il à Tama.

– Elle avait bien l'intention d'aller chez ses parents, à Akhmim.

– Allons-y !

– Le prince ne souhaite ni se désaltérer ni se rafraîchir ?

– Allons, Menatou ! Tiyi caracole au galop sur les chemins pierreux et tu voudrais que je savoure le vin de mon grand-père ?

Aménophis ordonna aussitôt à sa garde de le suivre.

– Si jamais Tiyi revient ici avant que je ne la trouve, dis-lui de m'attendre !

Tama resta pétrifiée au milieu de la cour. Cette agitation inattendue l'avait bouleversée.

Sans perdre un instant, Aménophis ordonna à son cocher d'encourager ses bêtes.

– Cette poursuite a assez duré ! J'ai l'impression que Tiyi se moque de nous !

***

Lorsqu'il arriva enfin à Akhmim, le crépuscule était tombé. Le cheval de Tiyi se trouvait encore devant la porte d'entrée. Il respirait fort et les veines de son corps étaient encore saillantes sous le cuir.

– Cet animal est fatigué, dit Aménophis en descendant de son char et en venant caresser son encolure. Tiyi ne l'a pas ménagé !

Des domestiques déchargeaient un char en bois brut aux roues bancales. Ils tiraient les coffres en bois et en ivoire avec peine.

– On se demande comment un tel char a pu tirer des poids aussi lourds ! Pourquoi donc Tiyi n'a-t-elle pas gardé son char ? Il est plus solide et plus beau que ce véhicule tout juste bon à transporter des paniers de raisins !

Au moment où Aménophis entrait chez Youya, Tiyi en sortait pour aller elle-même donner à manger à son cheval.

– Que fais-tu là ? lui demanda Aménophis.

– Tu le vois, lui répondit Tiyi en cachant son étonnement de le retrouver chez son père. Je nourris mon cheval.

Elle n'avait emmené avec elle que ses anciennes servantes et avait bien l'intention de vivre à Akhmim comme elle le faisait avant d'épouser Aménophis. Elle en avait presque oublié les intentions du roi de lui donner un immense domaine. Contrariée par les règles de la cour et les refus de son époux, elle préférait oublier pendant quelques jours les fastes et le décorum pesant du palais.

– Menatou ! Tiens ! Prends ces fagots et aide-moi !

N'osant refuser, le chambellan l'accompagna tandis qu'une servante apportait un seau rempli d'eau fraîche puisée avec un chadouf dans le canal qui longeait le jardin.

– Voilà ! dit-elle à son époux. Prends ce morceau d'étoffe et trempe-le dans l'eau. Tu le passeras ensuite sur l'encolure et les flancs du cheval.

– Te moques-tu du prince héritier ? rétorqua Aménophis qui commençait à s'impatienter.

– Pourquoi ? Ne trouves-tu pas cette tâche assez noble pour toi ? Les animaux sont attachants et pratiques. Ils nous rendent bien des services...

– Cesse de me provoquer, Tiyi. Je dois te parler. Je ne suis pas ton ennemi. Mais tu dois savoir que tu as soulevé la colère de Néfertary qui est, pourtant, toujours calme et compréhensive. Elle t'aime et te défend souvent...

Cette nouvelle contraria Tiyi.

– Je pensais, pourtant, qu'elle me comprendrait si le roi et toi restaient sourds à mes demandes.

– N'oublie pas qu'elle ne faillit jamais à sa tâche et que tu as commis une faute en quittant Thèbes sans en avoir l'autorisation.

– Je t'ai demandé de m'accompagner.

– Et je t'ai prié d'attendre quelques jours...

Tiyi plaça d'office l'étoffe humide dans les mains de son époux.

– Je dois reconnaître que, pendant notre voyage, les dieux m'ont éclairé, lui confia Aménophis. Je suis heureux d'être ici avec toi et j'ai décidé de partir chasser en ta compagnie à Chetep.

– À Chetep, dis-tu ?

Menatou surprit son sourire malin.

– Qu'en penses-tu ?

– Je trouve que c'est une excellente idée !

– La chasse est une affaire d'homme. Peut-être redouteras-tu cette escapade.

– Au contraire ! Ce sera une très bonne expérience... Et que comptes-tu chasser ?

– Des taureaux sauvages.

– Et pourquoi pas des lions ?

– Si nous en rencontrons, je ne les épargnerai pas !

– Bien ! Mon père t'a donné des chevaux ? Où se trouvent tes troupes ?

– Je vais emmener avec moi quelques princes étrangers et des enfants de Pharaon. Youya n'était pas au courant de mes intentions lorsque j'ai quitté Thèbes. En réalité, même Thoutmosis n'était pas informé et je crains que mon départ ne déplaise tout autant que le tien.

Tiyi éclata de rire.

– Tu as bien fait de venir. Je ne te croyais pas capable d'une telle insubordination. Je choisirai moi-même les chevaux !

Aménophis n'osa la contredire. Sentant, cependant, une légère réticence, Tiyi lui déclara en le regardant droit dans les yeux.

– Ne me fais-tu pas confiance ?

– Tu es si jeune et...

– Je ne suis pas un homme. Mais la connaissance

n'est parfois pas le fait de l'âge. J'ai eu un maître exceptionnel.

Comme le prince hésitait encore, Menatou lui fit signe d'accepter l'offre de la princesse.

– Le choix des chevaux est si important ! S'ils s'arrêtent en pleine course ou s'ils font demi-tour en voyant les taureaux, nous risquons notre vie.

– J'en suis consciente, répondit tranquillement Tiyi en tendant un seau de céréales à son cheval.

– Eh bien, que les dieux nous aident ! répondit Aménophis.

XXVIII

Ne se souciant plus guère des réactions de sa mère, Aménophis s'installa dans la maison de Youya et s'entoura d'un minimum de gardes. Tiyi fit préparer un dîner à la belle étoile. Longtemps, les deux jeunes gens purent ainsi admirer le ciel étoilé et se raconter leurs histoires d'enfance.

– Je me sens bien ici, lui confia Tiyi. Même si le palais de Medinet el-Gourob est très agréable et qu'il y fait bon vivre à l'ombre des palmiers et près des canaux, je préfère revenir dans notre maison.

Aménophis tenta de lui expliquer qu'elle avait désormais des obligations et qu'il lui fallait se protéger.

– De qui ? Tout le monde vénère Pharaon et sa famille ! Qu'aurions-nous à craindre ?

– Des bandes de brigands surveillent les chemins à l'affût d'un mauvais coup. Tu ferais un si bel otage ! Ils pourraient aussi te voler...

– Eh bien ! Tu m'offrirais d'autres bijoux ! Le trésor en regorge. Même lorsque le roi a servi les dieux, les prêtres et récompensé ses fonctionnaires, les coffres débordent encore de bracelets, de colliers et de pendentifs plus beaux les uns que les autres. Je redoute bien davantage qu'on ne me dérobe mes chevaux car ils sont irremplaçables !

Les servantes qui avaient suivi leur maîtresse jusqu'à Akhmim s'évertuèrent à préparer des cailles farcies et des gâteaux au miel.

– Nous n'avons pas ici les meilleurs cuisiniers du royaume, dit Tiyi. Mais je crois que nos servantes, qui savent aussi préparer des parfums, des onguents, coiffer et masser, sont de bonnes ouvrières.

Ils s'attardèrent dans le jardin. L'air était encore chaud. Menatou les avait laissés depuis longtemps car il souhaitait se lever à l'aube.

– J'ai l'impression que tu n'es plus un prince mais un simple Égyptien et que nous sommes enfin libres d'agir comme nous l'entendons.

Aménophis ne lui répondit pas mais il savait que ces jours passeraient vite et qu'il serait ensuite accaparé par bon nombre de dossiers, de visiteurs et de voyages.

Le lendemain, Tiyi se vêtit d'une tunique courte retenue à la taille par une ceinture en corde. Elle portait des sandales en cuir à la place de ses chaussures habituelles en roseau. Aménophis détailla sa tenue avec amusement.

– Je t'emmène aux écuries. Je vais choisir tes chevaux ! Laisse ton char ici et monte cet étalon. Je l'ai fait nettoyer ce matin. Il est encore très vif. Prends garde à lui !

Aménophis, qui préférait se servir d'un char plutôt que de monter un cheval à cru, se laissa guider par l'adolescente. Il la suivit sur le chemin de terre qui conduisait aux écuries. La garde fermait la marche.

Dès qu'ils furent arrivés, Tiyi sauta promptement sur le sol et plia son fouet.

– Allons-y ! dit-elle fermement en montrant à Aménophis le chef d'écurie, qui se réjouit de sa visite.

– Mon père se trouve à Thèbes. Mais j'ai besoin d'une trentaine de chevaux pour aller chasser le taureau sauvage et le lion.

L'Égyptien, qui s'était incliné devant le prince, l'invita à regarder les bêtes. Aménophis passa devant chacune en admirant la fermeté de leurs muscles, leur port et leur allant.

– Elles ne demandent qu'à courir !

– En effet, prince. Cependant, la plupart n'ont pas l'expérience des taureaux. Je les déconseille au Faucon d'or.

– Choisis pour moi, dit Aménophis en se tournant vers Tiyi.

Sans hésiter, la jeune fille désigna les meilleurs avec son fouet.

– Qu'ils soient bientôt prêts. Je les emmène à Memphis !

– Je ne savais pas que ton père gardait ici tant de chevaux, lui dit Aménophis.

– Ces bêtes appartiennent au roi. Il faut, cependant, les former, les entraîner, les dresser. Cet endroit est conçu pour cette formation. Lorsqu'ils sont devenus obéissants, ils peuvent rejoindre les écuries de Memphis. Tu arrives précisément au moment où mon père avait décidé de se séparer de ces chevaux. Je les connais bien et suis sûre de mon choix. As-tu fait préparer l'espace où tu souhaites chasser ?

– Comme d'habitude. À Chetep, nous savons parfaitement où vont se désaltérer les animaux, quelles sont leurs habitudes. Sebeti, qui devait partir en reconnaissance, choisira un vallon fertile entouré d'obstacles. Les animaux pris au piège ne pourront s'échapper. Nous n'aurons plus qu'à nous en emparer...

Tiyi se contenta de flatter l'encolure des chevaux dont elle regardait attentivement les pattes.

– Le site sera entouré de filets solides. Aucune fuite ne sera possible !

– Sans doute Sebeti fera-t-il déposer au centre de l'eau et des morceaux de viande fraîche. Les animaux viendront y manger en toute sérénité. Jouant alors de l'effet de surprise, il ne vous restera plus qu'à refermer le piège. Vous pourrez lancer vos flèches et lâcher les chiens sur vos proies. Cerfs, taureaux, bœufs, lièvres, autruches mourront sous vos coups. Pour aller plus vite encore, vous aurez auparavant disposé des pièges dans cet enclos.

– Ce moyen est efficace. Il nous permet de rapporter quantités d'animaux, des oryx, des gazelles, des bouquetins et parfois des taureaux.

– Je te vois d'ici partir en char à la tête de tes hommes en tenant ton carquois et ton arc comme si tu allais à la guerre. Tes serviteurs te suivent à pied et portent les cruches à l'aide de palanches, des paniers pleins de victuailles, des outres en peau de bouc et des cordes pour entraver les pattes des victimes. Arrivé sur le lieu de la chasse, tu descends dignement de ton char et tu attends que ton domestique laisse les chiens se précipiter sur les bêtes repues. Avant le crépuscule, vous prenez le chemin du retour, des antilopes sur les épaules, des lièvres à la main, des bouquetins et des hyènes attachés à vos lances par les pattes.

– C'est la façon la plus sûre de chasser...

– Je suis étonnée, Aménophis. J'ai entendu dire que tu préférais poursuivre les bêtes à travers le désert plutôt que de les traquer dans un piège. Le noble Ouserhat est également capable de monter seul sur son char, de le conduire et d'attacher ses rênes autour de sa taille avant de tirer de l'arc.

– Si tu m'accompagnes, je ne puis prendre de tels risques.

– Écoute-moi, Faucon d'or. Je partais dès le plus jeune âge avec mon père dans le désert. Nous marchions à pied. Seuls nous suivaient des domestiques qui portaient de la nourriture, de l'eau, des arcs, des cordes et des paniers. Un palefrenier tenait en laisse nos chiens que nous avions abondamment nourris. Même si nous ne chassions alors que des lièvres et des animaux inoffensifs, nous leur laissions une chance d'échapper à nos flèches. Un prince digne de ce nom ne peut organiser des parties de chasse gagnées d'avance ! Si tu pars à Chetep pour rapporter des dizaines d'animaux pris au piège, je ne t'accompagnerai pas. En revanche, si nous cheminons à travers le désert sans savoir si nous reviendrons bredouilles ou si nous rapporterons un seul taureau sauvage, je te suivrai.

– Tu ne ressembles décidément pas aux autres, lui dit Aménophis. Je dois, cependant, songer à tes parents. Si tu étais blessée, ils ne me le pardonneraient jamais. Les dieux déclencheraient des épidémies qui n'épargneraient personne. Un immense malheur frapperait le pays tout entier.

– Cesse de songer que je suis princesse. Je suis avant tout Tiyi d'Akhmim !

*
**

Tout fut fait comme l'avait décidé Tiyi. Le cortège quitta le port sur un bateau parfaitement équipé dirigé par le porte-enseigne du *Khaemâat* de Thoutmosis IV. L'équipage dressa la voile aux lueurs blanchâtres de l'aube.

– Nous arriverons cet après-midi à Athribis, confirma Mirptah à Aménophis. Le petit palais de Chetep sera prêt à t'accueillir. Vous pourrez ainsi partir demain matin pour la chasse. Une journée suffira à rapporter un important butin.

– Nous aurions pu coucher sous des tentes à la limite du désert, répondit le prince. Les dieux ne nous permettront peut-être pas de tuer autant de pièces que nous le souhaitions.

Surpris par une telle réflexion, Mirptah ne répliqua pas. Les princes étrangers du *Kep* paraissaient heureux de cette expédition car ils avaient surtout l'occasion d'exercer leur talent dans les plaines désertiques de Gizeh, de Dachour, de Meïdoum, de Licht et de Saqqarah. Ils chantaient des hymnes connus et se réjouissaient de la présence de harpistes d'une grande beauté qui les accompagnaient avec grâce. L'échanson Sétaou leur proposa du vin tandis que Resh servait déjà des pots de bière.

Le bateau suivit l'embranchement du Delta qui conduisait aux villes de Létopolis et d'Athribis, au nord de Gizeh, laissant les voies fluviales de l'est qui allaient à Héliopolis.

Assis au centre du bateau sous un naos pourpre, Aménophis et Tiyi se laissaient éventer avec de larges plumes d'autruche achetées en Nubie. Tiyi réclama son carquois et contrôla elle-même le bout tranchant de ses flèches.

– Je ne vise jamais sans être sûre de tuer sur le coup,

dit-elle au prince. Une bête blessée souffre et je n'aime guère la souffrance.

Aménophis ne l'avait jamais vue aussi sérieuse ni si concentrée. Il tourna la tête vers les barges solides qui transportaient les chevaux.

– Tout se passe bien, lui dit Mirptah. Nous tirons les barges avec des cordes adaptées. Les bêtes ne sont même pas effrayées par cette navigation insolite.

Lorsqu'ils arrivèrent à Athribis, le vizir Thoutmès, qui les avait précédés, les accueillit avec l'un des prêtres chargé du culte de Ptah. Plusieurs chars les conduisirent au petit palais où ils festoyèrent dès la fin de l'après-midi. À l'exception des musiciennes, Tiyi était la seule femme du groupe. Mais le prince et elle agissaient comme s'ils étaient seuls, profitant de leurs instants de liberté.

Après s'être assurée que les chevaux avaient été brossés et nourris, Tiyi se retira avec Aménophis dans la petite chambre royale qui donnait sur le Nil. Ils entendaient le coassement des grenouilles dans les marais et les cris des oiseaux nocturnes. Memphis semblait déjà si éloignée...

Tous deux se firent laver et frotter d'onguents. Ils s'étendirent sur des nattes et laissèrent deux masseurs préparer leur corps à l'exercice du lendemain. La pièce se remplit bientôt d'odeurs d'amande, de rose, de myrrhe et d'encens. Toutes les plantes relaxantes servirent à raffermir et à décontracter leurs muscles. Puis Aménophis ordonna à tous les serviteurs de sortir. Il souhaitait rester seul avec son épouse. L'enlaçant amoureusement, il lui montra combien il l'aimait, sur les simples nattes en roseau qui remplaçèrent leur couche.

XXIX

Des rayons très lumineux vinrent caresser les joues de Tiyi avant même que ses suivantes ne l'aient réveillée. Elle couvrit sa nudité avec une couverture et regarda Aménophis qui souriait en dormant. « Si Menatou nous trouve ainsi, nous aurons droit à un véritable discours ! » Elle se leva et prit une rose dans un vase. Puis elle la passa plusieurs fois sur le visage de son époux.

– Nous allons être servis ! Je sens déjà les galettes de céréales. Mieux vaut peut-être nous coucher dans notre lit...

Aménophis l'attira contre lui et lui rappela qu'il avait donné des ordres stricts.

– Sauf si les Hittites nous déclarent la guerre, personne ne franchira ce seuil avant moi !

– Souhaites-tu toujours aller chasser ?

– Plus que jamais. Cette nuit m'a redonné des forces !

– Alors, il est temps de se préparer ! N'oublie pas que nous allons marcher sous le soleil et que notre œil doit rester vigilant. Si nous faiblissons au moment où nous rencontrerons les taureaux sauvages, nous rentrerons sans proie !

– À moins que nous ne devenions la leur !

Lorsqu'ils descendirent dans la cour, tout le cortège était prêt.

– Nous pouvons partir, dit Menatou à son maître.

Aménophis leva le bras pour donner le signal du départ. La longue file des serviteurs et des valets portant les victuailles, les boissons, les armes et les paniers suivit le char du prince et de la princesse. Quand ils se furent éloignés du Nil, Tiyi fit arrêter le cortège. Elle prit son arc et ses flèches et continua à pied dans le désert.

– Viens à côté de moi ! dit-elle à Aménophis. Que notre cocher nous suive lentement.

Elle observa des marques le long des pistes.

– Les bêtes ne sont pas loin. Qu'en penses-tu ?

Aménophis se pencha pour étudier la forme des empreintes laissées sur une partie du chemin où le sable s'était tassé.

– Des taureaux ?

– Peut-être...

– Un petit lac se trouve non loin de là, derrière cette colline.

– Ils ont dû aller se désaltérer. C'est ce que j'espérais, dit la jeune fille.

– Quand sont-ils passés par ici ?

– Il y a sans doute très peu de temps. Soyons vigilants. Regarde ces traces... Elles sont très nombreuses. Ce troupeau paraît important !

Ils avancèrent le visage penché vers la piste sans quitter les empreintes des yeux. Le cortège contourna la colline et s'arrêta au bord de la vallée qui s'étendait devant eux. Tiyi leur ordonna de ne pas faire de bruit.

– Laissez les chevaux en retrait ! S'ils hennissent, toutes les bêtes fuiront !

– Les voilà ! dit Aménophis en tendant son bras. Ils boivent au lac.

Après avoir demandé aux valets d'attendre un peu avant de les rejoindre, Tiyi enfourcha l'un des chevaux et avança lentement vers le lac. Aménophis l'imita. Tous deux progressèrent comme des fauves à l'affût d'une proie. Quelques bêtes levèrent alors la tête, à l'écoute. Comme un mouvement de panique commençait à s'amorcer, Tiyi lança soudain son cheval au galop. Elle choisit l'un des taureaux les plus imposants et le dépassa. La bête se déporta sur le côté. Elle le rattrapa une nouvelle fois, l'encercla, tourna autour d'elle et reprit sa course folle dans le désert.

Les autres bêtes s'étant dispersées, Aménophis poursuivait, lui aussi, un taureau sauvage. Après l'avoir fatigué, il crut bon de tendre son arc et lui décocha plusieurs flèches qui l'excitèrent. La bête, furieuse, fonça sur Tiyi.

– Que fais-tu ? lui cria-t-elle. Tu l'as blessé ! Ce taureau est très dangereux !

Tiyi évita que la bête ne se ruât sur son cheval. Elle s'éloigna et reprit son taureau en chasse. Au moment où le cortège arrivait, la bête lui faisait face. Énorme, lourde, puissante, elle la regardait, prête à attaquer. Sûre d'elle, Tiyi se tint alors très droite sur son cheval. Elle prit le temps de préparer ses flèches et tira sans trembler entre les yeux de l'animal dont les pattes de devant fléchirent. Sans perdre de temps, elle lança quatre autres flèches et descendit de cheval.

– Attention ! cria-t-elle aux valets qui se précipitaient vers elle. Le prince poursuit un taureau furieux ! S'il fonce sur vous, vous êtes morts !

Les assistants s'empressèrent de ligoter les pattes du

taureau terrassé et le tirèrent sur un char. Aménophis poursuivait toujours le taureau blessé. Lui-même commençait à perdre de sa lucidité. Sebeti et Resh crurent bon de lui porter assistance. Tous trois réussirent finalement à maîtriser la bête qu'ils attachèrent avec fierté, la tête en bas, à une perche solide.

*
**

Le retour à Memphis fut glorieux. Après avoir capturé trois gazelles, quatre antilopes et quelques lièvres, les chasseurs fêtèrent leurs succès à Athribis avant d'embarquer.

Dès qu'Aménophis entra dans la ville, Tiyi manifesta le souhait d'honorer et de remercier les dieux.

– Offrons à Ptah le plus beau de ces taureaux, lui dit-elle.

– Le tien est sans doute la plus belle proie de cette chasse.

Ils se rendirent au temple de Ptah et de sa parèdre Sekhmet. Le Grand Prêtre Ptamosis les reçut avec joie et les félicita.

– Le dieu des artisans Ptah est désormais accompagné du dieu des parfums Nefertoum comme tu le souhaitais, dit-il à Aménophis. La fleur de nénuphar troublant les narines du dieu Soleil a enfin sa statue en ce lieu.

Le Grand Prêtre Ptahmès, fils du vizir Thoutmès, rejoignit le prince et se réjouit de cette offrande exceptionnelle.

– Ptah nous le rendra bien ! dit-il. En tant que prêtre chargé du culte d'Amon avec ton beau-frère Aânen, je suis en droit de te demander de ne pas oublier le dieu de Thèbes et de te montrer équitable.

– J'ai décidé de lui offrir le taureau que j'ai moi-même tué. La fête de la Vallée ou celle d'Opet seront d'excellentes occasions de lui démontrer combien nous sommes fiers d'être ses enfants.

– Voilà une sage décision, répondit Ptamosis.

– Je ne veux pas déplaire aux divinités locales, reprit Aménophis. Nous avons rapporté d'autres bêtes qui satisferont Renenoutet, Sokar l'efficace assistant d'Osiris, et quelques divinités étrangères que les Égyptiens vénèrent autant que les leurs. Je pense aux déesses Anat, Qadesh et Astarté dont le temple resplendit de mille mystères ainsi qu'aux dieux Bâal et Aton.

Satisfaite que son taureau ne fût pas sacrifié à Aton, Tiyi laissa son époux mander Aperhel chargé du culte du dieu solaire bien qu'elle jugeât le domaine de quatre cents aroures et les milliers d'oies et de porcs qui lui étaient consacrés excessifs.

Comprenant le silence de Tiyi, Aménophis la pria de ne plus songer à Hinutimpet.

– Je vois bien qu'elle a eu de l'influence sur toi, lui répondit Tiyi. On dit même que tu souhaites financer la réalisation d'une de tes statues avec ce que rapporte le domaine d'Aton.

– J'y ai pensé. Nous verrons cela plus tard.

– Ce domaine est immense...

– Il est loin d'être aussi étendu que celui d'Amon. Le temple de Karnak fait vivre des dizaines de milliers de personnes qui exercent plus de cent fonctions différentes ! Amon possède quatre cents jardins parfaitement aménagés, des champs immenses, plus de cinquante navires et plus de cinquante villes. Les fils royaux au service d'Amon accomplissent un travail remarquable. Khnoumès et Neferophis veillent sur les greniers et obéissent sans faille à Hebi qui peut être fier des débuts de son fils Ramose.

– Tout cela me semble amplement justifié.

– Jamais l'autel d'Amon n'est dépourvu de fleurs arrangées avec art. Les sculpteurs réalisent dans la salle des statues les plus belles effigies de dieux que compte l'Égypte. Toutes les femmes du harem d'Amon sont aussi précieuses que la fiancée de Ramose dont la voix égale celle des déesses. Touya m'a parlé avec chaleur de la compétence de leur Supérieure, la fidèle Temouadjès, qui les surveille et les guide dans l'amour d'Amon.

– Je ne te reproche rien, Faucon d'or, répondit humblement Tiyi. Je connais la générosité de Pharaon et je sais combien il te tient à cœur, comme l'a fait Thoutmosis IV, de développer le culte des dieux secondaires et locaux.

– En effet. Je souhaiterais que le dieu crocodile Sobek ait sa statue à Sumenu car de grands fonctionnaires originaires de cette région travaillent depuis des générations au palais de Thèbes. Je voudrais honorer le dieu Thot d'Hermopolis gardé par le Grand Prêtre Taïtaï avec des dizaines de babouins gigantesques et autant d'ibis. La déesse Mout, femme d'Amon, ne sera pas oubliée...

Comme Tiyi demeurait silencieuse, Aménophis l'entraîna à l'écart.

– Ma princesse, *aton* est avant tout le disque solaire qui illumine notre pays et donne la vie. Thoutmosis Ier le vénérait déjà comme une véritable divinité sous la forme d'une déesse assise. Aménophis II était parfois appelé le roi de tout l'espace enveloppé par le disque d'Aton. Mon père s'est réjoui de combattre en ayant Aton avec lui car il pouvait alors détruire des collines ou des monts. Il espère bénéficier toute son existence de la main d'Aton. Toute la famille d'Hebi vénère Aton qui figurera dans sa tombe et qui rappelle à tous qu'Aton a décidé de rendre Thoutmosis IV éternel.

– Je connais les pensées de Thoutmosis IV et de Néfertary à ce sujet, répondit Tiyi. Aton reste *aton*, notre Soleil sous la forme de son disque lumineux. Mais je ne veux pas oublier Ptah ni Amon dans mes prières et je me réjouis que tu songes aussi aux autres dieux. Ces projets démontrent que les paroles d'Hinutimpet ou celles du vieil Abraham dont elle t'a si souvent parlé ces derniers jours n'ont pas fait leur chemin dans ton esprit.

– Que crains-tu d'Hinutimpet ?

– Qu'elle n'attire sur l'Égypte le courroux des dieux.

– Je vais dès maintenant prendre des mesures pour qu'ils soient tous satisfaits. Tu pourras ainsi dormir dans la paix.

*
**

Curieusement, alors que le soleil était maintenant très bas et qu'il ne dorait plus que la cîme de quelques collines lointaines, Tiyi fut illuminée par un violent rayon aussi blanc que ceux qui l'éveillaient le matin. Elle saisit le bras de son mari et le pria de regarder.

– Que se passe-t-il ? lui demanda-t-il, surpris. Il n'y a là que des champs rougis par le soleil couchant et quelques ânes qui somnolent debout.

Les buissons recouverts de sable et les palmiers qui entouraient la ville devinrent de nouveau gris et tristes.

– Tu n'as donc rien vu ? insista Tiyi.

– Non. Et toi ?

– J'ai dû me tromper, dit-elle. Va... Le Grand Prêtre t'attend.

Comme Aménophis rejoignait Ptamosis, Tiyi resta figée face à l'horizon. Le soleil devint de nouveau blanc, presque limpide et tranparent. Les rayons se diluèrent dans l'immensité du ciel. Elle leva alors les yeux vers les cieux qui s'éclairèrent comme en plein jour. Une forme presque humaine se dessina au-dessus d'elle, entre deux nuées. Elle crut reconnaître le visage d'Aton qui lui souriait et s'imposait à elle comme s'il souhaitait l'emporter loin de tous. Toute frémissante, elle ferma les yeux et faillit s'évanouir. Menatou la saisit par les épaules.

– Que t'arrive-t-il, princesse ?

Elle entrouvrit les yeux et s'appuya à son bras.

– Est-il parti ? murmura-t-elle.

– Qui ?

– Tu l'as vu comme moi et tu as compris, Menatou. Je le sais car tu comprends tout.

XXX

Dès que Tiyi et Aménophis eurent rendu hommage aux dieux, la princesse entraîna son époux à Medinet el-Gourob. Elle voulait rester seul avec lui.

– Il est peut-être temps de retourner à Thèbes, lui dit Aménophis. Mon père va s'impatienter.

Mais Tiyi sut se montrer persuasive.

Quand ils arrivèrent à Medinet el-Gourob, le palais était en effervescence.

– À force de clamer partout que l'or se trouve en Égypte plus facilement que le sable, que les biens sont plus nombreux que les grains de poussière et que chacun s'échange ici des cadeaux pendant que Rê illumine nos villes, le roi du Mitanni fait sans cesse appel à la générosité de Pharaon ! criait Amenhotep.

Peu chaleureux avec les Mitanniens, l'architecte se souvenait encore des batailles que Thoutmosis III avaient menées contre les Mitanniens bien qu'il fût alors très jeune.

– Pharaon m'a fait suivre aujourd'hui deux messages d'Artatama ! N'a-t-il pas tout gagné en persuadant Thoutmosis IV de devenir son ami ?

L'architecte ne redoutait manifestement pas que ses

propos fussent rapportés. Habitué à respecter son roi et ses supérieurs, il ne cachait, cependant, pas son caractère exigeant.

Tout en tendant nerveusement les messages d'Artatama à son scribe, il surveillait le déchargement des matériaux apportés des régions les plus diverses.

– Voilà du grès de Moyenne Égypte, lui dit l'un de ses assistants.

– D'où vient-il ?

– De Deir el-Bersheh.

– Il me paraît d'excellente qualité.

Amenhotep le toucha du bout des doigts et admira ses reflets.

– Il est différent du grès du Gebel es-Silsileh. Nous saurons en tirer profit. Nous pourrions aussi ouvrir une carrière à Deir el-Bersheh.

L'architecte vérifia d'autres chargements de calcite en provenance d'Hatnoub, de granite d'Assouan et de quartzite du Gebel Ahmar.

– Où est le calcaire ?

– Les chars vont arriver de Memphis. Comme tu en voulais en grande quantité, nous avons envoyé un messager à Thèbes. Le vizir du Sud devrait contacter Thoutmès à ce sujet.

– Bien ! Voyons ces briques de Qaou... Nous pourrons bientôt commencer les travaux. Le pharaon souhaite agrandir ce palais. Je veux que des stèles soient placées à l'entrée des nouvelles carrières ou dans celles que l'on va réouvrir. Je tiens aussi à ce qu'y soit mentionné l'objectif de ces chantiers. Si le roi s'y rend, il doit y lire le détail de nos projets. Quant au peuple égyptien, qu'il apprenne ainsi à ses enfants avec quel courage a travaillé Amenhotep fils de Hapou !

Le chef des travaux appela ses acolytes et réclama ses plans au scribe.

– Je vais me rendre moi-même dans les carrières pour surveiller le transport des autres matériaux et leur extraction. Que des fantassins en poste à Memphis m'accompagnent ! Après quoi je pourrai constituer mes équipes. Puissé-je vivre cent dix ans pour accomplir toutes mes tâches ! Je contenterai ainsi le cœur de mon père Hapou et de ma mère Itou et j'aurai l'occasion entre deux chantiers commandés par Pharaon d'embellir ma chère ville d'Houteryibet et ma province de Kemour.

– Je t'approuve, digne Amenhotep ! lui dit Tiyi en riant. Tu ne ménages décidément pas tes efforts ! Si tu continues à travailler autant jusqu'à cent dix ans, tu obtiendras tellement de titres et de récompenses qu'aucune stèle ne sera suffisamment grande pour que tu puisses y graver les détails de tous tes travaux !

Amenhotep se prosterna devant le prince.

– Dois-je avouer mon rêve ? poursuivit Amenhotep. Ce serait de pouvoir faire creuser des lacs près de la ville qui m'a vu naître et ordonner la restauration des domaines divins, notamment celui d'Horus qui est très endommagé.

– Je n'entends là que d'excellentes paroles, approuva Tiyi en se tournant vers son mari.

– En effet, répondit Aménophis. J'en parlerai à Thoutmosis et je te promets, bon Amenhotep, que l'image de ta province sera inscrite près des représentations du roi toutes les fois que ce sera possible. Même si tous les Égyptiens ne comprennent pas la référence à Kemour, ceux qui y habitent y seront sensibles !

– Je n'oublie pas, prince, que Pharaon m'a nommé directeur des prêtres d'Horus et chef de Kemour. Le Seigneur des deux terres m'a même prouvé son immense bonté en mettant à ma disposition des artisans qui vont réaliser dans les ateliers du palais une statue d'Horus serpent.

– Je reconnais là la grandeur d'âme de mon père.

– Il faudrait déjà songer au futur temple et à la sépulture du Faucon d'or... ajouta Amenhotep. Plus vite nous les sculpterons, plus beaux ils seront. Un roi préfère voir sa tombe achevée avant de disparaître, ce qui est malheureusement le cas de peu de souverains !

– J'en ferai part à Pharaon, promit Aménophis, flatté. J'admire ta capacité de travail et ton caractère.

– J'ai plusieurs devises parmi lesquelles celles-ci : « détourne-toi immédiatement de ceux qui te veulent du mal » et « laisse de côté ceux qui crient à mauvais escient ». Les dieux me tiennent ainsi éloigné des fâcheux et des jaloux.

Comme les jumeaux Souty et Hor arrivaient avec une foule de sculpteurs, de peintres et de faïenciers habiles dans le travail du verre coloré, Tiyi attira son mari à l'écart.

– Je veux de nouveaux matériaux, continuait Amenhotep avec enthousiasme. Étonnez-moi avec des formes inattendues. Que les couleurs chantent et fassent pâlir les rais du soleil par leur éclat !

Le visage fin et menu de Tiyi disparaissait presque au centre de sa perruque à la mode, épaisse et volumineuse. De ses magnifiques yeux en amande, elle admira les traits de son époux qui embellissait en vieillissant. Lui aussi avait des yeux si étirés qu'ils paraissaient plus bridés encore sous l'effet du maquillage. Ses pommettes hautes et son menton saillant mettaient en valeur sa bouche sensuelle dont la lèvre supérieure était particulièrement épaisse et admirablement dessinée. Ses fossettes lui donnaient un air agréable.

Aménophis avait choisi le matin même des colliers et des bracelets en or qu'il portait en haut des bras. La ceinture qui retenait son pagne plissé était ornée de dessins complexes où l'on reconnaissait le Soleil et le cartouche de son père.

– Prince, retirons-nous et tenons-nous loin de cette agitation, suggéra Tiyi.

– Que proposes-tu ?

Mais le son d'une voix familière se fit alors entendre.

– As-tu reçu la lettre d'Artatama ?

– Ton père est exigeant, dit Amenhotep. Pharaon lui envoie chaque mois de l'or et des pierres. Qu'il attende !

– Mais il doit négocier avec le roi du Hatti !

– Je m'en occuperai dès que j'aurai reçu des instructions de Pharaon. Il s'est contenté de me faire suivre ces rouleaux sans me donner d'ordres.

– Hinutimpet ! s'exclama Tiyi en levant les yeux vers le balcon d'apparition. Les femmes du roi sont-elles de retour à Gourob ?

Quand elle reconnut le char d'Aménophis, la Mitannienne se précipita vers le prince. Mais Tiyi sut abréger cet entretien.

– Je retourne à Akhmim, dit-elle à Aménophis. Peut-être me montreras-tu le lieu que Pharaon a choisi pour créer une ville à mon nom ?

– Rien n'est encore décidé, lui répondit discrètement Aménophis.

Mais Tiyi le supplia tant qu'il finit par accepter. Le couple n'attendit pas le lendemain pour repartir dans le village de Tiyi. Ils passèrent plusieurs jours à faire des promenades à cheval dans les oasis, à profiter de la nature, à visiter les sanctuaires de leurs ancêtres, à pêcher et à chasser pour leur seul plaisir.

Accompagné, au début, d'une petite escorte, Aménophis finit par sortir sans garde comme un simple particulier. Jamais il ne s'était senti aussi gai. Le septième jour, un coursier arriva de Thèbes.

– Mon père me réclame, dit Aménophis à son épouse. Il revient à Memphis.

– Je savais bien que cette vie idyllique s'achèverait un jour, répondit Tiyi. Je vais ordonner de préparer les coffres. Sans doute allons-nous retourner à Medinet el-Gourob...

– Ce sera plus sage, lui répondit tristement Aménophis. Mais je n'oublierai jamais les merveilleuses journées que nous avons passées ensemble et je te promets de renouveler l'expérience dès que possible.

Tiyi parut soulagée. Elle saurait le lui rappeler et provoquer l'occasion de se retrouver seule avec son mari.

– Mon père me rappelle, à juste titre, que nous approchons de la fête d'Opet.

– Tu pourras ainsi offrir à Amon le taureau que tu as abattu à Chetep.

– Telle est bien mon intention !

XXXI

Malgré sa promesse, Aménophis ne retrouva pas dans les mois qui suivirent quelques jours à consacrer à Tiyi qui se confiait plus facilement à Menatou.

– Je ne vois jamais mon époux, se plaignait-elle chaque jour. J'espère tous les mois qu'il sera plus disponible mais son père l'accapare. Il achève ses journées tard dans la nuit en participant à des festins qui m'ennuient.

– Il y traite, à la demande, de Pharaon, de questions importantes. Les relations diplomatiques de l'Égypte avec ses alliés sont primordiales. Tant d'entre eux passeraient si facilement à l'ennemi !

– Je ne reproche rien à Aménophis, répondait Tiyi. J'aimerais m'impliquer davantage dans son travail, l'aider, lui donner des conseils...

– Pharaon ne le souhaite pas.

– Pharaon ou Néfertary ?

– Tu sais comme moi combien t'apprécie la Grande Épouse, répondait Menatou qui ne pouvait, cependant, nier que Néfertary se montrait souvent agacée par les caprices et les exigences de Tiyi.

– Néfertary a demandé une entrevue à ma mère. Elle va encore lui parler de moi !

– Touya sait prendre ta défense et rappeler à la Grande Épouse que c'est elle qui a arrangé ton mariage avec le prince. Elle plaide ta cause même si elle te sermonne souvent.

– Comment le sais-tu, Menatou ? Écouterais-tu aux portes ?

– Les deux femmes que je respecte le plus dans ce palais ont souvent des altercations que nul ne peut ignorer. Le ton de leur voix monte. Elles se fâchent parfois alors qu'elles étaient auparavant si complices...

– Veux-tu dire que je suis la cause de leurs querelles et que ma mère risque de perdre ses titres par ma faute ?

– Non, Tiyi. Il ne s'agit que de désaccords qui ne remettent pas en péril l'affection que la Grande Épouse éprouve pour ta mère et pour toi.

– Tu me rassures.

Tiyi souhaitait aborder un sujet dont elle ne savait s'il offusquerait Menatou.

– Ma mère m'a laissé entendre que la Grande Épouse songeait déjà à un petit-fils... Nous sommes trop jeunes pour avoir des enfants. Je préfère attendre.

– La Grande Épouse a elle-même été fatiguée ces derniers mois par des grossesses successives qui lui ont causé du souci. Méryrê s'occupe autant d'Aakheperourê et de Satoum que de sa propre fille Nebetia. La petite Tanoutamon est toujours souffrante et tout le monde se demande si elle vivra plus longtemps que le pauvre Amenhemat. Pour plaire au roi, Horemheb a fait représenter la petite dernière, la jeune Imenemepet, dans sa tombe. Il la porte sur ses genoux pendant un festin auquel assiste sa mère. J'ai vu ce dessin. Il est si touchant ! La petite tend vers Horemheb qui l'aime une fleur magnifique, signe de sa tendresse.

– Néfertary ne restera pas insensible à l'hommage du confident de son mari, yeux et jambes du Seigneur suprême, porte-étendard, directeur de troupeaux et des terrains d'Amon, chef des recrues, des prêtres et des scribes de l'armée, scribe royal et responsable des animaux volants.

– Tu dois comprendre la Divine, si courageuse dans toutes ses épreuves. La naissance d'un prince la comblerait de nouveau. Le roi prétend qu'il a besoin d'un Ahmès à qui il confierait son trésor, son argent et son or, qui dirigerait tous les chantiers, les troupeaux et les chefs du grenier. Il le nommerait prêtre pur d'Atoum à Héliopolis. Ce futur chancelier, Voyant parmi les voyants, soutenu par Rê, chéri par son père, ferait revivre Héliopolis et accroitrait les tas de céréales jusqu'à ce qu'ils atteignent les cieux !

Bien qu'il comprît que la princesse lui cachait quelque chose, Menatou n'insista pas. La fatigue et la contrariété n'expliquaient pas l'attitude de Tiyi. Le chambellan attendit que la jeune fille se révélât. Il crut pendant un instant qu'elle allait lui parler. Mais ses lèvres se fermèrent et son visage garda les marques de la tristesse.

*
**

Les jours qui suivirent firent oublier tous les soucis car le peuple égyptien s'apprêtait à célébrer la fête de la Vallée. Au comble de la joie, Hinutimpet avait tenté de convaincre Abraham de participer aux réjouissances égyptiennes.

– Viens avec tes fils ! Même le jeune Moïse peut assister aux danses et au voyage d'Amon.

– Comment peux-tu me demander cela, toi qui ne t'intéresses qu'à Aton et qui dédaignes les autres dieux ? Que t'importe le destin d'Amon et les réjouissances que les Égyptiens organisent en son honneur !

– Bien que tu aies raison, ces fêtes apportent tellement de bonheur qu'elles ne peuvent se dérouler sans Aton. Notre pharaon est de plus en plus sensible à mes théories. Je crois que je réussirai enfin à le convaincre !

– Le convaincre qu'il existe un dieu unique ? Mais s'agit-il d'Aton ?

Hinutimpet refusa de discuter. Un message l'avait mis d'excellente humeur à la veille de la Grande Fête. Elle avait appris par son père que Pashed se consolait enfin de son départ et qu'il s'était marié avec une Mitannienne qui lui avait déjà donné une fille. Hinutimpet avait beau fouiller dans ses souvenirs, elle ne se rappelait que très peu de Pashed. Tant d'événements s'étaient déroulés depuis qu'elle avait quitté le Mitanni. « C'est sans doute mieux ainsi, se dit-elle. Mon père m'apprend que cette enfant sera élevée avec le fils de mon frère. Elle aura ainsi une excellente éducation. Je demanderai à mon père de venir avec Sutarna lors de son prochain voyage. Mon frère était encore jeune lorsque j'ai quitté le Mitanni. J'aimerais le connaître davantage. La fête de la Vallée n'est-elle pas une excellente occasion de l'inviter en Égypte ? » Mais les menaces hittites la firent hésiter. « Si le roi du Hatti décidait précisément d'attaquer notre pays en l'absence de mon père ? Je vais convaincre Thoutmosis d'envoyer un message à Artatama. Il saura prendre la plus sage des décisions. Quel bonheur ce serait de le revoir au milieu d'un peuple en liesse ! »

Dans le temple de Karnak, Aânen distribuait des ordres précis et tempêtait devant la nonchalance des prêtres.

– Nous fêtons demain le dieu Amon et rien n'est prêt ! Jamais depuis que la navigation du dieu vers l'ouest n'existe, les préparatifs n'ont été aussi lents ! La barque d'Amon que nous devons déposer sur un solide navire pour traverser le Nil n'a pas été repeinte. Les prêtres du clergé n'ont même pas été vérifier les alentours de Deir el-Bahari ! Les policiers sont-ils en poste en haut de la falaise ?

Le Grand Prêtre Amenemhat lui rappela qu'il ne dirigeait pas la police thébaine et que le vizir avait dû prendre ses dispositions.

– Depuis le début de la saison de Chemou, je pense à cette fête. Les prêtres purs ont trop attendu. Demain, Amon naviguera vers la vallée de Nebhepetrê Montouhotep II. Or nos prêtres sont tout juste bons à écrire sur les rochers qui dominent le cirque de Deir el-Bahari le spectacle qu'il voit lorsque la fête bat son plein !

– Ne te trouble pas et retrouve ta sérénité, Aânen. Ton père m'avait assuré que tu savais garder ton sang-froid en toute occasion. J'avoue que ton attitude m'étonne. Je ne t'ai jamais vu si excité !

– J'ai conscience de l'importance de la visite du dieu Amon aux divinités de l'Occident. Le naos sous lequel la statue du dieu va être déposée me paraît en piteux état. Le grand navire *Ouserhat* ne resplendit pas de son éclat habituel. Sa coque est terne et triste. Que vont penser tous ces ambassadeurs et ces visiteurs étrangers qui se déplacent spécialement à Thèbes pour notre fête de la Vallée ?

– Tu exagères sans doute un peu. Les dieux te rendent

soudain bien exigeant, toi qui trouves toujours que le monde éclairé par Rê est en tout point parfait ! Les devins ont parlé : la fête se déroulera sous les meilleurs auspices !

– Les canaux de la rive ouest sur lesquels doit naviguer l'*Ouserhat* d'Amon n'ont pas été nettoyés. Les rues dallées ou ornées de sphinx n'ont pas été protégées par des policiers en faction.

– L'enceinte les abrite suffisamment. La barque d'Amon naviguera sans problème par le canal principal qui aboutit au temple d'Hatchepsout.

– Et dans quels temples sera-t-elle déposée ? Nous établissons d'ordinaire un parcours précis. Nous dressons la liste des temples de millions d'années qu'Amon visitera car il ne peut, hélas, se rendre partout !

– Comme d'habitude, celui d'Aménophis Ier ne sera pas oublié. Tant d'Égyptiens vénèrent encore l'ancêtre de Thoutmosis IV et sa divine mère Ahmès-Néfertari ! La barque se rendra donc au Menset, le temple d'Aménophis Ier, et terminera son trajet au petit temple de Djeserset à Medinet Habou. L'autel et le reposoir d'Hatchepsout et de Thoutmosis III l'y attendent. Là pourront être sacrifiés les taureaux et les gazelles qu'Aménophis III a rapportés hier de sa chasse dans le désert.

– Les Anciens pourront ainsi contempler le cortège qui longera les temples d'éternité de nos anciens pharaons.

– C'est exact. Ce trajet contentera le peuple qui le suivra avec plaisir.

– Pourquoi ne m'as-tu pas dit plus tôt que tu avais établi le programme ? Je devrais être le premier informé !

– Aânen, j'avais reçu des ordres stricts de Pharaon. Personne ne devait connaître le trajet emprunté par la barque *Ouserhat* avant aujourd'hui. Je te demande de garder le secret.

– Que redoute le roi ?

– Il prétend, à juste titre, que les surveillances se relâchent pendant la fête et qu'il serait facile d'attaquer la famille royale et les hauts fonctionnaires lorsqu'ils se trouvent dans le cirque de Deir el-Bahari. Aucune fuite n'est possible quand Pharaon officie en haut du temple d'Hatchepsout ou dans celui de Montouhotep II.

– En effet. Mais les policiers veillent.

– Même le parcours sur le fleuve est dangereux. Nous ne pouvons, cependant, renoncer à cette fête que nos ancêtres célébraient avant nous. Amon ne nous le pardonnerait pas !

– Je te remercie de ta confiance et de ta sincérité, répondit Aânen en retrouvant son calme. Thoutmosis IV sera heureux de notre travail.

Les oiseaux, effrayés par les cris d'Aânen, avaient quitté le pyramidion des obélisques pour rejoindre le temple de Mout. Ils revinrent les uns après les autres et voletèrent entre les pylônes à l'affût de quelques miettes d'offrandes.

– Ouvrez les portes de la chapelle ! ordonna le Grand Prêtre à des desservants. Je vais rendre visite au dieu pour la dernière fois avant le jour de sa sortie. Respectez les règles et attendez-moi là ! Pharaon ne reviendra pas aujourd'hui.

XXXII

Néfertary se désintéressait des cris de joie des Thébains qui organisaient chaque soir des fêtes tardives sur les terrasses de leurs maisons. L'excitation était telle que la plupart ne dormaient plus pendant la nuit. Ils buvaient, mangeaient et profitaient des jours fériés pour multiplier les siestes. Les femmes préparaient des pâtisseries si bien que tous les fours étaient en activité malgré l'écrasante chaleur. Les enfants aidaient à la décoration des appartements et à la préparation des cadeaux car nombreux étaient ceux qui profitaient de la fête de la Vallée pour s'échanger des présents.

Les jeunes gens avaient écumé les marchés à la recherche d'un bracelet, d'une bague ou d'un parfum. Les marchands s'étaient installés le long du Nil depuis la fin du premier mois de Chemou. Ceux qui étaient arrivés les derniers avaient dû choisir un lieu plus retiré. Vendeurs de pierres semi-précieuses, de coussins colorés, de bijoux à bas prix, de statuettes divines, d'amphores de vin, de rhytons grecs, de vases à boire ou de tuniques et de pagnes côtoyaient des étrangers aux marchandises plus raffinées venant de régions lointaines. Leurs chameaux, assis près de leurs étals, dodelinant de la tête et les yeux mi-clos, paraissaient impassibles devant le passage bruyant des clients. Chassant les mouches avec de longues tiges de roseaux, les commerçants ne cessaient de parler, inventant des aventures vécues à des jours et des nuits de Thèbes.

– Ferme cette fenêtre avec ce pan de tissu, dit doucement Néfertary à sa fille Tiâa. Méryt va t'aider.

La nourrice choisit dans l'un des deux coffres de la chambre un tissu sombre qui ne laisserait pas passer la lumière.

– Tanoutamon ne cesse de gémir. Elle transpire. Son front est chaud. Il faut absolument la protéger des rayons. Le médecin semble impuissant. Dois-je consulter des magiciens ?

Sans quitter le chevet de sa fille dont elle tenait la main, Néfertary parlait vite et semblait perdue. En voyant sa mère désespérée, Pyhia sanglota.

– Ne reste pas ici, lui dit Méryt en l'emmenant à l'écart. Ta sœur est fatiguée. Si elle veut assister aux fêtes d'Amon, elle doit se reposer.

Comme Iaret, à qui rien n'échappait, venait aux nouvelles, Néfertary ordonna au garde Neferoueref de lui interdire la porte de sa fille.

– Iaret, il ne s'agit que de ma jeune fille. Elle ne prétend pas régner un jour si ce n'est en épousant l'un de ses frères. Or, le Faucon d'or est déjà marié ! Tu serais sans doute plus heureuse si je perdais encore un fils...

– La douleur t'égare, Grande Épouse, lui répondit effrontément Iaret. Je peux comprendre la tristesse d'une mère qui voit son enfant malade.

– N'avance pas ! Neferoueref, je t'ai donné des ordres !

– Rassure-toi, je n'approcherai pas.

– Dès que tu as posé les pieds dans ce palais, tu as

séduit le roi pourtant attiré par de belles filles. Comment ? C'est un mystère car tu es vieille et piailleuse. Ton seul objectif est d'obtenir le maxium de titres pour ton petit-fils et Pharaon est trop bon pour te les accorder !

Say s'avança vers la mère de Maïerperi et l'invita à se retirer. La nourrice Baketemané, qui avait accompagné Iaret et qui avait souvent écouté sa fille dans des moments difficiles, proposa son aide.

– Entre, lui dit Nefersekeru qui ne quittait pas sa maîtresse et qui ne cessait de lui recommander le repos.

La Grande Épouse approuva son conseiller.

– Qu'Iaret parte mais, toi, tu peux rester !

Nefersekeru invita une nouvelle fois Néfertary à laisser le chevet de sa fille.

– Tu me dis de dormir, vénérable conseiller. Mais comment le pourrais-je alors que les médecins sont incapables de me dire si ma fille vivra encore après la fête de la Vallée ?

– Tous les fonctionnaires attendent dans l'entrée. Les Grands Prêtres se demandent s'ils doivent annuler les réjouissances. Pharaon prie Amon et Aton.

– Que ferais-tu à ma place, Nefersekeru ? Si nous décevons Amon, le dieu se vengera peut-être sur ma fille.

– Je célébrerais la Grande Fête comme si toute la famille royale était en bonne santé et j'éviterais d'ébruiter la nouvelle de sa maladie. En attendant, consulte des magiciens. On prétend qu'Iaret connaît toutes les vertus des plantes. Peut-être n'aurais-tu pas dû la chasser d'ici...

– Allons, Nefersekeru, si elle sait si bien quels bienfaits tirer des plantes, elle doit aussi maîtriser la magie noire. Es-tu assez savant pour distinguer une potion néfaste d'une bonne préparation ?

– Pas moi, Divine, mais je peux faire venir quelqu'un qui supervisera le travail d'Iaret.

Néfertary se leva et laissa sa fille dormir.

– Elle est moins agitée. Je dois, cependant, trouver une solution. Dans mon état, les médecins me conseillent de ne pas me faire de souci. Ils me paraissent décidément tous aussi incompétents les uns que les autres. On raconte que les Hellènes et les Crétois sont plus habiles que nous dans le domaine de la médecine.

– Je ne le crois pas, répondit le conseiller. Laisse-moi m'entretenir avec Iaret. J'insiste car elle a su soigner des Hébreux atteints d'une maladie incurable. Aucun ne veut reconnaître sa science. Ils prétendent tous que leurs prières les ont sauvés mais j'ai lu les rapports de mes hommes à ce sujet. Je suis convaincu qu'Iaret possède un don et une connaissance extraordinaire des plantes.

Nefersekeru insistait tant que la Grande Épouse finit par accepter.

– Je ne lui demanderai pas moi-même cette faveur. Je t'en laisse la charge.

– Pharaon et son épouse n'ont pas besoin de demander. Qu'ils ordonnent et leurs sujets s'exécutent !

– Iaret n'est pas comme les autres. Son pouvoir de conviction sur Thoutmosis IV dépasse l'entendement.

– Précisément. N'a-t-elle pas là abusé de quelque philtre d'amour ? Jamais je n'ai vu le roi s'intéresser à une femme aussi âgée ! Ne devait-elle pas retourner chez elle ? Au lieu de quoi, après une visite à son petit-fils, elle s'est vu attribuer une chambre luxueuse.

– Et je soupçonne Pharaon de lui préparer un domaine pour elle et sa fille ! Elles seront bientôt mieux traitées que les princesses étrangères. Hinutimpet a refusé beaucoup d'honneurs. Quand elle a quitté son pays, elle a traversé le désert avec un important cortège de servantes et cinquante Mitanniennes sont encore à son service mais elle n'a jamais exigé une terre, ce que son père aurait pu réclamer à juste droit. Elle n'est guère mieux traitée que les autres femmes.

– Je ne t'ai jamais entendu parler d'Hinutimpet en ces termes, s'étonna Nefersekeru. Je reconnais que ton jugement est juste.

– Viens dans mes bras Pyhia et cesse de pleurer. Nous trouverons une solution pour que ta sœur guérisse.

L'enfant courut vers sa mère.

– Fais comme tu le dis, Nefersekeru. Je sais que tu n'agiras pas à la légère.

Comme un bruit de trompette retentissait sous la fenêtre, la Grande Épouse se montra agacée.

– Ne pas informer la population de la souffrance de ma fille est difficile. Je voudrais que l'on respecte au moins son repos.

– Reine, montre-toi courageuse. Les fêtes donnent l'occasion au peuple de se réjouir plus que de raison. Tu entendras jour et nuit des explosions de joie, des rires, des Thébains ivres qui chanteront dans les rues...

Un nouveau bruit de trompette couvrit la voix du conseiller.

– Les danseuses arrivent... J'ai vu Mahi et Timia leur montrer la salle où elles se produiront. Elles ont été louées pour sept jours.

– Qu'Amon soit content et qu'il écoute les prières de Pharaon ! dit Néfertary. Nous sommes de bons souverains, équitables selon la volonté de Maât et attentifs aux souhaits des dieux. La disparition de mon fils m'avait tant affectée que je ne supporterais pas celle de ma fille.

XXXIII

Quelques heures plus tard, la chambre de Tanoutamon se transforma en véritable laboratoire. Fière d'être rappelée, Iaret prenait un temps infini à méditer, à observer Tanoutamon et à s'interroger sur les plantes qu'elle choisirait pour soigner la princesse.

– Iaret, je dois te prévenir que la reine sera impitoyable si sa fille traverse le Nil à cause de tes mixtures, lui dit Nefersekeru.

– Il s'agit donc d'un piège ! dit en ricanant la mère de Maïerperi. Si Tanoutamon disparaît alors qu'elle est très malade, la reine m'en rendra responsable et me condamnera à mort. Par Amon, je préfère refuser ce marché !

– Il ne s'agit pas d'un marché, Iaret, mais d'un ordre ! Tu n'as pas le choix. Si tu refuses de tout tenter pour sauver la princesse, tu seras jetée en prison ! Thoutmosis IV n'interviendra pas pour te sauver. Tous les Égyptiens ont recours à la magie qu'ils soient riches ou pauvres. Ils connaissent de nombreuses recettes mais je vais faire venir ici un grand spécialiste. Il contrôlera ton travail. J'ai également fait sortir de la Maison de Vie les textes de magie écrits par les scribes et les fonctionnaires qui étaient au service d'Aménophis II. Prends garde à ce que tu écris car nous savons quel pouvoir l'écriture peut avoir sur les êtres et les choses.

– Je constate, conseiller, que tu me fais confiance ! répliqua Iaret avec ironie sans lever les yeux de son papyrus. Je suis en train de réfléchir aux compositions que je vais faire et toi, tu me perturbes en me menaçant ! Nous sommes dans une période sensible, à la veille d'une grande fête... Tout cela ne me plaît pas.

– Peut-être pourrais-tu avoir recours à un prêtre-ouab qui accédera d'autant plus facilement aux pensées des dieux qu'il est pur.

– Le magicien est également un prêtre doublé d'un médecin, répondit Iaret. Je possède le fluide magique qui fait fuir les bêtes sauvages quand le roi part en expéditions. Puisque nous allons honorer Amon, il faudrait rendre un culte spécial au cobra qui possède à Karnak autant de statues qu'il y a de jours dans une année. Je vais appeler Sekhmet qui porte le sceptre ouadj pour qu'elle s'apaise si elle est en colère, le dieu Sobek pour qu'il éloigne de la tête de Tanoutamon cette chaleur qui envahit son front, le dieu Thot de l'écriture et Osiris qui est le dieu-symbole de la magie depuis que son épouse lui a permis de ressusciter.

Malgré les refus d'Iaret, deux prêtres purs se présentèrent devant le conseiller qui leur demanda de noter tous les gestes et toutes les décisions de la magicienne.

– J'aurais besoin d'un chat et d'un scarabée, dit fermement Iaret aux deux prêtres.

– Que comptes-tu en faire ?

– Les tremper dans le lait d'une vache noire.

Elle sortit de nombreuses amulettes en ivoire, des canines d'hippopotame, des statuettes de singes, des femmes tendant devant elles des serpents, de petites stèles protectrices contre les animaux néfastes, des stèles du dieu Toutou, le chef des Génies, des stèles sur lesquelles étaient dessinées des oreilles, signes que les dieux seraient attentifs à ses prières puis elle s'empara d'un signe djed qu'elle entoura d'une corde à sept nœuds.

L'un des prêtres la questionna au sujet de la couleur rouge des figurines.

– C'est la couleur de l'envoûtement ! lui dit-il sur un ton de reproche.

Iaret ne daigna pas lui répondre.

– Si la Grande Épouse me faisait davantage confiance, je lui donnerais des morceaux de sabots d'âne à brûler au moment de son accouchement. Je pourrais ainsi la soulager ! Avec des fumigations de poils de chameaux, je rendrais ses grossesses plus agréables...

– Contente-toi de guérir la princesse, lui dit le conseiller en regardant ce que contenait chaque récipient.

– Le parfum représente l'influence des étoiles. Chacune de ces odeurs émane d'un dieu. Pour capter le dieu Rê, il me faut du sang de coq ou de la cervelle d'aigle, du safran, de l'ambre, du musc, des clous de girofle, du laurier et de la myrrhe. Si je souhaite attirer la déesse Astarté, j'ai besoin de graines de pavot, d'encens, de camphre et d'un peu de sang de la princesse que je ferai brûler dans la tête d'une grenouille bien nettoyée.

Les prêtres-ouab approuvèrent.

– Puisque nous sommes à la veille de la fête de la Vallée pendant laquelle nous entrons en contact avec nos défunts, je vais faciliter le dialogue avec nos chers disparus grâce à un parfum fait de rose, de thym et de bois d'aloès. Quelques feuilles de ciguë, de la jusquiame, de l'if, du pavot, noir celui-ci, et du santal devraient même permettre à certains d'apercevoir leurs parents morts récemment. Je songe ainsi aux Pharaons qui aideraient la princesse à guérir. Quant à vous tous, je vous conseille de marcher en mâchant des feuilles de laurier pour éloigner le mal du palais, de mettre du perséa dans chaque plat pour redonner vigueur et santé à cette enfant, de lui préparer des potions à base d'ail et d'oignon même si les petits n'apprécient guère les mets relevés. Des masques de pain, d'herbe, de bière et d'encens aideraient à faire fuir le malheur.

– Vois-tu autre chose ? demanda le conseiller qui commençait à être impressionné par tant de science.

– Oui. Mettez des fleurs qui prolongent la vie dans cette pièce. Baignez la princesse dans des bains d'iris et faites-lui des infusions de lavande et de camomille pour qu'elle dorme tranquillement. Je conseillerais également à la Grande Épouse de boire des potions de basilic et de marjolaine pour chasser son anxiété.

Iaret se mit à faire de grands gestes et à lever les bras vers les cieux.

– Amon, si tu ne m'obéis pas, je demanderai aux astres de se révolter. Je couperai la tête d'une vache et tu seras bien obligé de m'exaucer. Sinon, Seth aura l'œil crevé, Sobek sera couvert d'une peau de crocodile et Anubis d'une peau de chien.

– Voilà qui leur conviendra certainement, ironisa Nefersekeru que la magicienne toisa avec ironie.

– Écoute-moi, poursuivit Iaret, comme la vache rumine de l'herbe avec passion, comme la nourrice veille sur les enfants, comme le pâtre rassemble ses troupeaux. Sinon, jamais la princesse ne guérira et je brûlerai Osiris pendant les fêtes !

Iaret tendit le bras vers Nefersekeru sans quitter des

yeux la figurine féminine dont elle s'était emparée et qui représentait la princesse Tanoutamon.

– Donne-moi une mèche de cheveux de la princesse, lui dit-elle.

– Maintenant ?

– Bien entendu ! Elle dort. Il est facile de couper une petite mèche de ses cheveux sans la réveiller !

Tandis que Nefersekeru s'exécutait, Iaret prit une lamelle de métal. Elle s'empara d'aiguilles longues et pointues quand l'un des prêtres l'arrêta.

– Tu ne piqueras pas cette figurine ! dit-il en saisissant son poignet. Chaque piqûre occasionnerait de terribles douleurs dans le corps de notre princesse qui entraîneraient la mort.

– Cela n'arrivera pas si je prononce les formules adéquates, répliqua Iaret. Lâche-moi ! Et va plutôt revoir tes leçons de magie ! Je conseille au roi de faire peindre en rouge toutes les portes de ce palais et d'oindre l'encadrement des fenêtres d'onguent. Évitez de faire cuire du poisson aromatisé avec de l'encens et de le manger avant de vous coucher sinon les esprits des Pharaons que nous avons invoqués n'apparaîtront pas et ne nous aiderons pas !

Iaret convoqua le scribe de la reine et lui dicta de très longues recettes de cuisine en insistant sur le fait que tous les membres de la famille royale devaient manger ces mets pour aider la princesse. Elle conseilla également des boissons euphorisantes.

– En entrées, dis aux cuisiniers de préparer des beignets de fleurs de courgette à la menthe et au lotus. Comme plats, je verrais des grillades de foie au cumin et au céleri et des salades au safran, au persil, au poivre, à la sauge et à la ciboulette assaisonnées d'huile d'olive.

Les desserts sont également importants. Voyons... Je prendrais des délices de riz à la muscade décorés de pavot avec du thé au miel ou du lait au fenugrec.

Iaret se dirigea vers la couche de la princesse qui respirait difficilement. Elle suspendit à son cou une statuette sur laquelle étaient écrits ces mots : « Lève-toi et porte-toi bien ! » en prenant garde de ne pas la réveiller. La princesse gémit et laissa retomber sa tête lourdement sur le coussin.

– Crois-tu avoir tout fait ? lui demanda Nefersekeru.

– Je vais maintenant préparer les potions si tous les ingrédients que j'ai demandés m'ont été apportés.

Nefersekeru ordonna aux prêtres d'être extrêmement vigilants.

– Si vous avez le moindre doute, venez me trouver.

Au moment où Iaret achevait son travail, Touya rejoignit Néfertary.

– Comment se porte ta fille ? lui dit-elle très soucieuse.

– Mal, mon amie. Je n'ai plus aucun espoir. Les médecins ne savent quelle maladie la taraude.

– Qui se trouve auprès d'elle ?

– Iaret.

Touya fut si surprise que la Grande Épouse se crut obligée de lui fournir des explications.

– Prions les dieux que tout s'arrange, dit Touya.

– En attendant, ne parle de ce malheur à personne. Aucun Égyptien ne doit être informé avant la Grande Fête !

– Hélas, les divinités nous envoient bien des soucis...

– Nous ? Que veux-tu dire.

– Tiyi paraît si distante ! Elle est devenue autoritaire et exigeante. Elle ne m'écoute guère.

– Tu as pourtant sur elle plus d'impact que moi !

– Le crois-tu vraiment ?

– Oui. Elle est sensible à tes remarques. Elle t'aime tant ! Mais elle accapare parfois le prince à mauvais escient !

– J'en suis désolée, reine, lui dit Touya. Je t'avais prévenue : Tiyi est jeune et impulsive ! Laisse-moi te parler en amie... Tu ne peux lui reprocher ce contre quoi je t'avais mise en garde...

– Je le reconnais, répondit la Grande Épouse.

– Ces derniers jours, elle refuse, cependant, de nous parler et garde pour elle tous ses soucis. Je la trouve renfermée, tourmentée, torturée ! Que se passe-t-il ? Pourrais-tu m'éclairer sur cette attitude bizarre ? J'ai pensé que vous aviez eu toutes les deux une discussion houleuse et que ma fille manifestait ainsi son mécontentement ou sa peine.

– Par tous les dieux, je ne l'ai pas vue ces derniers jours. Ma chère Tanoutamon me cause suffisamment de chagrin !

– Je me suis donc trompée en venant te trouver... Comment se comporte Aménophis ?

– Comme d'habitude ! Tes propos sont étranges ! Ne te poses-tu pas trop de questions ?

– Je connais mes enfants ! Tiyi n'a jamais été ainsi. Il se passe quelque chose dont elle ne souhaite pas nous parler. Pourquoi ? Si tu ne sais rien, si le prince est égal à lui-même et si Pharaon n'a pas réprimandé ma fille, je ne comprends pas ce qui se passe...

– Parle-lui. Le silence n'arrange rien. Est-elle triste ou préoccupée ? Angoissée ou chagrinée ?

Comme Nefersekeru venait faire son rapport à la reine, Touya préféra les laisser seuls.

– J'aurais aimé embrasser Tanoutamon, ajouta Touya...

– Iaret vient de la quitter. Elle s'est apaisée... leur apprit le conseiller.

– Touya, va dans sa chambre, dit Néfertary. Si elle se réveille, elle sera heureuse de te voir. Je te rejoins tout de suite et prions ensemble les déesses de nous aider.

XXXIV

Espérant que son père serait disponible à la fin des réjouissances de la fête de la Vallée qui se prolongerait bien au-delà de la sortie du dieu de son temple de Karnak, Hinutimpet lui envoya un message après en avoir reçu l'autorisation de Pharaon.

La jeune Mitannienne ne pouvait imaginer que Pashed avait décidé de se trouver à Thèbes au moment de la Grande Fête. Servi par une cinquantaine de domestiques, il arriva avec son épouse aux portes de la ville égyptienne quelques heures avant que ne se levât le soleil. Le long et magnifique cortège avait suivi les pistes du désert pendant un périple éprouvant d'un mois. Sa femme s'émerveillait de tout ce qu'elle voyait. En apercevant le palais et le temple de Karnak, elle poussa un cri de surprise.

– Jamais je n'ai vu des monuments aussi grandioses, dit-elle. Même nos ziggurats ne sont pas aussi imposantes.

Le cortège ne passa pas inaperçu. Les Mitanniens en tenue colorée portaient des cages ou des bibelots. Les chars, pleins de coffres et de balots, avançaient lentement. Fier et heureux, Pashed était assis dans le premier véhicule à côté de sa jeune femme qui soulevait l'admiration des Égyptiens car son visage lumineux, sa peau blanche et pure, ses yeux immenses soulignés de khôl jusqu'à ses tempes, l'éclat bleuté de son fard à paupières qui s'estompait près de la racine de ses cheveux ne pouvaient laisser indifférent. Mais un détail frappait avant les autres tous les Égyptiens présents. Alors que ce cortège n'était formé que d'Asiatiques à la peau brune et aux cheveux noirs, l'épouse de Pashed était blonde comme les rayons de Rê et ses yeux étaient aussi bleus que les mers de corail.

Les Égyptiens en poste près du temple de Karnak, qui attendaient depuis la veille la sortie du dieu Amon, crurent d'abord à l'installation de quelques marchands mais ils furent bientôt convaincus que Pashed devait être un personnage important en visite à Thèbes. Aussi le défilé alimenta-t-il les discussions de ceux qui s'impatientaient devant le pylône d'entrée du monumental temple d'Amon.

Pashed ordonna au cortège de s'arrêter.

– Où allons-nous ? lui demanda timidement son épouse qui commençait à être gênée par les regards insistants de la foule.

– Place ce fichu sur tes cheveux. Il a glissé de ta tête et ta chevelure entraîne déjà maints commentaires. En Égypte, seules les danseuses ont parfois les cheveux d'une autre couleur que le noir car elles les teignent. On pourrait se méprendre sur toi et j'en serais très peinée.

La jeune femme s'exécuta et reposa sa question.

– Je me le demande, lui répondit Pashed, embarrassé. En réalité, je n'ai songé qu'à notre longue route et non à notre lieu de séjour ! Qui habite maintenant l'ancienne maison de ma mère Sheribu ? Est-ce l'un des serviteurs de mon oncle Amenpafer ?

– Allons-y. Nous verrons bien ce que les dieux nous réservent...

– Nous pourrions aussi nous présenter à Thoutmosis IV...

– Au Pharaon ?

– Avant d'être roi, Thoutmosis fut mon ami, un très cher ami jusqu'au jour où... C'est une trop longue histoire. Je te la raconterai peut-être un jour...

– Si tu connais le roi, je préférerais aller au palais. N'est-il pas normal qu'il reçoive les membres de la famille royale du Mitanni ?

– Absolument ! J'ai d'ailleurs pour lui et son épouse de très nombreux cadeaux. Mais j'avais envie de lui faire une surprise et d'attendre que le dieu Amon se fût rendu à Thèbes-Ouest pour me présenter devant lui. Quand Amon sera purifié, je pourrai lui parler plus tranquillement. Le roi doit s'apprêter pour la Grande Fête. Je ne crois pas qu'il soit pertinent de le déranger en ce moment. À l'exception du Grand Prêtre de Karnak, il ne recevra personne.

Comme la jeune femme était manifestement très contrariée par cette réponse, Pashed décida de gagner l'ancien domaine de Sheribu.

– Il est immense et bien plus agréable que le palais ! lui dit-il pour lui plaire. J'espère qu'il est entretenu !

Ils arrivèrent bientôt devant l'ancienne demeure de Sheribu dont le parc était manifestement entretenu. Pashed descendit de son char et déclina son identité aux gardes qui protégeaient l'accès du parc.

– Je suis le fils de Sheribu à qui appartenait ce

domaine, dit-il. J'ai longtemps travaillé au service du pharaon Aménophis II.

– Pashed ? demanda un homme élégant qui s'avança vers lui en le regardant de haut en bas. J'ai entendu parler de toi. Je me présente. Je m'appelle Menatou. Je suis le chambellan particulier de Thoutmosis IV grand taureau puissant.

Pashed s'inclina devant lui.

– Je suis effectivement Pashed et voici mon épouse.

– Le roi te recevra dès qu'il le pourra. Notre Grande Fête va bientôt commencer...

Pashed l'interrompit.

– Je préfère, pour le moment, ne pas l'informer de mon arrivée. À qui appartient aujourd'hui ce domaine que le roi avait donné à ma mère ?

– À toi. Amenpafer l'a entretenu pendant des années avec soin et amour en espérant voir un jour revenir sa sœur en Égypte. Hélas, cet homme bon et irremplaçable nous a quittés. Pharaon m'a demandé de veiller à ce que ce parc et cette maison vivent comme si leurs propriétaires étaient encore là.

– Le pharaon Thoutmosis IV t'a demandé cela ?

– Absolument !

– J'en suis surpris, je l'avoue.

– La princesse Hinutimpet vient souvent ici. Pour lui être agréable, car je l'aime beaucoup, je m'occupe de ces espaces comme si elle y habitait elle-même. Pharaon m'a demandé de lui apprendre les règles de la cour. Elle est maintenant aussi parfaite que toutes les autres épouses du roi.

– Penses-tu que nous pourrions nous installer ici tant que le roi n'est pas informé de ma visite ?

– Certainement ! Mais votre place est au palais ! Que

dira le roi quand il apprendra que je vous ai laissés séjourner ici ? Comment réagira Hinutimpet qui espérait tant voir son père pendant cette fête ? Tu me mets, Pashed, dans une situation délicate.

– Tu diras au roi que je ne voulais pas le déranger alors que le dieu Amon s'apprêtait à visiter la rive ouest de Thèbes. Nous rencontrerons Hinutimpet aujourd'hui même ! Nous devons juste nous changer pour les cérémonies, décharger nos bagages et nous rafraîchir !

– Par Amon, je dois te laisser, Pashed. Je vais donner des instructions. Tu rejoindras notre roi à Karnak. Son cortège a déjà dû quitter le palais. Écoute les chants des Thébains !

L'épouse de Pashed s'émerveilla des fleurs rares qui avaient été plantées dans le parc. Elle voulut se rendre immédiatement près de la pièce d'eau à la surface de laquelle s'ébrouaient des canards aux plumes colorées. Des oies s'approchèrent en entendant des voix et trois chats, plus curieux qu'effrayés, se dissimulèrent sous les buissons pour observer les intrus.

– Cette demeure vaut bien le palais, je te le promets ! dit Pashed, ému de retrouver les lieux et de voir avec quelle attention Hinutimpet avait veillé à leur entretien.

– Notre place est là-bas.

– Je t'approuve mais ce n'est pas un jour comme les autres. Aussi devons-nous faire exception. Je suis heureux de te montrer cet endroit car j'y ai été élevé avant d'avoir de hautes fonctions au palais.

Les cuisiniers mitanniens repérèrent les fours et les échansons la cave où se trouvaient de nombreuses jarres étiquetées.

– Ce vin ne doit plus être bon, dit l'un d'entre eux à Pashed qui en réclamait. Les Égyptiens ne savent pas le conserver mieux que nous ! Malgré les bouchons et l'épaisseur de ces jarres, je doute que le vin ne se soit pas éventé. Il aura un goût acide.

– Peut-être les récipients ont-ils été poissés...

– Seuls les Hellènes ont l'habitude de poisser leurs grandes amphores.

– Nous le faisions aussi. Mais j'avoue que le goût sucré apporté par la poix déplaît généralement aux Égyptiens.

– Je te propose d'aller acheter du vin dans le domaine voisin. On m'a dit que l'on y trouvait les meilleurs crus de toute l'Égypte et que certains venaient du Delta.

– Tu viens d'arriver et tu connais déjà toutes les astuces pour dénicher du bon vin. J'admire ton efficacité ! Sache que le domaine voisin appartient à un grand homme : le beau-père de Pharaon, le père de la reine Néfertary aimée d'Hathor !

– Mon maître se moque-t-il de moi ?

– Par Amon, je te dis la vérité ! Le père de la reine est le plus grand vigneron de l'Égypte ! Il est sans doute très occupé car je parierais qu'il est aujourd'hui chargé de fournir toutes les boissons qui seront nécessaires à la fête d'Amon !

– Hélas, cette Grande Fête est bien gênante...

– Ne parle jamais ainsi des réjouissances données en l'honneur d'Amon. Nous boirons de la bière. Menatou va nous en faire apporter. Elle sera fraîche et peu amère comme l'aime Thoutmosis IV.

– Maître, tu sembles si bien connaître les goûts du pharaon, dit l'échanson avec admiration.

– J'ai été son ami et son confident. Nous avons eu les mêmes professeurs et je lui ai servi moi-même d'éducateur !

– Pharaon doit beaucoup t'aimer. Quelle joie il éprouvera en te revoyant en ce jour !

– Sans doute, répondit Pashed, les yeux dans le vague. En réalité, je crois que Thoutmosis IV sera extrêmement surpris !

Les serviteurs de Pashed déchargeaient les véhicules à la hâte. Un véritable ballet défila des différentes pièces de la maison jusqu'au jardin où avaient été alignés les chars. Aucun meuble si lourd fût-il ne décourageait l'entrain des Mitanniens, manifestement satisfaits d'avoir enfin atteint le but de leur voyage car la route dans le désert avait été éprouvante.

Pashed s'attarda dans le parc.

– Que fais-tu ? lui demanda son épouse qui avait déjà visité toutes les pièces. J'ai besoin de toi !

En passant le seuil, Pashed crut sentir le parfum de rose, d'encens et de myrrhe de sa mère. Il ferma les yeux et revit sa magnifique silhouette moulée dans une tunique de lin fin. Sa voix enchanta ses oreilles. Elle lui racontait combien était douce sa vie au Mitanni avant qu'elle ne devînt la prisonnière du pharaon Thoutmosis III qui avait fait d'elle sa favorite. Il se rappela aussi comment sa mère lui avait laissé croire pendant des années que son père était le pharaon. Mais il avait appris un jour que cet homme s'appelait Ishtariou, que sa mère l'avait aimé et qu'après avoir été le proche conseiller de Pharaon, il avait trahi le roi pour retourner dans son pays, le Mitanni. Il était le petit-fils d'un certain Kay et d'une Égyptienne appelée Thémis qui avaient fui l'Égypte au temps d'Hatchepsout après avoir comploté contre la famille royale.

– La maison est superbe, s'exclama la jeune Mitannienne.

– Mon oncle l'a entretenue lorsque nous avons quitté l'Égypte pour le Mitanni. Amenpafer était le fils de Thémis et du roi du Mitanni.

Devant le regard étonné de son épouse, Pashed crut bon de lui donner quelques explications.

– Il est toujours si pénible et si difficile de parler de sa famille et de son enfance loin des lieux qui nous ont vus grandir ! Maintenant, le moment est venu de t'en dire davantage.

Un serviteur annonça avec enthousiasme l'arrivée des échansons envoyés par Menatou.

– Que tout le monde se désaltère ! Vous poursuivrez votre travail plus tard.

– Maître, tes hommes souhaiteraient se rendre au temple de Karnak pour assister aux fêtes... Ils ont beau être fatigués, les hymnes et les rires des Égyptiens excitent leur curiosité.

– Par les dieux, nous allons tous assister aux réjouissances ! Buvez et mangez ces galettes qu'on nous apporte ! Dès que les chars seront vides, nous partirons pour le temple et nous embarquerons pour la rive des morts. Qu'on apporte des cuvettes et de l'eau avec du natron et des cendres ! Frottez-vous le corps et protégez-le avec de l'huile et des onguents. Aton n'épargnera pas votre peau de toute la journée, que vous soyez sur le Nil ou sur les canaux qui jalonnent la nécropole de Thèbes.

XXXV

Le visage de Néfertary s'était enfin illuminé. Sa fille venait d'ouvrir les yeux et la regardait paisiblement.

– Je n'ose le croire, dit la reine à son conseiller. Iaret aurait-elle réussi là où les médecins ont échoué ?

– Tanoutamon ne paraît plus avoir de fièvre.

Nefersekeru lut à la reine toutes les recommandations de la mère de Maïerperi.

– Que ces conseils soient suivis au hiéroglyphe près ! Je vais informer moi-même le pharaon.

– Reine, le roi se trouve déjà dans son char ! Le cortège aurait dû partir depuis longtemps pour Karnak. Toutes les cérémonies vont avoir du retard et le programme prévu risque d'être abrégé. Amon sera furieux. Si nous n'avons pas le temps de nous rendre dans tous les temples prévus sur le parcours, nos ancêtres nous le feront savoir... Des calamités s'abattront sur la ville !

– Je suis prête, Nefersekeru. Méryt ! Je te confie la princesse !

Bien qu'elle souhaitât traverser le Nil pour accompagner Amon vers la rive opposée, la nourrice promit de rester au palais et d'être vigilante. Mais, contrairement à ce que pensait Nefersekeru, Thoutmosis IV ne se trouvait pas dans son char quand la reine arriva dans la cour. Les hauts fonctionnaires, les gardes et Aménophis se demandaient où était le roi.

– Neferoueref ! Va aux nouvelles ! dit Néfertary à son garde personnel. Décidément, cette journée promet toutes les surprises !

– Inutile de mobiliser tes gardes du corps, Divine, lui dit le général Horemheb en la saluant respectueusement. Notre roi bien-aimé a juste ressenti un léger malaise. Sa nuit a été trop courte et le festin d'hier un peu trop arrosé. Mais notre pharaon supporte le vin et la bière avec la force d'un taureau ! Il sera parmi nous avant même que nous ayons retourné la clepsydre.

– Tes propos me rassurent, Horemheb, répondit Néfertary. Nous avons tous passé une nuit agitée. Bien que Pharaon ait dû se réjouir avec ses hôtes, je sais qu'il avait également d'autres préoccupations plus importantes.

Comme le général attendait une confidence, la reine jugea préférable de se taire.

– Maintenant tout est rentré dans l'ordre. Nous pouvons fêter Amon avec d'autant plus d'entrain !

– Reine, intervint le confident Say qui revenait des appartements du roi, Thoutmosis IV souffre horriblement de la tête. Ces douleurs engendre des vertiges. Il craint de se présenter en public dans cet état.

Néfertary croisa alors dans la foule des courtisans le regard d'Iaret qui ne quittait pas des yeux la scène qui se jouait. Bien qu'elle fût éloignée et qu'elle ne pût entendre ces échanges de paroles, la reine fut soudain persuadée qu'elle avait compris. « Cette femme est bizarre. Elle est dotée d'un don effrayant. Quel est réellement son pouvoir ? Si elle peut faire le bien et guérir des êtres, elle peut sans doute en tuer avec de simples plantes, des formules magiques ou des rituels connus d'elle seule. »

– Say, va chercher Iaret, la mère de la favorite Maïerperi. Dis-lui de venir jusqu'ici.

Say regarda les femmes qui les entouraient.

– Elle est appuyée contre la colonne lotiforme.

– Je la vois.

Mais, avant que le conseiller ne fût parvenue jusqu'à elle, Iaret s'était avancée et vint saluer la reine.

– Tu as besoin de mes services, Grande Divine.

– Comment le sais-tu ? demanda Néfertary en frémissant.

– Je ne suis pas stupide. Je vois tous ces yeux interrogateurs. Le cortège devrait être à Karnak à cette heure avancée de la journée. Nous attendons le pharaon. Seul un problème important peut entraîner ce retard car jamais le roi ne délaisserait ainsi Amon à moins d'avoir une excellente raison...

– À quoi penses-tu ?

– À une guerre peut-être ?

Néfertary fut soulagée de constater qu'Iaret n'était que magicienne et qu'elle n'avait pas de dons de voyance.

– Ce n'est pas la raison de notre retard, lui répondit-elle. Thoutmosis IV se sentait légèrement souffrant. Comme tu as soulagé ma fille, sans doute trouveras-tu un remède pour permettre à notre pharaon de combler Amon et son peuple qui l'attend.

– Je dois d'abord rendre visite au roi.

– Rien de plus facile. Nefersekeru va te guider.

Iaret sourit malgré elle car elle connaissait aussi bien que la reine les salles secrètes qui permettaient d'accéder aux appartements du pharaon.

– Est-ce que ce sera long ?

– Je ne puis me prononcer maintenant. Je vais agir au mieux pour ne pas gâcher cette belle fête !

– Pharaon t'en sera très reconnaissant. Je saurai, moi aussi, te montrer combien j'apprécie tes services.

Iaret suivit son guide. Elle était persuadée qu'elle réussirait plus facilement à guérir le pharaon grâce à ses charmes que par ses potions. Quand elle arriva sur le seuil de sa chambre, elle attendit en vain que son accompagnateur se retirât.

– Bien, entrons ! dit-elle avec impatience.

Thoutmosis IV se tenait avachi dans un fauteuil magnifique, large et richement décoré de scènes en or, en turquoise, en lapis-lazuli et en cornaline. Le bois n'apparaissait presque plus sous les dorures tant les dessins étaient nombreux et chargés. On y retrouvait le roi en compagnie de son épouse et de ses enfants, sur le dossier, les accoudoirs et les côtés. Le repose-pieds était à l'avenant, assorti au siège dans le moindre détail. À côté se trouvait un autre fauteuil beaucoup plus sobre fait en roseaux tressés sur lequel le pharaon souffrant laissait retomber sa main inerte.

– J'ai si mal à la tête que le chant des oiseaux me fait battre les tempes.

– Pharaon, lui dit le médecin en se penchant vers lui, tu as trop peu dormi ces derniers jours. Je ne suis pas surpris de ce mal qui s'abat sur toi. Tu as trop veillé...

– Et comment aurais-je pu dormir alors que ma fille ne parvenait plus à respirer et que Néfertary priait les dieux ?

– Pharaon a des obligations...

– Hélas, je dois absolument me rendre à Karnak.

En apercevant Iaret qui lui souriait, Thoutmosis IV se redressa et reprit son attitude royale.

– Grand Seigneur des deux terres, dit-elle en tombant à ses pieds, je suis surprise de te voir ainsi. Jamais Pharaon n'a baissé la tête, jamais ses épaules ne se sont affaissées face à l'adversité, encore moins face à la maladie. Seuls les faibles écoutent leur corps. Tu ne portes pas encore ta couronne blanche et rouge alors que tous les Égyptiens s'apprêtent à t'acclamer !

– Tu me tances comme une mère, répondit Thoutmosis IV en riant. Tu es décidément la seule à ne pas redouter les foudres de Pharaon !

– J'apprécie trop sa Seigneurie pour qu'elle ne le comprenne pas et qu'elle ne me pardonne pas mon audace. La divine Néfertary m'envoie ici pour te guérir. Je pense, cependant, qu'une excellente nouvelle adoucira déjà tes maux. Sache que ta chère fille se porte mieux et qu'elle sera bientôt totalement guérie !

Thoutmosis IV demanda qu'on lui confirmât ce diagnostic.

– Je vais pourtant te donner une potion qui est efficace pour les jeunes gens comme pour les vieillards. J'en ai toujours de prête et l'un de tes gardes pourrait aller en chercher dans la chambre de ma fille qui en consomme souvent. Elle apaise, détend, revigore et remet les idées en place. Tu pourras ainsi paraître en pleine forme pendant toute cette journée.

– J'accepte ton aide, répondit le pharaon. On m'avait prévenu que tu avais soigné ma fille et que tu avais donné des instructions pour faciliter sa guérison. Je ne pensais pas que les effets de tes remèdes se faisaient déjà sentir !

– N'oublie pas ce que tu m'as promis, Pharaon... ajouta Iaret après le départ du garde.

– Tu veux sans doute une récompense en échange de tes services...

– Je veux juste que tu donnes à mon fils ce que tu m'as promis : une tombe dans la Vallée des Rois !

Le roi eut un regard fuyant car il ne savait comment la cour accepterait une telle décision.

– Voilà une récompense exceptionnelle...

– Pour un service qui ne l'est pas moins. Il s'agit de la vie de ta fille !

– La promesse d'un pharaon est précieuse. Je jure devant les dieux réunis que ton fils aura sa tombe dans la Vallée des Rois.

Après avoir bu la mixture que lui donna Iaret, Thoutmosis IV gagna la cour du palais, le cœur léger. Cette discussion avec Iaret l'avait décontracté et réjoui. Aussi ne ressentait-il plus cette douleur qui encerclait son front et qui l'empêchait de porter sa lourde couronne. Quelques massages sur les tempes l'avaient également détendu.

Néfertary fut soulagée de voir arriver son époux. « Décidément, cette Iaret m'étonne vraiment, se dit-elle. Je ne parviens pas à la saisir. Comment les déesses ont-elles pu lui donner un pouvoir plus grand que celui du roi ? Elle n'est ni bonne ni généreuse. Tout ce qu'elle entreprend est minutieusement calculé et elle arrive peu à peu à ses fins. Que désire-t-elle vraiment ? Que souhaite-t-elle pour son petit-fils Maïerperi ? Le trône d'Égypte ? »

Néfertary regarda ses enfants en tremblant. « Aménophis n'est pas à l'abri de ses manigances. Mais comment pourrais-je les entraver ? Pharaon récompensera d'autant plus Iaret qu'il appréciait déjà sa compagnie. Si elle sauve ma fille et guérit le roi dès qu'elle le soigne, elle sera dans une position si confortable qu'elle pourra tout exiger. Thoutmosis IV n'est pas conscient de cette incroyable puissance. Je suis certaine qu'Iaret le manipule. Cette femme est trop dangereuse pour rester en vie. Tant qu'elle séjournera au palais, elle constituera une menace pour la famille royale. Même éloignée de Thèbes ou de Memphis, elle pourra être nocive. En revanche, si nous sommes souffrants, elle nous aidera peut-être... Aurait-elle été aussi dévouée pour le prince héritier ou pour la reine ? »

Iaret se courba devant Néfertary pour lui signifier qu'elle avait accompli ses ordres, ce à quoi la reine lui répondit par un léger signe de tête sans desserrer les dents. Thoutmosis IV sourit à son épouse en prenant place dans son char doré d'une si grande finesse et d'un tel éclat qu'il n'avait jamais paru servir. Les essieux semblaient trop fragiles pour résister à un parcours cahoteux. La caisse, gravée de fresques, était si peu épaisse qu'elle se serait affaissée si le pharaon s'était penché au-dessus d'elle. En réalité, ce char n'était utilisé que dans les grandes occasions.

Entouré de tous les courtisans, de la famille royale, des hauts fonctionnaires, le pharaon allait donner le signal du départ lorsqu'il s'aperçut de l'absence de Tiyi. Il approcha son char de celui du prince et lui demanda des explications.

– Tiyi est légèrement souffrante..., répondit-il sans conviction.

– Ne serait-ce pas encore un caprice ? demanda discrètement le roi.

– Non, par les dieux. Comment Tiyi oserait-elle défier Amon par des mensonges ?

– J'espère pour elle que tu dis vrai. Iaret vient de me donner une potion efficace. Veux-tu que j'en fasse porter à ton épouse ?

– Certainement pas. Elle n'apprécie guère Iaret.

– Je vais tout de même lui en faire porter. Qu'elle nous rejoigne le plus rapidement possible. C'est un ordre !

Le roi fit signe à Menatou de se présenter devant lui et d'exécuter ses volontés.

– Je ne veux aucune excuse. Tiyi assistera à la fête de la Vallée !

XXXVI

Tiyi se tenait à la fenêtre quand Menatou entra précipitamment dans la pièce.

– Que fais-tu, princesse ? As-tu perdu la tête ? Pharaon est furieux contre toi ! Il exige que tu rejoignes le cortège immédiatement !

Tiyi le regarda les yeux vides et ne jugea pas nécessaire de lui fournir des explications.

– Allons, princesse ! Je ne sais ce qui te met dans un état pareil mais tu dois absolument réagir et te préparer ! Jamais le roi ne pardonnera ton absence !

– Que m'apportes-tu ? lui demanda Tiyi avec lassitude en voyant un pot d'albâtre dans la main du chambellan.

– Une potion d'Iaret pour te rétablir.

– Je ne suis pas souffrante.

– Prends-là tout de même. Elle te redonnera la joie de vivre.

– Il n'en est pas question !

– Tu regardais partir le cortège...

– Non.

– Habille-toi, mets ce diadème et viens avec moi. Que les dieux te guident sinon tu cours à ton malheur !

– Rassure-toi. Je ne crains rien. Pars devant. Je vous rattraperai.

– Promets-le-moi.

– Je ne voudrais pas que tu subisses un châtiment par ma faute. Mon époux ne m'attendra pas longtemps, je te le jure devant Amon.

Menatou parut enfin soulagé. Il se hâta de rejoindre son char et encouragea son cocher à gagner au plus vite l'esplanade du temple de Karnak. La foule, compacte, les empêcha de progresser.

– Que les policiers nous frayent un chemin ! cria Menatou. Vite !

Les Égyptiens se placèrent sur le côté à regret. Quand ils descendirent du véhicule, Horemheb, qui attendait Menatou, le guida vers la chapelle d'Amon.

– La statue du dieu est déjà sortie, murmura-t-il. Le pharaon est en train de l'encenser et les porteurs vont la transporter jusqu'à l'embarcadère.

Menatou se glissa discrètement jusqu'aux premiers rangs face au Grand Prêtre qui agitait un encensoir tout autour de la statue divine. Les prêtres et les desservants se mirent à chanter. Puis les porteurs se placèrent en file de part et d'autre du support sur lequel avait été disposée la statue. S'encourageant mutuellement afin de coordonner leurs gestes, ils levèrent l'ensemble avec un grand cri. Le cortège suivit le dieu Amon autour duquel avaient été soigneusement placés des voiles le dissimulant aux regards de la foule. Passant de reposoir en reposoir où Thoutmosis IV encensait à chaque fois le dieu, les porteurs arrivèrent enfin à l'embarcadère.

Les Égyptiens s'étaient répartis sur les berges du Nil. Certains avaient préparé leur bateau et étaient prêts à embarquer avec des victuailles. Ils accompagneraient

Amon puis dialogueraient pendant la nuit avec leurs défunts après leur avoir donné des offrandes. La plupart étaient nobles.

Sous les vivats et les hymnes, le dieu Amon fut accueilli sous un naos superbement décoré, placé au centre du bateau *Ouserhat* lui-même déposé sur un navire plus solide. Le pharaon monta dans le bateau du dieu et affirma qu'il tiendrait lui-même le gouvernail. Aménophis embarqua avec sa mère dans le navire royal. Des cordes relièrent les deux embarcations.

– Nous allons tirer le navire *Ouserhat*, dit Néfertary à son fils. Pourquoi lanternes-tu ? Toute la famille a embarqué.

Aménophis regarda la foule désespéremment.

– Es-tu sûr que Tiyi doit nous rejoindre ? demanda-t-il à Menatou qui comprenait son inquiétude.

– Oui. Elle devrait être là.

– Il faut absolument qu'elle fasse cette traversée avec moi sinon les Égyptiens ne comprendraient pas cette absence. Ils l'apprécient et s'interrogent certainement.

– Nous ne pouvons attendre davantage, répondit Néfertary. Le roi nous fait signe qu'il est prêt. Avançons...

Les navires traversèrent le fleuve avant de s'engager sur un canal bordé de roseaux qui conduisait à la montagne thébaine et à la nécropole. Le cortège s'arrêta devant les temples de Montouhotep II, de Thoutmosis III et d'Hatchepsout. Alors que les porteurs quittaient le navire et s'apprêtaient à placer de nouveau sur leurs épaules la statue d'Amon pour la monter jusqu'à la troisième et dernière terrasse du temple d'Hatchepsout, un messager les rattrapa.

– Le héraut de Méryt ! s'exclama Néfertary. Un malheur vient d'arriver !

La reine devint encore plus pâle que l'Égyptien qui lui apportait des nouvelles de sa fille.

– La vénérable princesse Tanoutamon ne respire plus, dit-il. Méryt est désespérée. Le médecin prétend qu'il n'y a plus rien à faire pour l'empêcher de quitter la vie terrestre.

Prise de vertige, Néfertary réclama de l'aide. Thoutmosis IV demeurait interdit. Le croyant profondément affecté, Menatou rassembla les conseillers du roi. Mais le pharaon, qui luttait contre la fièvre, était à bout de forces. Il demanda un siège et s'effondra.

– Laissez-moi, dit Néfertary en reprenant ses esprits et en voyant son époux si malade. Je sais qui est responsable de tout cela. Elle s'appelle Iaret ! Qu'on l'arrête immédiatement !

La reine portait un doigt accusateur vers les favorites du roi. Les Thébains restaient sidérés. Aménophis ne cessait de passer de sa mère à son père en ne sachant que faire. Tous les fonctionnaires s'agitaient, prenant des décisions contraires les unes aux autres. Le vizir Thoutmès, les responsables du grenier d'Amon, Khnoumès et Neferophis, le Grand Prêtre d'Amon, Méri, l'architecte Amenhotep, fils de Hapou, prirent seuls la situation en main.

Sebekhophis parlait à son messager en tentant d'en savoir plus sur l'état de santé de Tanoutamon. Moutemnebo sanglotait près de ses parents en s'interrogeant, elle aussi, sur l'absence de sa sœur Tiyi. Tiâa tenait sa sœur Pyhia serrée contre elle malgré les réprimandes de la nourrice du roi. Les danseuses et les musiciennes avaient posé leurs instruments et leurs rubans.

– Et Tiyi ? demanda-t-il à Menatou. Iaret l'a-t-elle soignée ou Henoy s'est-elle occupée d'elle ?

– Je lui ai laissé une potion préparée par cette maudite femme Iaret ! Prions les dieux qu'elle ne l'ait pas bue !

– Nous ne la voyons pas arriver ! Elle t'a pourtant promis de venir ici !

À cet instant, un navire accosta. Le prince se précipita vers le canal.

– Ce n'est pas Tiyi, lui dit Menatou. Je reconnais la barque d'Abraham. Il est en compagnie de ses fils et de plusieurs visiteurs mitanniens. L'un d'entre eux connaît très bien ton père. Je l'ai rencontré avant de venir.

– Tiyi porte mal son nom. Je devrais l'appeler Aïda car elle est semblable au vent, insaisissable et sauvage, soupira Aménophis.

– Thoutmosis IV est encore si jeune, ajouta Menatou en regardant son roi avec angoisse. Aton aurait-il décidé qu'il ne verrait plus la lumière d'ici-bas ?

Consternés, les Égyptiens s'agenouillèrent devant le temple d'Hatchepsout et prièrent Amon. Les rayons du soleil qui frappaient la falaise escarpée entourant les monuments semblaient dérangeants et déplacés. Pourtant, le Soleil s'imposa encore davantage comme pour accabler ses hôtes.

Thoutmosis IV fut ébloui par une lumière blanche qui l'effraya presque.

– Le dieu assis Aton est très puissant. Je veux qu'il soit honoré partout où je me rendrai dans cette vie ou dans l'Autre, dit-il à son fils.

– En es-tu sûr, Grand parmi les Grands ?

– Oui. J'en suis maintenant totalement convaincu et je comprends pourquoi Aménophis II se disait le roi de tout ce qui est illuminé par Aton. Qu'Hinutimpet m'apporte ce breuvage amer qu'elle dit être la potion d'Aton et qu'elle donne à ceux qui souhaitent entrer plus facilement en communication avec le dieu solaire. J'en boirai une grande coupe. Je veux que des scarabées rappellent que j'ai combattu lorsque Aton me montrait le chemin et que, grâce à lui, j'ai abattu des montagnes. Les prisonniers se courbent sous la main de Pharaon mais surtout sous la puissance du Soleil. Fais d'Aton un dieu étincelant !

Annexes

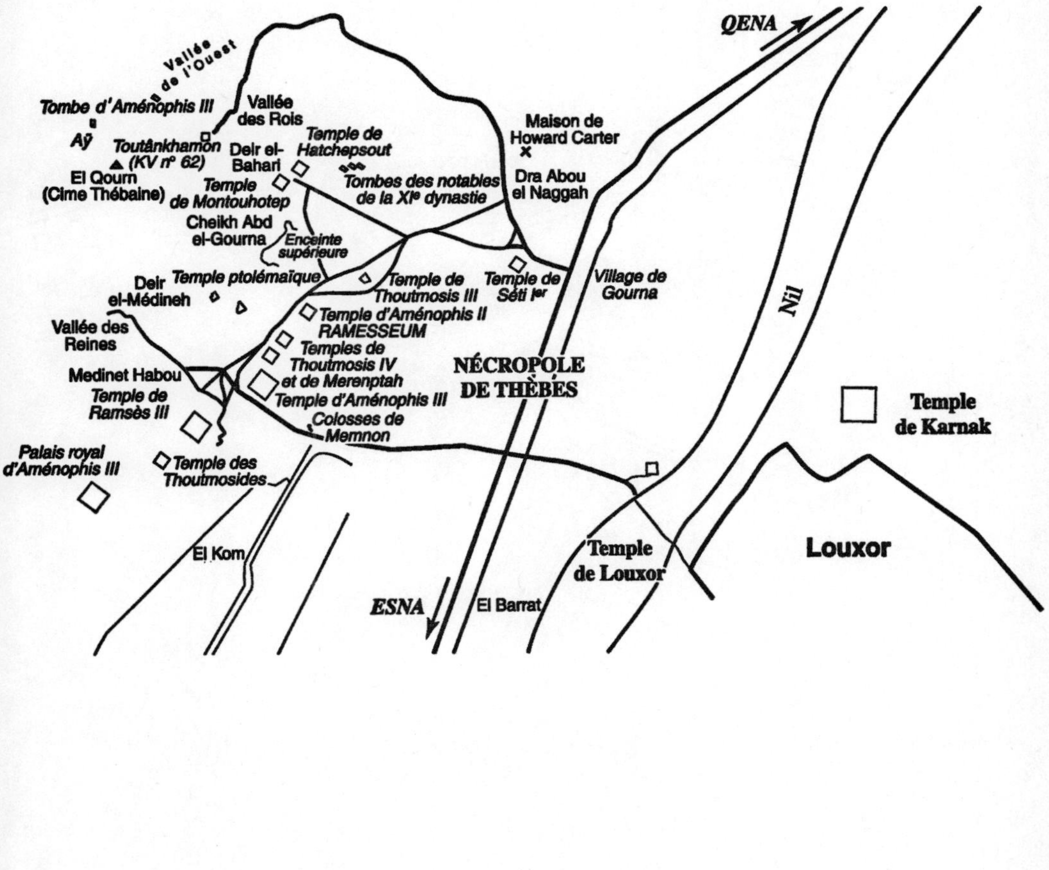

Thèbes-Ouest

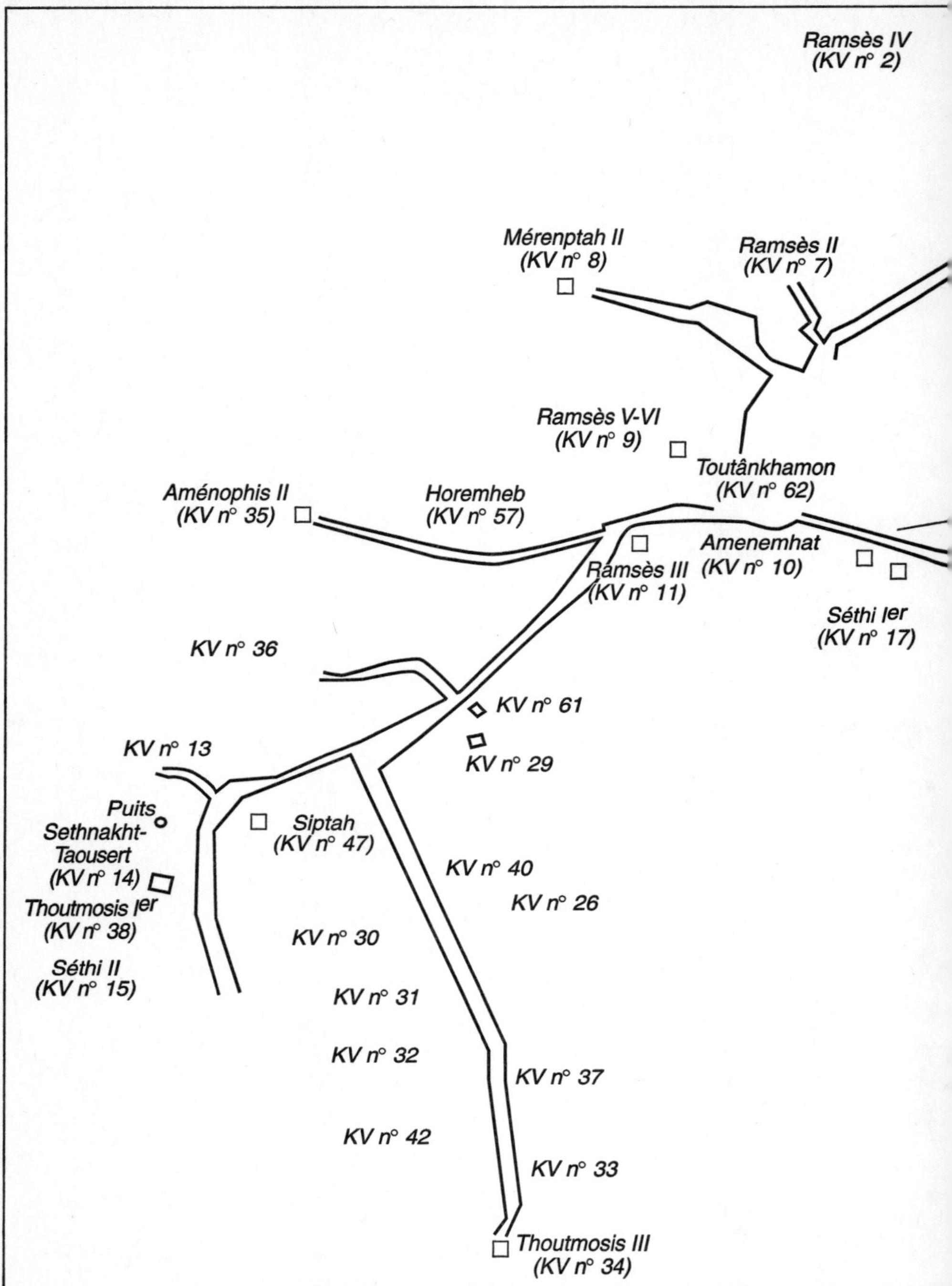

La Vallée des Rois

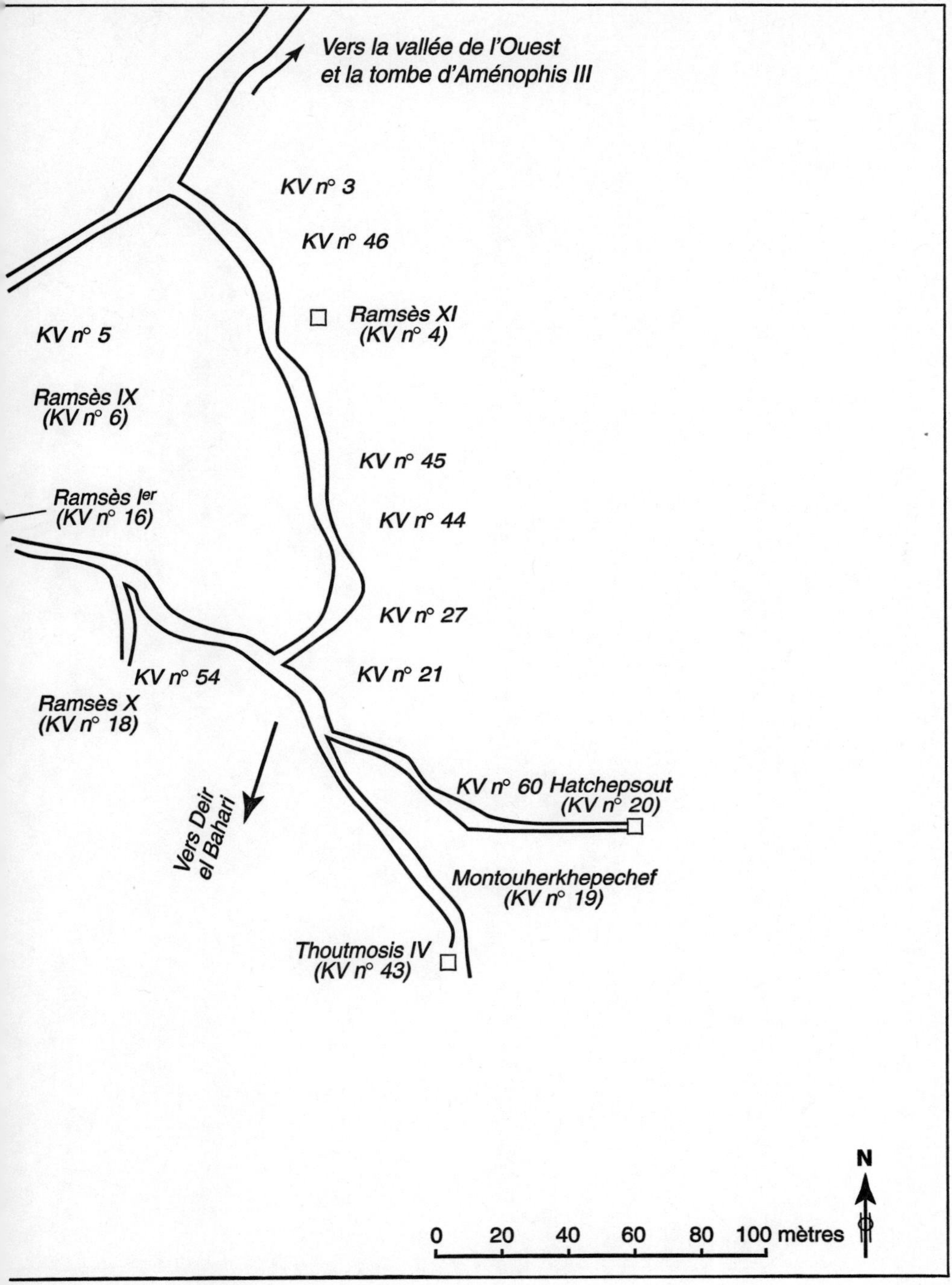

Vers la vallée de l'Ouest
et la tombe d'Aménophis III
KV n° 3
KV n° 46
Ramsès XI
(KV n° 4)
KV n° 5
Ramsès IX
(KV n° 6)
KV n° 45
Ramsès Ier
(KV n° 16)
KV n° 44
KV n° 27
KV n° 54
KV n° 21
Ramsès X
(KV n° 18)
Vers Deir
el Bahari
KV n° 60 Hatchepsout
(KV n° 20)
Montouherkhepechef
(KV n° 19)
Thoutmosis IV
(KV n° 43)
N
0 20 40 60 80 100 mètres

RAPPELS CHRONOLOGIQUES

(les dates sont approximatives)

Environ 3000 av. J.-C. :
* Période prédynastique.

Première partie du troisième millénaire avant J.-C. :
* Période thinite (Ire et IIe dynasties).

Deuxième partie du troisième millénaire avant J.-C. :
* Ancien Empire (IIIe dynastie : Djéser ; IVe dynastie : Snéfrou, Khéops, Didoufri, Khephren, Mykérinos ; Ve dynastie : Sahourê, Niouserrê, Ounas ; VIe dynastie : Téti, Pépi I, Pépi II).

Fin du troisième millénaire avant J.-C. :
* Première Période Intermédiaire (VIIe dynastie-XIe dynastie).

Première partie du deuxième millénaire avant J.-C. :
* Moyen Empire (XIe dynastie : Montouhotep I, II ; XIIe dynastie : Amenhemat, Sésostris).
* Deuxième Période Intermédiaire (XIIIe à XVIIe dynastie).

Pendant les XVe et XVIe dynasties s'imposent les envahisseurs Hyksos (XVIIIe-XVIe siècle avant J.-C.) qui gouvernent à Avaris tandis que des rois ou gouverneurs égyptiens dirigent l'Égypte du Sud à Thèbes.

Deuxième partie du deuxième millénaire avant J.-C. :
* Nouvel Empire.

– XVIIIe dynastie :
Ahmosis-Grande Épouse royale, Ahmès-Néfertari
Aménophis Ier
Thoutmosis Ier-Grande Épouse royale, Ahmose
Thoutmosis II
Hatchepsout
Thoutmosis III-Grande Épouse royale Méryrêt-Hatchepsout II
Aménophis II-Grande Épouse royale Tiâa
Thoutmosis IV (env. 1397-1387/8)-Grande Épouse Néfertary
Aménophis III (env. 1387/8-1348/9)-Grande Épouse Tiyi
Aménophis IV-Akhenaton-Grande Épouse Néfertiti
Semenkharê (?)
Toutankhamon
Ay
Horemheb

– XIXe dynastie : Ramsès I, Séthi I, Ramsès II, Mérenptah, Séthi II, Amenmès, Siptah, Taousert, Sethnakht, Ramsès III, Ramsès IV à XI.

Première partie du premier millénaire avant J.-C. :
* Troisième Période Intermédiaire (XXIe dynastie : Smendès, Psousemnès, Pinedjem ; XXIIe dynastie : Chechonq ; XXIIIe-XXVe dynastie : Kouchite, Pinakhy, Chabaqa, Taharqa).

700-305 avant J.-C. :
* Basse Époque (XXVIe dynastie : Psammétique, Amasis ; XXVIIe dynastie : les Perses Cambyse et Darius ; XXVIIIe-XXIXe dynastie : Achoris ; XXXe dynastie : Nectanebo).

Domination du Perse Artaxerxès III.
Libération de l'Égypte par Alexandre le Grand qui crée Alexandrie.
Dynastie des Lagides avec les Ptolémées et les Cléopâtre (jusqu'en 30 avant J.-C., date de la bataille d'Actium).

Égypte romaine puis chrétienne en 39 ap. J.-C.

Ahmosis ≃ Ahmès-Néfertari

Aménophis Ier ≃ Ahotep

Ahmose ≃ Thoutmosis Ier ≃ Moutnéfret (Ire épouse)

Hatchepsout ≃ Thoutmosis II - Iset (fille du harem ?)

Méryrêt-Hatchepsout II (?) ≃ Thoutmosis III

Plusieurs enfants dont Aménophis II ≃ Tiâa

Thoutmosis IV ≃ Princesse du Mitanni

≃ Néfertary (Moutemuia ?)

Nedjem,
Oubensenou,
Amenemipet...

Arbre généalogique des premiers pharaons

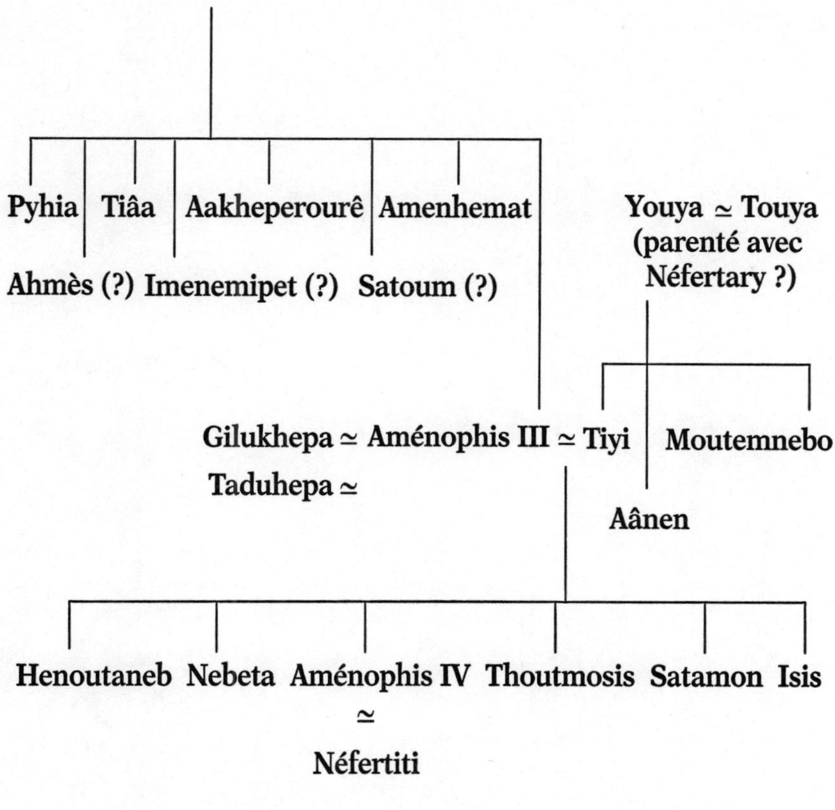

de la XVIIIe dynastie

LISTE DES PRINCIPAUX PERSONNAGES

Aakheperourê : Fils de Néfertary et de Thoutmosis IV.

Aânen : frère de Tiyi.

Abraham : Hébreu installé à Thèbes.

Amenhemat : Fils de Néfertary et de Thoutmosis IV. Frère d'Aménophis III.

Amenemhat : Grand Prêtre d'Amon.

Amenhotep : Fils de Hapou et de Itou. Architecte.

Aménémopé : Vizir sous Aménophis II et Thoutmosis IV.

Amenpafer : Oncle de Pashed.

Anittach : Roi hittite.

Aperhel : Fonctionnaire chargé du culte d'Amon.

Baketemané : Épouse de Méryrê ; confidente de Maïerperi.

Chaoui : Échanson du roi.

Hattousil I : Roi hittite.

Hebi : Père de Ramose et fonctionnaire de Karnak.

Henoy : Servante d'Aménophis III et de Thoutmosis IV mise au service de Tiyi.

Heqarchar : Nourrice de Thoutmosis IV.

Heqarechou : Père d'Heqerneh.

Heqerneh : Précepteur.

Hinutimpet : Fille d'Artatama.

Hor : Artisan d'Amenhotep.
Horemheb : Général de Thoutmosis IV.
Iaret : Mère de Maïerperi.
Imenemepet : Fille de Thoutmosis IV et de Néfertary.
Imenmipet : Nourrice d'Aménophis II.
Imonemusekhet : Fille de Menna.
Ipou : Marin faisant partie de l'équipage royal.
Ipouki : Artisan.
Irinet : Confidente d'Hinutimpet.
Kérouef : Intendant.
Khaemeribsen : Prophète d'Amon.
Khaemhat : Chef des greniers.
Khai : Riche fonctionnaire.
Khnoumès : Fonctionnaire chargé des greniers d'Amon à Karnak.
Laarna : Roi hittite.
Mahi : Danseuse.
Maïerperi : Femme du harem de Thoutmosis IV.
Maïerperi : Fils de Maïerperi et de Thoutmosis IV.
Menatou : Chambellan du roi, confident d'Hinutimpet.
Menkhepereseneb : Responsable du grenier sous Aménophis II et Thoutmosis IV.
Menna : Scribe des champs royaux.
Méri : Grand Prêtre d'Amon.
Meriptah : Fils du vizir Thoutmès.
Méryrê : Père nourricier. Époux de Baketemané.
Méryt : Nourrice, femme de Sebekhophis, éducateur.
Mirptah : Chef des porte-enseignes du bateau royal *Khaemâat*.
Moïse : Fils d'Abraham.
Moursil : Roi hittite.
Moutemnebo : Sœur de Tiyi.

Nabi : Fils d'Abraham.

Nakht : Marin faisant partie de l'équipage royal.

Nebamon : Porte-étendard, chef des gardes Medjoy.

Nebetia : Fille de Méryrê.

Neferophis : Fonctionnaire chargé des greniers d'Amon à Karnak.

Neferoueref : Garde de Néfertary.

Nefersekeru : Conseiller de Néfertary.

Néfertary : Grande Épouse de Thoutmosis IV.

Neferunpet : Fontionnaire du roi.

Nehemta : Fille de Menna.

Ouserhat : Chef du harem.

Pashed : Fils de Sheribu.

Ptahmès : Fils du vizir Thoutmès. Grand Prêtre de Ptah.

Ptamosis : Fils de Menkheper. Grand Prêtre de Ptah.

Pyhia : Deuxième fille de Néfertary et de Thoutmosis IV.

Quenamon : Intendant du palais royal de Memphis.

Resh : Enfant du *Kep*.

Satoum : Fils de Thoutmosis IV et de Néfertary.

Sayia : Épouse d'Abraham.

Say : Surveillant de Néfertary.

Sebekhophis : Éducateur d'Aménophis III, mari de Méryt.

Sebeti : Enfant du *Kep*.

Sennefer : Fonctionnaire du roi.

Set : Échanson du roi.

Sétaou : Échanson, enfant du *Kep*.

Setou : Échanson d'Aménophis et de Tiyi.

Souty : Artisan d'Amenhotep.

Sutarna : Frère d'Hinutimpet.

Syece : Porte-étendard faisant partie de l'équipage royal.

Taïtaï : Grand Prêtre de Thot à Hermopolis.

Tama : Servante à Medinet el-Gourob.

Tanoutamon : Fille de Thoutmosis IV et de Néfertary.

Temouadjès : Supérieure du harem d'Amon.

Thoutmès : Vizir sous Thoutmosis IV et Aménophis III.

Tiâa : Mère de Thoutmosis IV.

Tiâa : Fille de Néfertary et de Thoutmosis IV.

Timia : Danseuse.

Tiyi : Épouse d'Aménophis III.

Tougiy : Fonctionnaire de Néfertary.

Touya : Mère de Tiyi.

Touty : Servante à Medinet el-Gourob.

Tudhaliya : Roi des Hittites.

Yose : Père d'Abraham.

Youya : Époux de Touya, père de Tiyi.

Remerciements

Je tiens à remercier M. Hosni Moubarak, Président de la République arabe d'Égypte ; M. Farouk Hosni, ministre de la Culture ; M. Mandouh el Beltagui, ministre du Tourisme, pour leur chaleureux accueil en Égypte ; M. Gaballah Ali Gaballah, directeur du Conseil suprême des Antiquités en Égypte ; M. Sabry Abd el Aziz Khater, directeur général des Antiquités de Louxor ; M. Mohammed el Bialy, directeur des Antiquités de Thèbes-Ouest ; M. Mohammed A. Nasr, directeur des Antiquités au musée de Louxor ; M. Alain Khoury ; Mme Hoda Naguib ; Mme Sonia Guirguis, directrice de l'Office du tourisme égyptien ; M. Jean-Robert Reznick ; M. Jacques Charbit ; Mme Catherine Magnien ; Mme Suzanne Matzakis du groupe Accor qui a toujours adjoint à la découverte d'une destination une approche complète de sa culture et qui participe étroitement aux actions menées par les pays dans la mise en valeur de leur culture ; Mme Dominique Beck-Hamman ; M. Kamel Senhadji du Novotel de Louxor ; M. Martin Stolfa du Hilton Rhodes ; M. William Bridi du Sahl Hashecsh et le directeur général du Old Cataract d'Assouan.

Je tiens aussi à remercier très chaleureusement

M. Dietmar Kielnhofer, directeur général du Méridien Makadi Bay qui dirige l'un des plus beaux établissements d'Hourghada ; M. Rajiv Kaul, président général du magnifique Mena House Oberoi du Caire, ancien palace royal situé au pied des pyramides de Guizeh au charme intact, et M. Randolph Edmonds, directeur général du mythique Sofitel Winter Palace de Louxor où je me rends toujours avec un immense plaisir.

Tout près du temple de Louxor construit en grande partie par Aménophis III, face au Nil et à la nécropole thébaine où l'on distingue le magnifique temple d'Hatchepsout, le Sofitel WINTER PALACE avec son parc-oasis, ses terrasses sur le Nil ou ses jardins luxuriants, sa façade victorienne et ses salons de style est l'un des plus beaux hôtels du monde mais aussi un monument rempli d'âme qui fait partie de l'histoire de Louxor.

Le nom « Winter Palace » vient du fait qu'on prenait plaisir à y passer autrefois, comme aujourd'hui, un hiver clément à quelques minutes en felouques de la rive ouest abritant la Vallée des Rois.

Direction littéraire
Huguette Maure

assistée de
Marie Dreyfuss

Crédit photographique :
Engerer-Vanoyeke

Composition PCA
44400 – Rezé

Impression réalisée sur CAMERON par

BRODARD & TAUPIN
GROUPE CPI

La Flèche

pour le compte des Éditions Michel Lafon
en septembre 2001

Imprimé en France
Dépôt légal : octobre 2001
N° d'impression : 9473
ISBN : 2-84098-733-3
LAF : 133B